U0963095

斯蒂文·弥尔豪泽长篇小说的主体性叙事

Subjective Narration in
Steven Millhauser's Three Novels

余凝冰 著

北京师范大学出版集团
BEIJING NORMAL UNIVERSITY PUBLISHING GROUP
安徽大学出版社

图书在版编目(CIP)数据

斯蒂文·弥尔豪泽长篇小说的主体性叙事/余凝冰著. —合肥:安徽大学出版社，2024.1

ISBN 978-7-5664-2543-0

Ⅰ.①斯… Ⅱ.①余… Ⅲ.①斯蒂文·弥尔豪泽—小说研究 Ⅳ.①I712.074

中国版本图书馆 CIP 数据核字(2022)第 249112 号

斯蒂文·弥尔豪泽长篇小说的主体性叙事 **余凝冰 著**

出版发行：北京师范大学出版集团
安 徽 大 学 出 版 社
(安徽省合肥市肥西路 3 号 邮编 230039)
www.bnupg.com
www.ahupress.com.cn
印 刷：江苏凤凰数码印务有限公司
经 销：全国新华书店
开 本：710 mm×1010 mm 1/16
印 张：13.5
字 数：228 千字
版 次：2024 年 1 月第 1 版
印 次：2024 年 1 月第 1 次印刷
定 价：45.00 元
ISBN 978-7-5664-2543-0

策划编辑：葛灵知 装帧设计：李 军
责任编辑：葛灵知 美术编辑：李 军
责任校对：高婷婷 责任印制：陈 如 孟献辉

前　　言

正如道格拉斯·富勒所言，在当今美国文学界，很难找到另一位作家的作品能够比斯蒂文·弥尔豪泽的作品“更新奇、更富魔力、更有邪气、典故使用得更多、更具文学性、结构更精致、更有哲学思辨的内涵”[①]。这位作家虽然在创作艺术上如此卓越，但学术界对其作品研究的成果却非常单薄，主要集中于法国和美国。

笔者以此专著的形式，集中论述弥尔豪泽作品中的核心主题——主体（性）叙事，而这一角度的研究在该作家的研究中至今则尚付阙如。本书着力于探讨小说在驾驭主体性这一主题时的艺术技巧、哲学内涵和现实批判性，揭示弥尔豪泽创作中高度自觉的思辨意识。

本书在论述时，重点关注小说表现的主体的性别、年龄、职业等特质与主体的自我意识发展之间的关联，关注相关主体在自我与他人、群体、空间、社会、文化和世界的互动中，如何在肯定自我和否定自我的过程中发展自我，关注主体所置身的历史和文化背景对主体的捏塑作用，关注身处各种困境和挑战时的主体的能动性、抵抗性、表演性、脆弱性和虚无性，也关注主体间相互建构的跨主体的想象关系等。

为了更好地阐释小说中如此复杂的主体问题，本书借鉴了当代多元异质

① Douglas Fowler，“Steven Millhauser，Miniaturist”，*Critique*：*Studies in Contemporary Fiction*，37.2（1996）：139～148.

的理论话语，涵盖了儿童心理学、哲学中的语言主体观、当代意识形态论、浪漫主义的主体论和分裂空洞的后现代主体观、女性主体的生成论、弗洛伊德和拉康的主体认识论等。故而，本书的一个基本假设是，主体的建构存在于对主体的自反性的叙事中。

值得一提的是，弥尔豪泽是深受理论熏陶的小说家。正如茱蒂斯·瑞恩所言，自从理论在20世纪中叶兴起之后，它切切实实地影响了当今众多小说家的创作方法和主题关怀。现代理论中的各种观点，从符号的自由嬉戏到拟像、仿真，从生态主义到意识形态批判，等等，在很多作家的作品中都能找到可资借鉴和对话的素材①。弥尔豪泽本人曾经作为一个文学专业的学生，受过长期的理论和批评训练，毕业后一直栖身大学进行创作，其学院派的背景和经历注定了其作品中有着自觉的理论视野。本书在解读弥尔豪泽的小说时，基于文本内涵的阐述需求，灵活地调用、借鉴多元的理论视角；在论述中，尽量采用文本和理论对话的方法，不以理论歪曲叙事文本的内涵，有时甚至注重文学对理论的反向矫正。

本书在探讨弥尔豪泽的小说时，特别重视叙事文本的艺术性，注重小说作为叙事艺术的自律性，在对叙事形式的分析中，既在情节、人物、时空体等较为传统的叙事学范畴中展开，也涉及新兴的认知叙事学框架下的情感、认知、意识等叙事要素。

本书同时注重文本与互文本的互动，注重与文本相关的文学传统，在论述中分别联系作家传记传统、浪漫主义文学传统、"美国梦"叙事传统中的经典作家作品，看小说中的微缩叙事在反映主体性这一哲学话题的同时，如何与文学传统中的其他作品在同一主题上展开或显或隐的对话。

另外，本书还关注文本所反映的历史现象，在论述中吸收各种历史研究素材，以加强阐释的效力。关注的领域不仅有较为传统的思想史研究成果，还包括当代玩具史、广告史、儿童史、展馆史，甚至是旅馆史等新史学研究的成果。

本书旨在通过以上方面说明弥尔豪泽的主体性叙事中内涵的理论、传统

① Judith Ryan, *The Novel After Theory* (*New York*: Columbia University Press, 2011).

和历史的多维对话关系。笔者的分析旨在说明，弥尔豪泽在其三部曲的主体性叙事中不仅利用精湛的叙述形式，与传统的文本进行广泛多元的对话，而且在叙事中孕育了深刻的哲学内涵，具有丰富的现实批判性，并达到了极为罕见的深度、宽度和广度。

当然，由于主体性问题是贯穿近现代哲学的核心问题，对叙事和主体关系的研究方兴未艾。本书在解读中力求将文本细读和文学传统加以对接，难免会在对文本的精细分析和对传统的宏观概括之间频繁地调整视野，以求展现出作者以微缩景观孕宏大叙事的写作特点，但传统之大，确实不容易把握。任何解读也都是对艺术作品内涵的有限揭示。

本书在笔者的博士论文的基础上扩展而成。我要感谢我的导师北京大学外国语学院申丹教授的悉心指导和答辩老师的宝贵意见，特别感谢已故的纽约城市大学 Donald Stone 教授推荐的选题和对我的教导。本书受安徽大学博士科研启动项目和安徽大学固本强基外国语言文学项目资助。在本书成稿及出版过程中，安徽大学外语学院的领导和同事提出了诸多中肯的评价和建议，于此一并致谢！

囿于笔者的研究水平和时间，本书在很多方面仅仅是粗浅的尝试，希望能够抛砖引玉，让学界更好地关注并研究这位亟待深入研究的当代大师。

2022 年 6 月 30 日晚

于安大磬园

目录

第一章 绪 论

第一节 弥尔豪泽其人其作

对中国的外国文学界来说，本书的研究对象斯蒂文·弥尔豪泽(Steven Millhauser, 1943～)比较陌生。国内对弥尔豪泽的译介活动始于 1997 年冯亦代推介其普利策奖获奖小说《马丁·德赛勒》的书评《一个美国梦》[①]，2007 年陈广兴翻译其短篇小说《猫和老鼠》，2009 年林庆新翻译其短文《短篇小说的野心》，2010 年匡咏梅翻译其短篇小说《外星入侵》[②]，2014 年孙仲旭翻译其短篇小说集《飞刀表演者》和《危险的大笑》。这种译介活动的匮乏，与弥尔豪泽这位美国当代经典作家的身份很不相称。首先，他获过的众多奖项就足以证明其作品的分量和影响力。1972 年其处女作《艾德文·穆尔豪斯传：一位美国作家的生死录，杰弗瑞·卡特怀特著》(*Edwin Mullhouse: The Life and Death of an American Writer*, 1943～1954, *by Jeffrey Cartwright*，以

① 冯亦代：《一个美国梦》，《读书》1997 年第 3 期，第 144～147 页。冯亦代先生给弥尔豪泽下的断语是美国当代极少数能够"坚持严肃创作"的作家之一，非常精当。

② [美]斯蒂芬·米尔豪瑟：《外星入侵》，匡咏梅译，见周晓萍选编《小说山庄：外国最新短篇小说选，2008～2009》，北京：人民文学出版社，2010，第 291～294 页。

下简称《艾德文·穆尔豪斯传》,*EM*),由克诺普夫出版社(Knopf)出版后,迅速引起法国学者的重视,于 1975 年被授予梅迪西斯外国小说奖(Prix Médicis Etranger Award)。这个奖项旨在奖励法国之外那些才华远未受到应有重视的作家。获过该奖的还有昆德拉(Milan Kundera, 1973)、莱辛(Doris Lessing, 1976)、艾柯(Umberto Eco, 1982)、奥斯特(Paul Auster, 1993)、露丝(Phlip Roth, 2002)、帕慕克(Orhan Pamuk, 2005)等世界文坛上重量级的人物。其后,弥尔豪泽的作品相继获奖,1987 年获美国艺术与人文学院文学奖,1990 年获世界奇幻文学奖,1994 年获拉兰文学奖(虚构小说类),1997 年获普利策奖,2008 年因小说集《危险的大笑》荣登《纽约时报》年度十佳图书之首(虚构类作品),2010 年获短篇小说奖,等等。

回顾弥尔豪泽的经历我们会发现一个非常有趣的现象——其作品的接受,颇似当初的坡和福克纳:先在本土不被重视,后由于法国人不遗余力地肯定、宣传、译介、评论、研究,终于引发本土的注意与重视,被尊奉为经典作家。造成作家在本土如此曲折的接受的原因,部分地是因为弥尔豪泽本人不事张扬的个性,他始终排斥美国经济文化体制对文学进行资本主义式的推销与宣传;他甚至几乎谢绝任何人打探自己的生活经历。在盖尔文学资源数据库收录的 4 篇传记中,他的生平极为简单:1943 年 8 月 3 日生于纽约,长于康涅狄格州,求学于哥伦比亚大学(1961～1965)和布朗大学(1968～1971、1976～1977),曾任教于威廉姆斯学院和私立大学斯基德摩(Skidmore)。在美国这样一个讲究推销自己的国家,这种做法显然不合时宜①。他高度警惕乃至敌视各种评奖活动和商业宣传,认为这会干扰写作、损害自己的创作才华。弥尔豪泽过去长期未能在美国受到重视的另一个原因是,他的写作风格与近几

① 弥尔豪泽这一看似乖张的性格从《纽约时报书评》在 1997 年作者获普利策奖时所发表的专栏采访文章就可看出。有记者奉派前往 Skidmore 采访作者,屡次要求,屡次被谢绝。最后两人均在无可奈何之下达成妥协,记者先需打道回府,作为报答,弥尔豪泽提供一份生平简历发到该记者邮箱。及至记者返回报社后,收到作者自撰的简历仅为"Steven Millhauser (1943～)"这几个字,让记者哭笑不得;故而撰写的文章只能将他的作品梗概和此番行程略加叙述,冠名曰《害羞的作者只喜欢默默无闻地工作和生活》。详见 Dinitia Smith, "Shy Author Likes to Live and Work in Obscurity", *New York Times Book Review*, April 9th, 1997。

十年来美国小说的现实主义和极简主义潮流背道而驰[①],他的题材总是有意绕开当下的关怀,文笔更为丰腴,潜文本更为丰富,作品的主旨也更为晦涩,故而对读者的文学素养要求很高。这使得他长期以来在美国没有获得众多读者,作品仅在大学教授和文学爱好者的小圈子中流行。但就在美国人丝毫未意识到本国拥有这位大师级作家的同时,法国人对他的作品进行了阅读、评论、宣传和译介,掀起阵阵热潮[②]:这不仅表现在法国人率先给他颁发了国际性的文学大奖,也表现在他绝大多数的作品都由保罗·奥斯特译成法语,作最郑重的推介[③]。法国学者对其作品的研究力度和热情更是惊人:环顾世界,是法国人出版了第一部深度阐释其作品的专著[④]和第一部研究性论文集[⑤],2004 年在里尔大学第一次专门召开研究其作品的学术研讨会,并且将他与坡、霍桑、海明威、福克纳、德莱塞、詹姆斯等人一道,列入法国近年来最著名的美国文学研究系列丛书《美国之声》(*American Voix*)中。由于法国人的研究热潮辐射回本土,再加上美国文学精英层的努力,弥尔豪泽的作品开始逐渐被美国文学界重视,相关评论和研究不断推出,其地位逐渐升高。特别是 1997 年他获得了普利策奖和 1998 年他的短篇小说《魔术师艾森海姆》(*Eisenheim the Illusionist*)被改编成电影,由尼尔·博格(Neil Burger)执导并由爱德华·诺顿(Edward Norton)和保罗·吉亚玛提(Paul Giamatti)主演,获得了巨大成功,唤起了读者对其作品的阅读热情。随后,他早期的作品几乎全部被再版、重印,已有 15 种外文译本刊行于世[⑥]。近年来,在美国本土发表的书评和论文都公认他是当今美国最重要的作家之一。特别是自作者

---

① Danielle Alexander, Pedro Ponce and Alicita Rodriguez, "Steven Millhauser", *The Review of Contemporary Fiction*, 26.1(2006):7~77.

② 这里给出的法语的接受资料部分参照上文, pp. 7~9。

③ 参照亚马逊法国站的版本信息。保罗·奥斯特是当代著名的英法双语翻译家、作家和电影导演,其翻译的小说,多年来一直是英语世界的翻译定本。

④ Marc Chénetier, *Steven Millhauser: la preécision de l'impossible* (Paris: Belin, 2003).

⑤ Anne Ullmo, ed., *Steven Millhauser, une ecriture sur le fil* (Villeneuve-d'Ascq: Presses Universitaires du Septentrion, 2004).

⑥ 数字来自作者作品 *We Others: New and Selected Stories* (New York: Knopf, 2011)的封面介绍。

发表普利策奖获奖作品《马丁·德赛勒:一位美国梦幻家的传说》(*Martin Dressler: The Tale of an American Dreamer*,1996,以下简称《马丁·德赛勒》,*MD*)以来,其每部新作都在本土最重要的书评刊物或报纸上占据长篇版面,如《纽约客》《纽约时报书评》《华盛顿邮报》《芝加哥卫报》《哈德逊评论》《党派评论》《出版家周刊》等。评论中推崇之词比比皆是。A·S·拜厄特盛赞其作品"完美到极致"[①];保罗·垦凯德指出,弥尔豪泽是"整个美国奇幻小说传统最重要的代表性人物"[②];保罗·拉法格称赞他是位能将各种艺术的维度"推到极致的圣手(virtuoso of extremes)"[③];乔纳森·莱瑟姆称赞弥尔豪泽是一位继承了博尔赫斯、纳博科夫、詹姆斯、坡和安德森小说叙事艺术的"谜一般的大师"[④];迈克尔·德达认为,弥尔豪泽将奇幻传统与写实传统有机结合,50多年来,用"手上的魔棒",在自己的每个故事中都创造着奇迹[⑤]。

在50多年的创作生涯中,弥尔豪泽出版的小说涵盖长、中、短篇。长篇小说有四部:处女作《艾德文·穆尔豪斯传》以一位12岁的虚构作者杰弗瑞·卡德威特的口吻,记述了另一位11岁时猝死的美国少年作家艾德文·穆尔豪斯的生平。这部小说以传记的形式,将艾德文·穆尔豪斯的一生分为早年(1943年8月1日至1949年8月1日)、中年(1949年8月2日至1952年8月1日)和晚年(1952年8月2日至1954年8月1日)三个阶段。这位天才少年被虚构作者誉为有史以来美国最有才华的作家,终其一生仅创作了一部作品:《卡通》。该作品戏仿了传记类小说中叙述者、作者和编者这诸多层次构成的创作者之间的关系;也戏讽了成年人传记的套路和规范,并将童年的生活、童真的感情、童趣的见解与作家的思维模式进行有机的组合和相互阐释。作品中关于婴儿期语言现象的长篇描写,其精细程度在文学作品中极为罕见,在让读者惊叹语言习得之奇妙的同时,激发起读者对诸如语言、世

① A. S. Byatt, "Perfectly Beautiful", *Washington Post*, December 5th, 1999.

② Paul Kincaid, Rev. of *Dangerous Laughter*, *Strange Horizons*. October 20th, 2008.

③ Paul LaFarge, Rev. of *Dangerous Laughter*, *Chicago Tribune*. *March 14th*, 2008.

④ Johnathan Lethem, "Steven Millhauser's Ghost Stories", Rev. of *New and Selected Stories*, *The New York Times Sunday Book Review*, September 2nd, 2011: BR12.

⑤ Michael Dirda, Rev. of *We Others*. *Washington Post*, September 1st, 2011.

界和自我之间的关系等问题进行形而上思考的欲望。在《一位浪漫主义者的肖像》(*Portrait of a Romantic*,1977,以下简称《肖像》,*PR*)中,29岁的亚瑟·格尔穆(Arthur Grumm)回忆自己从幼儿到少年时期的经历。当时的他,多愁善感、无聊厌世,在与现实主义者威廉和疯狂的浪漫主义者菲利浦的交往中,感受到人格分裂。两位朋友中,后者教会亚瑟陈腐、堕落和绝望,带他读坡,玩死亡游戏。后来亚瑟又与威廉订立自杀协议,最终威廉在游戏中饮弹而亡。这部作品抒情性极强,不仅表现了如何协调现实主义和浪漫主义冲突的重大问题,而且书中缠绵的氛围、感伤的语调与美国文学乃至整个西方的浪漫主义和感伤主义传统形成强烈的呼应关系。《从摩耳甫斯的王国里来》(*From the Realm of Morpheus*,1986)是一部反抗现实主义的奇幻大作。小说的第一人称叙述者首先戏仿《爱丽丝漫游奇境记》中爱丽丝坠入洞穴的事件,叙述自己如何因追逐一只棒球落入摩耳甫斯的洞中,然后在小说的主体部分镶嵌了众多的奇幻故事,描述自己在洞中世界的所见、所闻。这部著作曾经因原稿太长(1000多页)而被要求大量砍削才能出版,其原本被作者寄予了厚望,力求达到集"想象力之大全"(summa of imagination)的高度[①],描述了一个与现代社会迥然不同的异域空间,其时代和场景几乎跨越了从古代传说、希腊神话、中世纪文学、文艺复兴戏剧、维多利亚小说到20世纪初的经典小说中的众多场景,与整个西方文学史上诸多经典作家的作品形成极为复杂的互文关联。作者的普利策奖获奖作品《马丁·德赛勒》与20世纪后半期美国作家已经罕写"美国梦"题材的局面格格不入。在叙述马丁·德赛勒的奋斗历程中,作者把霍桑所开创的美国罗曼司的小说传统和语言风格重新调用起来,以旅馆空间为依托,着墨于身陷"美国梦"资本迷局造成的资本家的空间恋物癖,使得这一古老的题材焕发出诸多新意。

弥尔豪泽的中短篇小说数量众多,特别是对短篇小说,他多年来用力甚勤。他指出,与长篇小说相比,短篇小说形式精悍、力求完美,具有布莱克"一

① Alexander, Ponce and Rodriguez,"Steven Millhauser", p. 17.

沙一世界"的抱负与雄心[①]。弥尔豪泽的中短篇小说的题材大致归为四类：一是古代传说、神话故事和经典作品的改写；二是艺术家、魔术师、杂耍艺人、巫师、工匠、工程师和科学家类题材；三是空间题材；四是儿童题材。

弥尔豪泽的小说创作最重要的特点之一就是题材广泛，种类众多，涵盖了侦探、哥特、爱情、奇幻等各种门类。他具有极强的创新精神，他的作品善于在叙述的人称上进行实验，并在某些作品中摆脱人物和情节作为主导性的叙事要素，完全以空间作为叙事的核心题材。他的小说中征引的文学篇目举不胜举，这使得众多传统的题材，如唐·璜、特里斯坦与伊索尔德等故事在他的叙述中呈现新的变形，并被赋予崭新的内涵。他的作品文体多变，语言精湛，用词凝练，句式繁复，被厄普代克高度尊崇。他的小说蕴藏着可贵的时代意识和深厚哲理，但不会让人觉得枯燥、抽象和平淡，作者总是想方设法，使之有趣、活泼和新奇。同样，正是因为他的作品在形式与主题、传统与创新之间保持着极为复杂、精致的平衡，故其可读性强、寓意深刻、供阐释的可能性极为宽广。笔者希望国内学界能够充分重视、译介并研究这位当代美国著名作家。

此外，自认为有着"学者禀赋"的弥尔豪泽还发表过 6 篇论文，为学界研究他作为文学的鉴赏者、研究者和创作者之间的关系提供了参照。其中最重要的两篇分别讨论复制品和微缩艺术。在《复制品》[②]一文中，弥尔豪泽首先罗列了历史上的各种工艺复制品，指出工艺复制品的意义仅仅是精确地仿拟原品，故而是次一等的；但是，因为它们还包含了它们所模仿的东西，故而其意义得到了提升，或呈现双重化的特征。作者认为，复制品首先是一种鬼魂附体的物品，永不停息地指向原件；复制品要求对细节的把握严谨有据，对精确度的追求，既要有学理支撑，还要有如痴如醉的锤炼。原作品，在细节的处理上，会力求具有独一无二的创造性；而复制品，在细节上，却要泯灭自身的个性和创造性。由于其以"非创造性"为皈依，故在方法上愈发求细，是一种

① Steven Millhauser, "The Ambition of Short Story", *New York Times Review*, October 3rd, 2008.

② Steven Millhauser, "Replicas", *The Yale Review*, 3 (1995): 50～61.

以技艺求胜的艺术[①]。复制品的最高境界是在任何细节上都无法被识别,否则只会被认作赝品。但复制品是以与原品相关联的形式存在的,故而它必须以某种方式来揭示自己是复制品[②]。虽然弥尔豪泽的这篇论文所讨论的并不局限于文学现象,但笔者认为依旧可以将它视为与同代人哈罗德·布鲁姆的"影响的焦虑"相对话的一份文献。布鲁姆指出,历史上的诗人都害怕自己创作的个性被磨灭,害怕自己的作品被人遗忘,而当他观察以往诗人的诗作时会发现,所有的形式和内容都已经被用尽,故而存在着强势诗人"对影响的焦虑","害怕被发现自己只不过是一个复制品或仿制品而已"[③]。这两位评论家关于文学史上后来者对先驱者的形式和技巧上的继承其实持相似的看法,但弥尔豪泽更突出的是通过给出信息标清自己与他者的界限,正面地接受复制本身的艺术性,强调复制艺术在维系传统中所呈现的必要性,甚至炫耀复制品不低于原作的艺术价值。这与布鲁姆认为强势诗人常有意遮掩、抹杀自己所模仿的前辈的做法迥然不同。弥尔豪泽的这篇论文,事实上也可以看作他借用对复制品的艺术形式的讨论,对文学创作中创造性与因袭性的矛盾、模仿与剽窃之间的界限等问题所作的一个新的申说。

这也是东西方文艺理论史上的古老话题。中国文论中的惯常语"学我者死,肖我者生"等都是论述这一问题的。舒展编辑的《钱钟书论学文选》第三卷[④]设有一章专门收集钱钟书如何结合中国的诗作对这个问题进行探讨。在文学史上的某些特定时代、特定流派,都会将追摩前代大家的艺术风格和写作经验视为作家的金科玉律;这进而会导致后来者在追摩前贤还是师法自然等问题上发表新的见解,如歌德《对自然的简单模仿、虚拟、独特风格》一文[⑤]。T·S·艾略特对这个话题发表过非常著名的"偷"论,宣称:"不成熟的诗人只会模仿;成熟的诗人会偷;坏的诗人把偷来的改得体无完肤,而好的诗

① Steven Millhauser, "Replicas", p. 51.

② 同上文, p. 53.

③ Harold Bloom, *The Anxiety of Influence* (New York: Oxford University Press, 1997), p. 80.

④ 钱钟书,《钱钟书论学文选》第三卷,舒展编,广州:花城出版社,1990 年。

⑤ [德]冯·歌德:《对自然的简单模仿、虚拟、独特风格》,范大灿等译,见《歌德文集》(第十卷),北京:人民文学出版社,1999 年, 第 7~11 页。

人把它化作更好的东西，或者至少变作不同的东西；好的诗人把偷来的成品溶进一个独特的情感之整体中而与其原物完全相异；坏的诗人把它抛进一堆没有关联的、前后不能呼应的事物中。”[①]布鲁姆论华兹华斯时，就多次提到他的诗作中(特别是《丁登寺》)有偷学弥尔顿的痕迹[②]。这个话题也是几乎每个文论家都要涉及的，如台湾著名诗人兼文论家余光中在《谁是大诗人?》一文中论述莎士比亚时，提出一个非常有意思的观点。他说，常听批评家指出：“莎士比亚兼容并包，但不太富有创造性。”而他认为，诚然莎翁“不是一个独创的思想家，他的哲学相当通俗；他的诗剧的情节往往是借来的；在无韵诗体和十四行的体裁上，他已有马洛和斯宾塞可以借镜”，但是他能将借过来的这么多东西“推陈出新，点铁成金，起死回生”，“这种吸收、选择、重加组合的综合力，要说没有创造性，是很勉强的”[③]。弥尔豪泽这篇文章的新奇之处特别表现在他讨论的切入点和修辞策略：对复制品艺术形式的归纳和对复制原则的约束，隐秘而又曲折地与当代的文学理论大家展开论争。这也是弥尔豪泽叙事作品时常展现出的无个性的个性给批评者带来的挑战，要能看清其中的“吸收、选择和重加组合的综合力”，常常构成一项艰巨的任务。

弥尔豪泽的这篇论文是理解其小说作品的重要入口，关系着作品与传统的关联。如前所述，在弥尔豪泽的小说创作中传统意识极强，他的作品里典故俯拾皆是，所引极广，自古希腊神话、不列颠的远古传说，到但丁《神曲》、文艺复兴时期的戏剧、文学传记、浪漫主义与维多利亚时期的大诗人的名篇佳句，从歌德、福楼拜、托马斯·曼这些欧洲大陆的经典小说大师，到科学小说、奇幻小说、通俗小说这样的文学门类，乃至当代欧美的诸多现当代作家，如约翰·厄普代克等，都是他写作时对话的对象[④]；往往名篇佳句信手拈来，或点铁成金，或脱胎换骨；其风格和字句经过高度的锤炼，与经典作品常保持似与

① 转引自叶维廉：《艾略特的批评》，见《叶维廉文集》(第三卷)，合肥：安徽教育出版社，2002年，第55～56页。

② 参见 Harold Bloom, *Poetry and Repression*: *Revisionism from Blake to Stevens* (New Haven: Yale University Press, 1976), pp. 52～82。

③ 余光中：《谁是大诗人》收入《望乡的牧神》，见《余光中散文选集(第2辑)》，长春：时代文艺出版社，1997年，第61页。

④ 参见 Alexander, Ponce and Rodriguez, “Steven Millhauser”, pp. 11～62。

不似之间的含混。有时看似作者的创造力完全湮没在复写老旧的题材和故事中，显得毫无个性，但这恰恰是他苦心经营的成果。用艾略特的话来说，就是“传统并不能继承。假若你需要它，你必须通过艰苦的劳动来获取它”，“一个艺术家的进步意味着持续不断的自我牺牲，继续不断的个性消灭”①。正如弥尔豪泽在《复制品》一文中隐约透露出的信息，他的这种经由惨淡经营、不断模仿所形成的文体风格，其实是他苦心追求其作品能够与传统对接而形成的格局与气象。故而在阐释弥尔豪泽的作品时，辨识其中潜隐的互文本脉络，考察显文本和潜文本之间的张力，是笔者附带的任务之一。这一视角还有助于我们避免犯下艾略特所指出的文学批评最容易陷入的一个误区，即总是坦然地毫无依据地“津津乐道这位诗人与他的前人，尤其是与他最临近的前人的区别”，从而避免诸多书评和论文过度关注新晋作家之作品而无限夸大其独一无二的创造性的谬误。但是本书在以传统为视角考察弥尔豪泽时，也希望能够较为客观地揭示他如何在继承中试图从老调中弹出新音，因为艾略特也指出，传统并不意味着后来者就一定要“盲目或胆怯地”遵从前代人的“成功秘诀”，因为“新颖总是胜过老调重弹”②。在揭示他的差异点时，更多的主要是从叙述形式的创新和叙述内容的时代性来着眼。也就是说，笔者在考察作者创作的文本和传统的关系时，主要看作者是如何对传统中业已存在的文本进行有意识地复制、模仿或戏仿；看作者在对一系列的经典作品进行改写时，虽然主题、人物关系和故事层与传统文本在相当程度上重合，但是他在叙述技巧和形式上推陈出新，并赋予故事新的内涵。我们关注弥尔豪泽的作品与传统的多元关系能够开阔视野，展现出传统中的变异和对话关系。

在《微缩艺术的魅力》③一文中，作者指出，“小并不构成奇迹”。微缩物代表着“一种关系，一种断裂”。他认为“大小的悬殊是种扭曲的形式，而任何扭曲都会使我们震惊、关注”。微缩物逼迫着人们去辨认。巨大物虽然与微缩物同样令人震惊，但巨大物唤醒的是敬畏、不适、危险感和恐惧感；巨大物

① ［英］托·斯·艾略特：《艾略特文学论文集》，李赋宁译，南昌：百花洲文艺出版社，1994年，第2、5页。

② 同上书，第3页。

③ Steven Millhauser, “The Fascination of Miniature”, *Grand Street*, 4 (1983): 128～135.

让我们无从占有,甚至无法尽收眼底。在将一个物体放大的过程中,一些从未见过的细节被创造出来[①]。相反,微缩物不会造成恐惧感;它诉诸我们的感官,并将之完全吸引;它激发的是我们的占有欲。我们知道,西方自郎吉努斯以来,对庞大物的美学讨论,主要与"崇高"的美学风格有关[②]。埃德蒙·伯克在讨论崇高时,虽然简短地将"美的小物件"作为美的形式之一加以讨论,认为正因为其"小",故而"美",故而使我们去"爱"。但他讨论的核心主题依然是巨大物,或类似于建筑物的庞大,作为崇高这种审美感受的外在诱因,以丰富对崇高这一美学范畴的认识。伯克深刻影响了康德将崇高定义为"绝对大的东西",表现在自然物中呈现为某些物体体积的庞大,这就是他所谓"数学上的"崇高[③]。弥尔豪泽此处以"细小"作为一种艺术风格,拈出"微缩物"这一艺术形式,参考《格列佛游记》和《爱丽丝漫游奇境记》,讨论其内蕴的艺术逻辑,其实是与这些讨论崇高的理论家进行创造性的对话,意义重大。当然历史上也不乏对微缩艺术加以欣赏甚至自比为微雕艺术家的作家,如简·奥斯汀就曾言及,自己的小说视野狭窄,仅限日常琐事,除了爱情与金钱之外,再也写不了其他的题材,只懂得在某些方面精雕细琢,故而自己仅算得上是个"缩微艺术家",只能在"小小的方方的两寸象牙"上工作[④]。但在文学史上能如弥尔豪泽用如此长的篇幅通过审美心理、文本阐释、哲学抽象和归纳分类这四种维度系统地阐述这一艺术形式的,的确罕见。

这篇论文也有助于我们把握弥尔豪泽的创作风格。富勒就用弥尔豪泽标举的这一艺术形式来说明他自己小说创作的艺术追求和风格特点,颇有创见[⑤]。弥尔豪泽所倡导的作为微缩艺术的小说,也就是要在短短的篇幅中,凝聚众多的文本形式和文化寓意,能够实现"小中见大,一沙一世界"的抱负。这里笔者要强调的是,弥尔豪泽对微缩艺术的论述和上述他对复制品的论述

① Steven Millhauser, "The Fascination of Miniature", pp. 128～130.

② 参见 Philip Shaw, *The Sublime* (NewYork: Routledge, 2006).

③ [德]伊曼纽尔·康德:《判断力批判》,邓晓芒译,北京:人民出版社,2002,第 86～90 页。

④ 梁实秋:《英国文学史》(三),北京:新星出版社,2011,第 966 页。

⑤ 参见 Douglas Fowler, "Steven Millhauser, miniaturist", *Critique*, 37. 2 (1996): 139～148.

其实是内在关联着的，它也涉及了文本和传统的联系，这要求我们在把握小的微缩艺术时要充分注意其中所内含的大的传统脉络，注意小与大的辩证联系。换言之，读者在考察文学传统的脉络时，采取全视野宏观鸟瞰式的观察法，不纠缠于极其微小的细节。但在考察微缩艺术时，就需要读者利用显微镜来加以观察，这样才可能较少地出现弥尔豪泽笔下的那个宫廷微雕大师在技艺已臻化境、雕刻出普通显微镜下无法观察的景观却被众人嘲笑的反讽式情境[①]，故而对弥尔豪泽的局部解读应该不惮于细。但是仅仅满足于细是不够的，微缩景观并不仅仅是小，还要小中见大，所以还需要把微观视野和宏观视野结合起来，也就是说，研究者要在细读作品和考察传统之间反复切换，以求得一个较为合理恰当的解读视角。从现有的材料来看，弥尔豪泽的这种微缩景观式的叙述艺术使得大多数的评论性文章关注的是其叙述艺术的精致细微之处。实际上，我们在高度重视细节的同时，不能忘记这些作品与我们熟知的经典作品一样，在极其细小之处同样孕育着宏大的主题内涵、贯穿着深刻的哲学气息、体现着作品追求象征力量的修辞抱负。从下节中我们可以看出，学术界在解读弥尔豪泽作品的主题时，虽然超越了见树不见林的格局，但是对其细微处的宏大主题的挖掘还十分有限。也正因为如此，笔者要在本书中系统探讨主体性这一近现代哲学和文学研究中最核心的概念在弥尔豪泽三部长篇作品中的表现。

第二节 弥尔豪泽的研究现状

自 1982 年提姆西·亚当斯发表论文《艾德文·穆尔豪斯的仿传记》[②]以来，在美国发表的以弥尔豪泽为研究对象的论文共计 15 篇，另外 ProQuest

① Steven Millhauser, "In the Reign of Harold Ⅳ", *Dangerous Laughter*.

② Timothy Dow Adams, "The Mock-Biography of *Edwin Mullhouse*", *Biography*, 5. 3 (1982): 205～214.

博硕士全文数据库收录涉及弥尔豪泽研究的博士论文①和硕士论文②各1篇。《拼盘》(*Salmagundi*)和《当代小说评论》在1991年和2003年各出了1期弥尔豪泽专辑,推动了弥尔豪泽作品在美国的研究,特别是后者总结评述了2006年前弥尔豪泽的研究和评论状况,殊为难得。但总体而言,弥尔豪泽作为美国当代重要的作家之一,其研究基础非常薄弱。这当然不仅与前文所描述的弥尔豪泽接受状况的"慢热"有关,更重要的是弥尔豪泽作为"当代"作家习惯于回避"当代"文学和"当代"社会热点所形成的主题关怀,给研究"当代文学"的学者提出严峻挑战,特别是后者近几十年来更惯常采用诸如女性主义、新历史主义和后殖民主义等主流的文学批评模式分析当代作品,如果将之生搬硬套到弥尔豪泽的作品解读中来,常常会不得其要领③。

从发表的现有论文看,其中有相当大一部分将作家的文本与文类或传统,或某个作家,结合起来进行互文阐释:亚当斯将《艾德文·穆尔豪斯传》视为仿传记的虚构作品进行解读,特别分析作品中所仿拟的传记文学中传主和作家的关系等主题④。南希·巴瑞诺将《马丁·德赛勒》与德莱塞的众多小说作品进行比较,通过挖掘《马丁·德赛勒》和《美国的悲剧》中旅馆片段中场景的相似性,说明前者的女主人公与嘉莉妹妹人物命运的相似,彰显了德莱塞对这部小说的影响⑤。大卫·谢里丹认为,弥尔豪泽是可以与博尔赫斯、卡尔维诺等量齐观的后现代短篇小说大家,研究其小说的结尾所共有的后现

① James Bowers, *The Malevolent Imagination and Murderous Art: The Fiction of Charles Baxter, Steven Millhauser and Cormac McCarthy* (Diss. of Florida State University, 1999).

② Jennifer Lynne Tom, *Magical realism, freedom, and control in Garcia Marquez, Millhauser, and Winterson* (M. A. Diss. of San Jose State University, 1999).

③ Alexander, Ponce and Rodriguez, "Steven Millhauser", pp. 62～63.

④ Timothy Dow Adams, "The Mock-Biography of *Edwin Mullhouse*", *Biography*, 5.3 (1982): 205～214.

⑤ Nancy Warner Barrineau, "Theodore Dreiser and Martin Dressler: Tales of American Dreamers", *Dreiser Studies*, 30.1 (1999): 35～45.

代叙事技巧[①]。简斯·里克曼将《艾德文·穆尔豪斯传》与托马斯·曼的《浮士德博士》并置,探讨其对仿传记的模仿问题[②]。学界这些论文对于理解弥尔豪泽作品有所助益,但依然有一些值得商榷之处,如詹妮弗·汤姆认为,弥尔豪泽的小说,特别是短篇小说,深受拉美魔幻现实主义小说传统之影响,这种判断完全从魔幻现实主义的概念和定义出发,看弥尔豪泽中短篇小说是否符合这一要求,没有考虑到这种写作风格和叙事套路受欧洲和北美的奇幻小说和哥特式小说传统的影响,故而这种对话的基础还有待商榷[③];如亚当斯将《艾德文·穆尔豪斯传》视为仿传记的虚构作品,但其论述仅仅将这一文类的若干代表性作品作为全文的铺垫,其对作品与传统的对话关系的解读非常单薄,并未真正展开;而詹姆斯·波尔的博士论文罔顾弥尔豪泽在论文和访谈中一再提及的他与欧美现实主义和浪漫主义传统之关联的公开陈述,完全孤立地阅读弥尔豪泽的作品,在缺乏了解欧美现实主义和浪漫主义传统的前提下,竟然得出了弥尔豪泽在其作品中讨论想象力与现实的关系时完全超越了浪漫主义、现代主义和后现代主义传统的结论,失之偏颇[④]。当然,这也是采用文本与传统的对话这一思路进行研究时容易碰到的问题。由于文学传统源远流长,十分深厚,很难把握,这一思路对学者的知识储备、阅读经验和研究方法提出了较高要求:如果缺乏这方面的储备或阅读不够广泛细致,解读就容易失之过浅,或穿凿附会。本书无意梳理弥尔豪泽的小说文本和传统的系统关联,但正如前文所言,传统和互文性的考察对理解这些小说作品的

---

① David Sheridan, "The End of the World: Closure in the Fantasies of Borges, Calvino, and Millhauser", *Postmodern Approaches to the Short Story*, eds. Farhat Iftekharrudin, et al. (Santa Barbara: Praeger, 2003), 217～221.

② Jens Rieckmann, "Mocking a Mock-Biography: Steven Millhauser's *Edwin Mullhouse* and Thomas Mann's *Doctor Faustus*", *Neverending Stories: Toward a Critical Narratology*, eds. Ann Fehn, et al. (Princeton: Princeton University Press, 1992), 62～69.

③ 关于魔幻现实主义,参见柳鸣九主编:《未来主义 超现实主义 魔幻主义》,北京:中国社会科学出版社,1987 年,另可参见 Lois Parkinson Zamora and Wendy B. Faris, eds., *Magical Realism: Theory, History, Community* (Durham: Duke University Press, 1995).

④ Bowers, "The Malevolent Imagination and Murderous Art"。当然值得指出的是,这两篇学位论文都出现在 1999 年,弥尔豪泽在美国本土的声誉刚刚崛起之际,这两篇论文的拓荒性质值得称赞,有着非常细致入微的解读,但对其与传统的结论还有待商榷。

背景尤为重要，故而在讨论中会反复提及这些作品的互文本及相关的文类研究成果，以求从这个角度丰富和深化对弥尔豪泽作品的解读。

当前学界对其作品主要还是采用主题解读的方法，从文化诗学、心理分析、空间理论、戏剧理论和史学等方面寻找资源，剖析文本的内在含义和美学追求：丹尼尔·亚历山大以巴士拉的空间诗学为楔子，剖析《复仇》中空间建筑与主人公的怨愤心理互相寄寓的关联①。约翰·博尔德关注《艾德文·穆尔豪斯传》中双重视野的调用，反映了浪漫主义文学中成人和儿童双重视野的融合②。阿瑟·萨尔兹曼探讨弥尔豪泽小说中空间主题的诗学含义，将小说主人公视为将美国的城市文化推向崇高的代表性人物③。阿里希塔·罗得居从心理分析等视角探讨《马丁·德赛勒》中空间的奇幻性和诡秘性特征④。特洛伊·派特森研究《艾德文·穆尔豪斯传》中美国主题的复变⑤。派踔·庞斯关注弥尔豪泽三部小说中的剧场主题，分析故事中剧场的观众对戏剧的看法，以及与戏剧作者的互动关系⑥。尤多·赫伯尔挖掘《马丁·德赛勒》中芝加哥世博会对小说中场景设置的影响和其中的技术主题⑦。如前所述，这几篇论文能够小中见大地将弥尔豪泽的微观叙事放到宏观的理论视野

---

① Danielle Alexander, "Cohabitation: On 'Revenge,' by Steven Millhauser", *The Review of Contemporary Fiction*, 1(2006): 77～89.

② John D. Boyd, "The Double Vision of *Edwin Mullhouse*", *Biography*, 11. 1 (1988): 35～46.

③ Arthur Saltzman, "A Wilderness of Size: Steven Millhauser's *Martin Dressler*", *Contemporary Literature*, 42. 3 (2001): 589～616.

④ Alicita Rodriguez, "Architecture and Structure in Steven Millhauser's *Martin Dressler: The Tale of an American Dreamer*", *The Review of Contemporary Fiction*, 1 (2006) 110～126.

⑤ Troy Patterson, "Edwin Mullhouse: Re-flexing American Themes", *Critique*, 27. 3 (1986): 145～151.

⑥ Pedro Ponce, " 'A Game We No Longer Understood': Theatrical Audiences in the Fiction of Steven Millhauser", *The Review of Contemporary Fiction*, 1 (2006): 90～109.

⑦ Udo J. Hebel, "Performing the Spectacle of Technology at the Beginning of the American Century: Steven Millhauser's *Martin Dressler*", *The Holodeck in the Garden: Science and Technology in Contemporary American Fiction*, eds., Peter Freese and Charles B. Harris(Normal: Dalkey Archive Press, 2004), pp. 192～211.

下进行解读，颇有创见；但是这些论文解读的文本很有限，篇幅也很短，这导致这些讨论对作品的主题解读还没有上升到对其核心寓意的总结，或者对寓意的升华性提炼还不充分，未能揭示出作品内涵的丰富性。正因为如此，笔者选取了“主体性”这一哲理性主题，采用专著的形式，集中探讨弥尔豪泽最主要的三部长篇小说，以揭示这些作品对于主体性的持续探索，系统性地探讨主体性在其最主要的代表作中的表现形式和深刻内涵。

另外，尚有若干研究聚焦于作家作品的风格：道格拉斯·富勒的两篇论文，一篇关注弥尔豪泽作品中后现代性的艺术追求①；另一篇从弥尔豪泽的论文入手，关注其微缩叙事的美学风格②。阿瑟·萨尔兹曼论述弥尔豪泽小说中名词性枚举法的写作风格③。另外，厄文·豪对作者中篇小说《展览目录》中展现出的实验性艺术风格加以评析④。从前面的作品介绍可以看出，弥尔豪泽是当代美国文坛罕见的文体家，他对叙述形式和文体形式的锤炼和创造作出了重大贡献。这几篇论文对揭示弥尔豪泽作品中的形式特点意义重大，但弥尔豪泽对形式上的创造性运用远不止如此。他在空间叙事、不可靠叙述、戏仿、意识流、拼贴、跨文类、跨艺术门类等形式技巧的运用和创新展现出他创作时的高度自觉。更重要的是，弥尔豪泽作品中形式和主题具有不可分割的关联。在他的笔下，形式和技巧并不是内容和主题的附庸，不是随意性的游戏，而是对主题的表达具有重要作用的。因此，对叙述形式和风格的探讨，必须考虑它们与主题的关联。

当然这里对研究现状的总结主要是以每篇文献所采用的主要视角作为分类依据，同一篇文献可能同时采用几种视角。从这一文献综述可以看出，与内容极为丰富的弥尔豪泽的作品相比，学界对弥尔豪泽作品的阐释，其视角还亟待拓展，其深度尚需进一步挖掘，其成果还相当稀少。从文学史的视

---

① Douglas Fowler, “Millhauser, Süskind and the Postmodern Promise”, *Journal of the Fantastic in the Arts*, 1.4 (1988): 77～86.

② Douglas Fowler, “Steven Millhauser, miniaturist”, *Critique*, 37.2(1996): 139～148.

③ Arthur Saltzman, “In the Millhauser Archives”, *Critique*, 36.2 (1996): 149～160.

④ Irving Howe, “Afterword to ‘Catalogue of the Exhibition’”, *Salmagundi*, 92(1991): 110～114.

角看,任何作家之所以能被确立为经典作家,其根源在于作品本身的创作水准及艺术魅力,但作家地位的沉浮则相当程度上与学界研究成果的多寡和阐释水平的高低有关。特别是像弥尔豪泽这样极少数能够"坚持严肃创作"的优秀作家,其地位的确定与巩固也特别依赖学者的严肃研究,以帮助文学界和大众读者真正认识其作品的艺术魅力。从笔者所掌握的资料来看,除了法语界曾经发表第一部系统阐发弥尔豪泽小说的著作之外,西方对弥尔豪泽的研究仅限于上述零散的中短篇论文。迄今为止,本书是第一部专门以弥尔豪泽作为研究对象的长篇学术著作。

第三节 弥尔豪泽的主体性研究导论

本书将研究的核心放在小说中主体的再现,关注弥尔豪泽三部长篇作品中主体的成长与发展、主体的意识与情感、主体与意识形态的关系,考察作品中呈现的现当代主体所特有的境遇和症候。这里所谓主体,就是身份、自我。探讨主体或主体性,就是要探讨主体的构成单位应该是个人的抑或集体的意识与存在,探讨视角、权威抑或拟像等问题,探讨构成个体的主体或主体性的要素是如何与内在、自我、个人能动性、身份的认同和维持等话题相关联的,探讨个体的主体性如何扩展到表现为集体的主体或主体性等问题[①]。这是西方批评理论中长盛不衰的话题,牵涉哲学、社会学、政治学、心理学、文学理论等一系列的学科。

由于主体性的论题极为广泛,几乎不可能在本书绪论如此短的篇幅里就这个话题作出全面的基本综述。鉴于本书的研究重心在于对弥尔豪泽作品的阐释,故而本书主要从文本再现的主体性现象出发,综合性地从各种理论资源中挖掘探讨小说的主体性问题的视角,而不致力于在此系统地勾勒主体性的理论话语谱系。就笔者有限的阅读经验而言,当代对主体性问题的梳理

---

① Bryan Reynolds, *Transversal Subjects: From Montaigne to Deleuze After Derrida* (New York: Palgrave MacMillan, 2009), p. 1.

有几部重要的代表作:唐纳德·霍尔的《主体性》(*Subjectivity*)①一书以哲学史和社会史中讨论该问题的思想家为线索,逐个讨论主体性在他们论述中的演变,讨论对象主要是哲学家、女权主义思想家和当代性别研究者。彼得·毕尔格在《主体的退隐》②一书中也采用这一论述线索和论述模式,但在论述对象的遴选上除了关注哲学史、女性主义和性别政治的理论家之外,更偏重文学理论和文学史中的代表性人物,如波德莱尔、布朗肖、巴塔耶等人,使得主体性问题跨越了哲学和身份政治等学科领域,与各个时代的著名文学家对主体的感性表述联系起来。与这两部著作相比,当代社群主义哲学家查尔斯·泰勒的巨著③系统梳理了现代性自我的理论谱系,其对300多年现代自我现象的论述视域远超出前两者,不仅将文学和哲学中对自我的论述有机地联系起来,而且将哲学和文学史上这一问题的演进与总体的社会变迁和历史思潮结合起来,并将各时代的精英论述和大众意识结合起来,其中也融贯了作者社群主义的道德理念和文化批判的视角。另外,保罗·史密斯④则罕见地以论题为线索讨论主体性问题,其论题分别关注主体与意识形态、文本、解构、抵抗、无意识、疯狂、自传、符号学、女性主义和责任10个话题的联系,其视野主要集中在与文学理论相关的思想资源中。

对主体性问题的讨论远不能仅仅依据上述这几部较具代表性的综述性尝试。如果深入主体性话语的经典原著就会发现,各个思想家和文学家在讨论这一话题时对其先驱和同辈的解读中也存在着各种曲解和误解,自己在立论时依据的假设在具有深刻洞见的同时,也都不可避免地具有内在的局限和盲视,在论述中也显示出个人思想发展的矛盾处。另外,在沉思者的个体经验的特殊性与历史-社会的普遍性之间还存在着一致和断裂的二元张力。思想家论述中的复杂性和疑难性在二手综述文献中常常被大量地砍削和简化,从而造成了更多地依据二手文献撰写的其他著作在对核心文献的判断和解

① Donald E. Hall, *Subjectivity* (New York: Routledge, 2004).

② [德]彼得·毕尔格:《主体的退隐》,陈良梅、夏清译,南京:南京大学出版社,2004年。

③ Charles Taylor, *Sources of the Self: The Making of the Modern Identity* (Cambridge: Harvard University Press, 1989).

④ Paul Smith, *Discerning the Subject* (Minneapolis: University of Minnesota Press, 1988)

读上出现更多的偏差和迷误。比如，笛卡尔的自我论常在一般文献中被约化为唯理论式自我论，被视为开创了西方现代理性自我的表述；他的学说与洛克的经验主义自我相结合，启发了康德关于人的批判哲学的建立，后者认为人具有认识先天的能力，人可以依靠自我摆脱蒙昧的状态；故而可以说笛卡尔开始了近代理性自我的主体性话语传统，直至叔本华和尼采的出现，非理性和反理性的自我才开始浮现。但充满反讽式意味的是，笛卡尔的理性自我论，却被帕斯卡尔解读为理性的疯狂独白。后者指出，一味地强调理性的绝对至上，其本身就是疯狂的谵语，这点启发了福柯对历史上理性话语压迫疯狂呓语的系统性挖掘，颠覆了近代史中理性自我是近现代自我的主要形式的认识。仅此一点可以看出，在面对主体性论述的浩瀚文本时，任何严肃的学者最深切地感受到的是“主体性”的词义在无边无际的互文性中无尽地“延异”着，甚至几乎不可能原原本本地客观中立地勾勒出一个清晰的主体性的思想谱系；哪怕其中任何一个论题都需要用长篇的笔墨来加以论述。这当然也是笔者在这篇绪论中无法做到的。但这里要反过来特别强调的是，承认“主体性”语义的不稳定性和延异性与它极端的矛盾性和复杂性，并不是说要彻底地废弃“主体性”的概念，也不是要拒不承认“主体性”作为一种思辨概念和思维模式的有效性。在这一点中，与晚期的福柯相似，晚期的德里达也明显转向强调保留“主体性”这一概念的必要性，他指出：“主体绝对是不可或缺的。我们并不是要消灭主体，而是要给主体定位。”①。同时，拉康对主体的看法也经历了类似的转变历程。斯拉沃热·齐泽克指出，早期的拉康倾向于批判启蒙运动中所张扬的具有先天反思能力和实践道德判断的主体，认为作为社会性符号的大他者在要求主体服从其律法时，对主体具有奴役性的“淫荡本质”。而后期的拉康则更深入地探讨主体这一概念，指出尽管它是“不可能存在的空白”，但其存在的合理性恰恰在于，在意识形态质询前的主体，“不是一个问题，而是一个回答，是实在界对大他者、符号秩序所提出的问题的回

① 这一论述可参见 Linda Hutcheon, *A Poetics of Postmodernism: History, Theory, Fiction* (London and New York: Routledge, 2009), pp. 158～159。

答”。[1] 这三位后结构主义者——福柯、德里达和拉康在其思想晚期对主体态度的转折，也启发了当今诸如齐泽克、阿兰·巴迪欧、菲利普·拉库-拉巴尔特、让-吕克·南希、朱迪斯·巴特勒等人对主体进行新的探索，使得主体重新成为当今的理论热点。本书要特别强调的是，在这样一个后结构主义之后、后人文主义兴起的时代，在承认主体性话语杂质多元化和不稳定性的同时，需要肯定其必然性和必要性，实现在后结构主义洗礼后部分回归并超越传统主体观的理论自觉，这也正是本书立论的核心依据和话语指向。

虽然自从哲学研究经历了语言哲学的范式转变之后，传统思考主体的自我认识论思维模式面临危机，历史甚至被理解成无主体的演进，主体在这一时代仿佛已是“声名狼藉”[2]。但是与其说在这个时代主体的概念和思维模式已经消退，不如说现时代对主体的思考突破了笛卡尔、康德等传统思维模式下对理性自我的单向度的建构，这使得语言、历史、文化、情感、无意识等各种因素纳入对主体的思考，使得现代人对主体内涵的思考更加丰富与深刻。当代最具代表性的几位思想家如晚期的拉康、德里达和福柯等人，都转向强调主体性的必要性。以福柯为例，他在考察“主体的希望”的现代话语时，在指出主体思维窘境的同时，反复强调不能忽略主体性思维的范式和框架给我们带来的生存实践意义，并强调要考察自我与权力的双向建构关系，强调拒绝一种简单化地脱离时代和历史性的主体认识观。福柯认为，一味地拒绝主体认知的思维模式，就意味着人的形象将会如同画在沙滩上的面孔那样完全消失[3]。

福柯从社会思想史的视角来看待主体性认识的必要性和复杂性，拉库-拉巴尔特和南希总结了半个多世纪以来文学研究中“去主体化”的种种话语，它们涵盖了“从文学可能的形式化理念（从一般意义上的所有文学生产），到

---

① 参见斯拉沃热·齐泽克：《意识形态的崇高客体》，季广茂译，北京：中央编译出版社，2002，第 111～112，244～248 页。

② 关于主体话语在 20 世纪晚期的退隐及其在各种理论谱系中的根据，参见 Fred Reinhard Dallmayr, *Twilight of Subjectivity: Contributions to Post-Individualistic Theory of Politics* (Amherst: University of Massachusetts Press, 1981)。

③ 毕尔格：《主体的退隐》，第 5～9 页。

语言学模式(以及建立在语言自主结构原则之上的模式)的应用;从依据自主生成(auto-engendrement)假设的作品分析论,到彻底摒弃一切主观主义(如灵感、不可言喻、作者的功能等)的主体盖然性的加剧;从这种口头的、书面的主体盖然性,到历史和社会主体的一般理论;从相信作品的生产或制造条件铭刻在作品之中,到一切生产过程在主体的深渊中解体的论断",这些理论和批评的出发点还是建立在对"自我批评"的批评之上的。但是他们认为,"从文学绝对的这面镜子来看",我们从这些话语中看到的恰恰是"我们自己的形象",去主体化的研究和批评恰恰说明人的自我主体的形象①。拉库-拉巴尔特和南希的这一论断成为文学研究中"主体的回归"的先声。笔者以为,与其说主体正在回归文学,倒不如说主体从未离开过文学研究。主体身份意味着主体在诸如性别、年龄、种族、职业、群体、社会-经济阶层、民族、国家、政府或宗教等这些社会和个人维度上产生自我的归属感和异化感,意味着在时间的历程中,面对日新月异的变化,自我人格如何保持不变和发展,意味着在面对他者时自我如何保持自己的个性或是同化于他人,意味着在自我与世界的结构中如何建构能动性等问题②。本书在论述弥尔豪泽小说的主体性问题时,致力于将当代叙事理论和后人文主义的主体性理论话语结合起来。在这一方面,里门-凯南关于叙述、再现和主体性的著述具有开拓意义。她在吸收了后结构主义主体思想后,为叙事中的"表现"和"主体"正名,重新分析了现当代小说中主体的叙事和叙事的主体的关联,试图在后结构主义之后超越传统的人文主义来主张主体这一概念的合法性③。本书在这种总体思路上延续了里门-凯南的主体性批评实践,将之拓展到弥尔豪泽的作品分析中,但认为其借用的主体性话语更为多样性。

主体性一直是弥尔豪泽在创作中持续高度关注的文学主题。在其作品

---

① [法]菲利普·拉库-拉巴尔特、让-吕克·南希:《文学的绝对:德国浪漫派文学理论》,张小鲁、李伯杰、李双志译,南京:译林出版社,2012 年,第 19~20 页。

② Michael Bamberg, "Identity and Narration", *Handbook of Narratology*, eds. Peter Hühn, et al. (Berlin: Walter de Gruyter, 2009), pp. 132~143.

③ Slomith Rimmon-Kenan, *A Glance Beyond Doubt: Narration, Representation, Subjectivity* (Columbus: Ohio University Press, 1996).

中,不仅涉及从儿童、青少年到成年人这样发展中个人的主体性,也涉及文化语境和意识形态操控下的主体命运,涉及个人的性别、阶级、阶层等群体意识,作家特别关注诸如作家、资本家、科学家、技术工人、艺术家等这类职业具有创作性特点的人的身份问题,弥尔豪泽的创作甚至还触及历史上的野蛮人和新兴的机器人、赛博人等未来世界的主体。可以说,从主体的角度切入弥尔豪泽的小说作品,既可以充分地考察作者创作出的各种身份的多样性、丰富性和深刻性,也可以研究其在作者驾驭这一主题时与各种文学和哲学作品产生的多维对话关系,挖掘作品的显文本和潜文本、互文本的复杂关联,更充分展现出弥尔豪泽作品的深刻内涵和艺术魅力。特别是基于以上弥尔豪泽研究现状之不足,本书认为,在考察弥尔豪泽小说中的主体性问题时,应该考虑主题与形式的互动、文本与传统的关联,注重其艺术风格和叙述模式中隐藏的思想背景、文化内涵、哲学思辨等信息。只有综合性地借用叙事理论、历史研究、文化诗学、意识形态批判等多方位的视角,才能够更好地把握作品多层次的内涵。

概而言之,本书以考察文本的传统脉络为铺垫,以系统阐发弥尔豪泽小说中的主体性寓意为目的,在细读文本中把叙事-文体的解读方法与哲学、社会、政治和文化的理论资源结合起来,多维度地阐释弥尔豪泽小说中的主体性问题。

本书研究的文本是弥尔豪泽四部长篇小说中的三部:《艾德文·穆尔豪斯传》《肖像》和《马丁·德赛勒》。之所以剔去他的另一部长篇小说《从摩耳甫斯的王国里来》,一方面是因为现有的文本,如前所述,是作者经过砍削之后出版的,远非作者撰写的原貌;另一方面也是因为另三部作品本身构成了一个三部曲的结构:三者中故事的发生地点都在美国,其中《艾德文·穆尔豪斯传》记述的主人公的经历主要发生在0岁到11岁,《一位浪漫主义者的肖像》主要叙述主人公12岁到15岁的经历,而《马丁·德赛勒》记述的是主人公14岁到36岁的经历。三者存在递进关系,展现出美国人从出生到婴儿期,再到儿童、少年、青年、中年,乃至开始衰老的人生历程。同时,《从摩耳甫斯的王国里来》也与其他三部作品在叙事的整体架构上呈现截然不同的特点:前者采用类似《坎特伯雷故事集》和《十日谈》的拼贴式写作手法,将不同地域、时代、人物的故事镶嵌在一个大的叙事框架下，各个故事并行而立，基本上各不相扰；而另外三部小说都有着各自统一的主人公和前后连贯的故事线索。我们讨论的这三部小说的主人公的性格都具有不满现实、耽于幻想、喜欢创造的特征，在其抗拒现实、改变现实的实践中，不断地调整各自的主体能动性和客观现实的关系。在作者的文本再现中，主体的情感、想象、意识和行动多维度地与意识形态、权力结构、文化背景、社会关系、政治经济制度形成深刻复杂的关联。再加上三部曲主人公在年龄上首尾呼应的结构布局，成为很好地探讨作者如何表现当代美国人主体性的文本材料。

本书主体部分共分三章，每章各以一部小说为讨论对象，论述叙事对主体问题的再现寓意。

第二章论述《艾德文·穆尔豪斯传》中的主体建构，首先通过引入叙事身份的概念，在小说和传记之区别的文类框架下，探讨小说中形式的创新如何造成了叙事交流中叙事主体的身份多元性问题。然后，在分析作品的叙述形式中，引入心理学和哲学中主体生成的概念来讨论小说中儿童主体的感知和语言发展的意义。最后，从女性主义、礼物文化和心理分析三个层面探讨小说中儿童的性化、性别主体的生成和主体间的欲望结构等问题。

第三章将《肖像》解读为一部当代美国主体的寓言。笔者认为，这部作品中虽然高扬着浪漫主义的主体性，在表面上仿佛和当代美国的后现代现实脱节，但其用意恰恰在于说明作为抗拒后现代的浪漫主义主体性在当代存在的不可能性。笔者首先从宏观上指出，作品中张扬的浪漫主义主体意识和内隐的后现代主体意识之间紧张的叙事关系；然后分别从无聊和美感这两种主体的情感与意识状态入手，说明浪漫主义主体的意识困境及其在后现代美国现实中如何解体为无内容的空洞主体的寓意，从而凸显弥尔豪泽对当代主体境遇的忧思。

第四章从叙事学中情节、人物和时空体这三个概念切入，探讨《马丁·德赛勒》中意识形态操纵下的主体困境。本章首先指出，作为意识形态的美国梦是与该国资本主义文化的重商传统分不开的，这反映在作品叙述主人公的空间资本活动时展现出的反情节的高频度重复叙事中。然后，笔者以富兰克林和爱默生的代表思想为依据展开互文阅读，说明作者有意把主人公性格塑造得符合美国文化中的理想人格，以证明主人公形象是“美国梦”所宣称的只要依靠美德就能实现自我成功的典型代表。但这只是作者为了在作品结尾处以一种全新的叙事逻辑解构美国梦的意识形态所作的铺垫。作品中，主人公随着资本的增殖，想象中的自我极度膨胀，最终因为对自我的过度迷恋而陷入了空间恋物的陷阱并遭遇失败，这说明“美国梦”的意识形态和资本精神对主体具有潜在的禁锢和危害。

第二章 《艾德文·穆尔豪斯传》中的主体身份

1972年弥尔豪泽发表了自己的处女作《艾德文·穆尔豪斯传(1934～1954):一位美国作家的生死录,杰弗瑞·卡特怀特著》(以下简称《艾德文·穆尔豪斯传》)。这部小说采用传记的形式,以一位名叫杰弗瑞·卡特怀特的叙述者的口吻记述了他的好友——一位天才少年作家艾德文·穆尔豪斯的生平。从现有的评论和论文来看,学界的关注主要集中在作品的三个方面:对文学传记的戏仿、对儿童世界的敏锐观察和记录与对艺术风格的创新。在对作品以仿传记(mock-biography)形式进行的论述中,亚当斯[①]和博尔德[②]高度肯定了它在文类戏仿上取得的艺术效果,认为其混合了他传与自传的文体类别、模糊了虚构与写实的界限,具有仿传记的格局。里克曼进一步指出,小说特点并不在于其作为仿传记的形式特征,而在于它伪装成仿传记以达到嘲讽伪传记的目的[③]。在对小说的孩童主题的研究中,博尔德认为作品高度标举美国儿童的"美国性",展现出儿童世界的美丽之处、儿童充沛的情感和辽

---

① Timothy Dow Adams, "The Mock-Biography of *Edwin Mullhouse*", *Biography*, 5. 3 (1982):205～214.

② John D. Boyd, "The Double Vision of *Edwin Mullhouse*", *Biography*, 11. 1 (1988): 35～46.

③ Rieckmann, "Mocking a Mock-Biography", pp. 62～69.

阔的想象力,而主人公的早逝则象征着儿童性的消失①。在论述小说的风格特征时,富勒关注其中"清单式描写"(cataloguing)的写作方法,认为这具有微缩景观的特点,在看似表象的书写下孕育着深刻的哲学内涵②。

上述论者对于这部作品的解读和把握都有其独到的一面,特别表现在他们将作品与传记传统和小说传统联系起来,挖掘小说在模糊文类差别上的创造。但笔者以为,这部小说的丰富内涵和艺术手法还需要评论家进行更为深入的挖掘,如现有评论对作品中小说和传记文类杂错相生的复杂层次和艺术效果的认识还显得不够到位,对身处叙事交流图不同位置上的小说作者、传记作者、作为小说作家的传主之间复杂的相互指涉性的分析还需要深入;若仅仅关注作品对文类形式上的戏仿,难免对形式背后深刻的思维模式和哲学内涵把握不够,特别是对小说作者、传家和传主戏剧性的彼此建构-拆解的元话语的认识还有待加强。就小说所表现的儿童主题来说,学界对作品中儿童主题的深刻性、宽广性及其与成人世界关联的复杂性的关注还很不够,特别是作家在"儿童"的主题上如何继承了浪漫主义文学遗产,以及他在描写当代美国儿童心理世界时的创新性成就,还需要从当代哲学和儿童心理学中援引资源加以系统性地阐发。研究者对小说中戏剧性、游戏性的层面关注过多,却对小说中严肃的哲理内涵,特别是其中关涉语言哲学的部分与作家创作哲学语焉不详。这正是本章需要面对的问题。

本章以主体身份作为核心线索来探讨这些问题。笔者认为,讨论《艾德文·穆尔豪斯传》这部小说中的主体、身份和自我,可以在小说中的叙述形式和所述内容之间找到一个很好的平衡点,从而有助于更好地理解这部小说的艺术内涵。首先,在作品中,作者、叙述者和人物在叙事情境中有着自己的身份,并在叙事-修辞行动中发挥着不同的功能,并互相指涉,与读者构成多维度的互动关系,在叙事活动中各自有着强烈的反身性的自我意识。此外,主体问题涉及小说的主人公艾德文与叙述者兼被自己叙述的人物卡特怀特从婴幼儿成长为少年过程中主体的发展问题,还牵涉小说中其他人物,如小女

---

① Boyd, pp. 43～45.

② Douglas Fowler, "Steven Millhauser, Miniaturist", *Critique*, 37.2 (1996): 139～148.

孩露丝性别身份的生成等问题。以主体和身份为核心进行探讨，能够发现这部小说在表面上虽然看似很平淡地叙述了当代美国儿童的日常生活，但其在精巧的叙事技术之下，蕴含着当代美国儿童在主体成长中罕见的痛苦和挣扎、冲突与和解、盲视与洞见、反抗与成熟的历程。

本章分为三节，以小说所表现的主体或身份的若干重要层面为核心，分别展开论述，共同展现出这部作品在主体表现上的宽广和深刻。第一节将作品置于文类规约的大背景下，看其多重文本形式、多种叙述身份之间的多维度交流互动造成的叙事主体和身份的多元性问题。在阐释中，笔者重点关注小说中传家和作家的身份塑造，说明二者在传家的元叙述中展现的镜像式互生关系的复杂性。第二节从感知和语言两个方面入手，讨论孩童主体发展的认识论问题。该节特别借用语言哲学的一些论述，关注小说对婴儿习得语言的描述是如何见证了主人公作为“人”的主体性生成的重大意义。第三节关注小说中主人公与小女孩的爱恋过程。通过跨主体性的论述，本节旨在阐述女孩的主体性的再现、礼物的政治和男女性主体欲望的悖论等问题。笔者希望通过这三节的讨论，能够将作品中表现的传家自我、作家自我、童年自我、性别自我等各种自我的复杂性展现出来，以丰富学界对这部作品深刻内涵的理解。

第一节　叙事身份、叙述形式与文类规约

在探讨小说中的童年主体和性别主体等其他身份之前，本节首先引出叙事主体或叙事身份这一概念，重在阐述自我与叙事的关系、自我塑造如何体现在叙事交流图中，并主要结合虚构和写实的文类形式来探讨自我在文本中的互相建构关系，最终落实到传家和小说家之争的主题来看各自叙事身份的相同和差异。叙事身份和叙述形式之间关系的探讨也为后两节的论述提供了一个阐释性的框架。

当代人文和社会学科对自我与叙事的关系有着很多的论述。麦卡锡从对这个话题讨论得最为活跃的心理学、历史学和哲学这三个领域总结了各自

学科对这个问题的探讨[①]。根据该学者的论述，心理学在研究自我意识时采用的叙事研究法，其目的在于理解自我是如何在心理中通过故事被建构，以及建构的有效性问题。在这种思路下，叙事是“一种组织认知的过程”，而自我身份则是自我意识在时间中呈现的“格式塔”，个人生活的时间和行动的意义是由关于自己的“具有特定的情节或主题的整体故事”来决定的[②]。以海登·怀特、保罗·利柯等为代表的关注历史的理论家把人的自我和作为“叙事”的历史联系起来：历史必须有自己的叙述者、情节化、叙事寓意的命题走向等，“历史作为叙事，是研究人类事件的恰当材料”，而人的行动“有目的性，以目标为导向，在时间中展开”。人的行动本身就如同叙事一样，具有开端、中部、结尾，历史是反映人类生活和人类自我的形式[③]。与以往的哲学理论相比，当代哲学家认为，自我不再是某种物质性的东西或稳定的人格，“自我的稳定性和持存性都来源于叙事的排序”[④]。

麦卡锡在总结这些观点时指出，所谓“自我”，是“由文化协调的、行动的叙事整体(a culturally mediated narrative unity of action)”[⑤]。这一将“文化协调”视为“自我”存在的外因和基础，以“行动的叙事整体”作为自我属性的定义，为我们理解自我和叙事的关系提供很好的切入口，也给我们研究小说中的自我提供了有意义的启示。首先，自我是一种“行动的叙事整体”，自我的反思采用叙事的形式，关系到个人在跨越时间的叙事中对自我同一性、人格和身份的认知，关系到叙事中的事件和人物的行动及其因果联系，关系到叙事中的自我与他人的关系等；自我的呈现依赖于所述行动和叙述形式[⑥]。而在研究叙事自我的“文化协调”层面时，既要看叙述形式如何受到文化的影响，也要重视在文化研究视野下的心理、社会、历史、哲学对叙事行动中的自

---

① Joan McCarthy, *Dennett and Ricoeur on Narrative Self* (Amherst: Humanities Books, 2007).

② 同上书，p. 11.

③ 同上书，p. 13.

④ 同上书，p. 14.

⑤ 同上书，p. 9.

⑥ Dieter Teichert, "Narrative, Identity and the Self", *Journal of Consciousness Studies*, 10～11(2004):75～91.

我和由叙事表现出的身份意蕴的探讨。吉尔茨在提倡文化人类学的"厚描说"时指出,"人的本性中没有任何东西是脱离于文化的",如果剥离文化的"语境",将人性仅仅归结为"基本的""纯粹的""无条件"的人的本质属性[①],那么人的主体性"就不完整了",这样的归纳也就没有任何意义了。故而,工具、家庭乃至艺术、科学、宗教都在"锻造人的躯体"(molded man somatically)[②]。这是从吉尔茨关于文化在器物、典章、制度等方面对人的主体性形成具有决定性影响的论述来看主体问题。但在谈到文化对于叙事主体的意义时,本书也高度认可福柯所提出的"文化即权力"的观点,认为权力无所不在地渗透在文化的各个层面,惩罚并规训着主体的成长,钳制着其发展道路。在后面的两节中,笔者会分别分析文化对语言的影响,以及作为主体间权力关系的文化对人物意识和行为的塑造;其在论述中借助于吉尔茨和福柯的文化观。

但在本节,我们首先从叙述交流图来看叙述形式与自我表现的关联。《艾德文·穆尔豪斯传》对叙事身份的表现和揭示,与其叙述形式上的继承和创新有着密切的关系。从叙述形式上说,作为交流活动的叙事,小说中展现的叙事身份,除了人物之外,可以分解到叙述交流图中。这里的所谓叙述交流图[③],由西摩·查特曼提出:

真实作者→【隐含作者→(叙述者)→(受叙者)→(隐含读者)】→真实读者

其中,黑框之外的部分表示文本外的世界,这种将真实作者和真实读者排除在叙述研究范围之外的做法体现了经典修辞叙事学的一贯立场[④]。这与20世纪主张"文本自足"、批判"意图谬误"和"情感谬误"的新批评派的立场相似。当代的叙事学学者重新考量这一排除真实读者和真实作者的立场,承认真实作者和真实读者在叙述交流中的重要性,并且多角度地关注这两者

---

① Clifford Geertz, *Interpretation of Cultures* (New York: Basic Books, 1973), p. 49.

② 同上书,p. 83.

③ Slomith Remon-Kenan, *Narrative Fiction* (New York: Routledge, 2002), p. 89.

④ 关于交流图中隐含作者和真实作者的区分和关系,参见 Dan Shen, "What is the Implied Author", *Style*, 45(1): 80～98。

在叙述交流中的作用。另外，在叙事文本阐释中的许多成果援引了作家生平研究的文献，也说明了学界对真实作者一以贯之地重视。而当代认知叙事学的诞生和发展也有助于拆解原本封闭的黑框，为叙事交流图中各个要素之间的多维交流打开了新的可能性。笔者之所以在此强调在阅读《艾德文·穆尔豪斯传》中打开“真实作者”和“真实读者”的区隔，也是因为在这部小说的仿传记体格局中，作者有意识地使用“越层叙事”的叙述手法，释放出若干身份混乱的暗示，故意引发读者对叙事身份之间关联的猜测。另外，在某些传记作品中，对真实作者的认识和建构是读者阅读阐释的重要维度。在阅读鲍斯威尔的《约翰逊传》时，读者关心的不仅是作为隐含作者/叙述者的鲍斯威尔①和作为小说主人公的鲍斯威尔在该作中的叙事主体如何分别被构建，读者还可能会对其他材料中的鲍斯威尔形象感兴趣，比较其他材料中鲍斯威尔和《约翰逊传》中扮演各种叙事身份的鲍斯威尔的差别。当然，《艾德文·穆尔豪斯传》作为一部仿传记作品，读者对作品中“两个作者”（小说作者、传记作者）的认知兴趣被“小说”的外框架部分地悬空起来，无法完全满足：一方面，承担叙述功能的传记作家是个虚构的人物，在真实世界中并不存在一个与之对应的传记作家②；另一方面，现有的关于弥尔豪泽的信息也相对较少，这限制了我们对小说真实作者的了解。但还是有足够多的信息让读者在解读这部仿传记体小说时考虑作品的真实作者、传记作者（叙述者）的叙事身份之间具有互相映射和重合的暗示，从而使得读者对这部作品基于小说/传记的叙述形式差异上的创新有着新鲜的体验。

叙述交流图中的各个要素是从信息交流的角度提出的，其中“作者”“叙述者”和“受述者”的存在方式和自我身份在叙事学界有着不同的认识。里门-凯南就曾对叙述者的身份进行过探讨。她指出，在传统叙述学的视角下，

① 值得指出的是，在传记作品中，一般情况下，小说叙事交流图中的隐含作者和叙述者几乎没有差别，除非传记的隐含作者调用另一个有别于自己的叙述声音，参见 Dan Shen and Dejin Xu, "Intratextuality, Extratextuality, Intertextuality: Unreliability in Autobiography versus Fiction", *Poetics Today*, 28.1 (2007): 43～87。

② Michael Benton, *Literary Biography: An Introduction* (Malden: Wiley-Blackwell, 2009), pp. 37～38.

叙述者对应一个虚构的人，他的心理组成（psychological makeup）和道德价值能够从文本中建构出来，哪怕这个叙述者是全知的，是外在于被叙述的事件之外的。在结构主义看来，叙述者被视为叙述的发起要素（instance），如果使用了声音（voice）这个词，那么它具有一种类语法的（quasi-grammatical）意义，限定在与被叙述的世界的叙述者相对的结构位置上。在解构主义看来，叙述者根本就是多余的；文本就是由语言本身所述行的，而非特定的人、声音，甚至发起要素①。笔者超越后结构主义，倾向于认为是新人文主义的主体观让本书对叙述者身份的认知更偏向于传统叙事学，认为“叙述者自我”在小说中是虚构出来的人，是仿传记小说声音的发起者，读者在解读作品时，完全可以通过文本来构建其心理状态和道德价值等身份特质和要素。当然，因讨论对象不同，故而在叙事交流图中找不到“叙事自我”中最重要的另一个维度：故事人物，特别是主人公——他们的自我和身份构成了叙事自我和叙事身份的核心要素之一。在叙事交流图中，“作者”“叙述者”和“人物”的叙事自我和叙事身份经历了两轮构建：一轮是文本的写作和生产，即在叙事行动中构建，另一轮则由读者在阅读中重建。读者在阅读中对叙事身份的重建在叙事交流中的意义尤为重要，读者或站到受述者的位置，或作为作者的读者（authorial reader），或作为有血有肉的个体读者对叙事自我进行构建并作出判断②。

上面简要地介绍了叙事自我和叙事交流图的概念。我们在下文中将结合文类特征关注《艾德文·穆尔豪斯传》如何构建了作者、叙述者、人物、受述者、读者等叙事身份，这些身份在叙述-解读的交流中如何实现互动，并通过镜像式构建来表达自我和他者相异又相生的复杂关系。

下面我们来讨论《穆尔豪斯传》的叙述形式对文类的创新，以及由此给读者带来的建构小说中叙事身份的复杂性。这部小说最大的特点之一就在于其在虚构性小说和纪实性传记两种文类之间进行杂交，从而造成其文类话语

---

① Slomith Rimmon-Kenan, *A Glance Beyond Doubt: Narration, Representation, Subjectivity*, p. 14.

② 三种读者身份的划分，参见 Peter Rabinowitz, *Before Reading* (Ithaca: Cornell University Press, 1987).

的互相指涉、互为颠覆又互相建构的多元对话关系。回顾传记文类和虚构文类研究的成果，科恩对传记和小说作出的分类仍然具有很高的参考价值[①]：

疆域：历史

	他传（传记） 里顿·斯特拉奇《维多利亚女王》	自传 卢梭《忏悔录》	
管辖 第三人称	第三人称小说 故事外叙事 虚构性他传 托尔斯泰《伊万·列奇》	第一人称小说 故事内叙事 虚构性自传 勃朗特《简·爱》	管辖 第一人称

疆域：虚构

科恩在上图中间的横线以虚线分割，其目的在于强调他传和第三人称小说之间、自传和第一人称小说之间无法决然分开。但如果将《艾德文·穆尔豪斯传》放入这个表格，就会发现这部小说文类归属的困难。小说的标题为《艾德文·穆尔豪斯传(1934～1954)：一位美国作家的生死录，杰弗瑞·卡特怀特著》，而在扉页的标题上又继续标注"一部小说，作者斯蒂文·弥尔豪泽"。小说的隐含作者是写这部小说(包括《编辑的话》和《艾德文·穆尔豪斯传》)的弥尔豪泽，而承担《艾德文·穆尔豪斯传》叙述功能的叙述者和作品的虚构作者是卡特怀特，《编辑的话》是传记的副文本。

从人称来看，这部小说显然应该归为第一人称小说。但是与纯粹的自传体小说《简·爱》不同，这部传记的重心主要放在传主艾德文身上，这又是一种他传的形式，与第三人称小说具有一定的相似性。更怪异的是，虽然传记作家宣称自己写的是他传，但是由于叙述者自己是传记中故事内的人物，就如同鲍斯威尔的《约翰逊传》一样，具有自传和他传相结合的特征，特别是传记作家有意不断加重自我在他传中的分量，显现出他在为别人做传中顺便为自己立传的企图。因此，从仿传记的层面来说，它又混淆了自传和他传的界限。如前所述，小说的框架使得这部仿传记并没有通常传记文本外拥有的实

① Dorrit Cohn, *The Distinction of Fiction* (Baltimore: John Hopkins University Press, 1999), p. 19.

际“历史”指涉的特质，故而读者的阅读策略和感受，以及对于叙事身份的建构又与第一人称小说没有太大的区别。但是由于作品中关于真实与虚构区分的“元话语”处处可见，时时提醒读者注意这部作品的“传记”品格与传记作家身份的写作职责和写作规范，这又使得读者偏离第一人称小说的阅读感受，而形成向方框左边的他传或他传型（第三人称）小说倾斜的错觉。由此可见，这部小说具有的小说-传记文类的戏仿性和混杂性，使得各种叙事身份之间的关系与传统小说和传记文类发生复杂的互动，特别是戏仿和反讽使得传记作家和传主的叙事身份在互相建构中出现强劲的张力，这在后面章节会重点讨论。

科恩对于传记中历史的和虚构的现象按照主人公和话语两个维度，提出如下的分类模式[①]，这种分类模式帮助我们更好地理解这部小说在形式上区别于传统的以《伊万·列奇》《简·爱》为代表的他传和自传体小说。在科恩看来，传记和传记型虚构作品可以分为如下四类：

表 1　传记和传记型虚构作品的分类

话语	主人公	
	历史的	虚构的
历史的	历史传记 《莫扎特》	历史化的虚构传记 《马尔波特》
虚构的	虚构化的历史传记 《伦茨》	虚构传记 《威尼斯之死》

显然，《简·爱》与《伊万·列奇》属于“虚构传记”。科恩在提出这个表格时，重点讨论了希尔德海默（Wolfgang Hilderscheimer）所撰写的《马尔波特》这部作品。该作在出版时宣称是一部传记，传主是 19 世纪一个名叫马尔波特的人，但事实上这个主人公是虚构的，这是一部虚构小说。一位英国学者在 1982 年的《伦敦书评》上发表评论，盛赞这部传记作品的伟大，并引发原作者澄清这是一部纯虚构小说而非传记的事件。这一部在 1981 年出版的《马

① Cohn, *The Distinction of Fiction*, p. 85.

尔波特》被科恩称为"这一类型体裁中唯一标本"[1],其话语和主人公方面的特征在《艾德文·穆尔豪斯传》(1972)中都已经具备:它们的主人公虽然都是虚构的,但在话语中明显具有历史的特征,叙事在游离于历史和虚构中拆解着历史与虚构的区分。与《马尔波特》发表时有意隐瞒其作为虚构作品的身份使读者完全信以为真的游戏做法不同,《艾德文·穆尔豪斯传》在其扉页明确标注这是一部仿传记的虚构作品,从而让读者从一开始就对虚构和历史的二维张力有着更充分的体验。科恩还进一步从叙述者的不可知论(narrative nescience)、作者与叙述者、副文本这三个方面来分析《马尔波特》的形式创新,这三个方面也是《艾德文·穆尔豪斯传》最突出的形式创新点。虽然在某些局部上两者有些差别,但是正是这种差别使得《艾德文·穆尔豪斯传》中的叙述交流呈现一种同样复杂的图景,甚至有时使得读者对作品中叙事身份的建构更加戏剧化。下面我们就以科恩的这三点论述为线索,关注《艾德文·穆尔豪斯传》在形式上的创新,以及形式创新对叙事身份的复杂性的贡献。

首先,叙述的不可知论。科恩认为,希尔德海默在创作《马尔波特》时的一大特征是排除了任何虚构叙事的标志,叙述者严格遵守传统传记作家的工作原则,不切入传主的内心世界;即使推测传主的内心活动,也严格采用推测性的语词加以标识,致力于实现传记写作中的"认识上的可信性"[2]目标。与之相比,《艾德文·穆尔豪斯传》在其扉页上明确标出这是部小说套传记的叙事,事实上当《马尔波特》被作者宣称是部小说而非传记之后,两者的这种差别已基本没有意义。仅有的差别在于,《马尔波特》在被宣布为小说之前,读者按照传记来阅读它;在宣布之后,由于对原作的文类性质的颠倒,读者产生了认识上的错位,产生一种阅读的戏剧性。但是弥尔豪泽的《艾德文·穆尔豪斯传》从一开始就明确标识两种文类的性质,对作品的这种虚构和传记相

① 从现在的研究文献看来,科恩对《马尔波特》的赞誉的确有些过,事实上《马尔波特》在文类和形式上的创新,不仅有《艾德文·穆尔豪斯传》这样的先例,而且在伍尔芙的著述中也有所体现。参见 Judith Ryan, "Fictionality, Historicity, and Textual Authority: Pater, Woolf, Hilderseimer", *Neverending Stories: Towards a Critical Narratology*, 1992, pp. 45～61。

② Cohn, *The Distinction of Fiction*, pp. 81～83.

杂合的矛盾体验自始至终贯穿于读者的阅读中。尽管《马尔波特》和《艾德文·穆尔豪斯传》的叙述者分别是异故事和同故事的叙述者,但两者都申明自己是忠实地记录传主生平,处处声言自己在忠实性上不越雷池一步。由于《马尔波特》的叙述者身处故事之外,叙述者宣称不能"穿越到皮肤之下"去描写传主的内心,以遵守传家不可知论的本分。但是《艾德文·穆尔豪斯传》中的叙述者作为传主唯一密友的传家,有着分享传主私密感情的便利,故而他在了解并叙述传主的内心世界上比《马尔波特》中的传家有着更大的权限。另外,《艾德文·穆尔豪斯传》的传主虽然多处宣称自己谨守传家忠实的职责,但是也偶尔表现出其叙述的不可靠性,无意中僭越了传家在虚构和忠实方面应该遵守的界限,在他所宣称的传家职责和实践中的自我表现之间形成反差,其形象更为矛盾而丰满。

其次,在作者与叙述者的区分上,科恩认为,在历史性叙事作品中,对读者来说,并没有必要预设一个异于作者的叙述者的角色,但在小说中,则有其必要性。《马尔波特》作者最大的愿望就是将小说伪装成传记时,去掉其在话语层面过多的虚构色彩①。故而《马尔波特》没有采用托马斯·曼《浮士德博士》在封面上同时标注传记作家姓名和小说作者姓名的叙述形式,而《浮士德博士》的这种形式特征也为《艾德文·穆尔豪斯传》所继承。但诚如科恩所指出的,希尔德海默虽然试图挣脱虚构和写实这两种文类在作者和叙述者差别上的规定,但还是不可避免地失败了②。笔者以为,《艾德文·穆尔豪斯传》和《浮士德博士》直接宣称文本采用的是小说套传记的叙述格局,而且点明各个层次叙述交流活动执行者的名字和工作职责,虽然没有产生《马尔波特》在文类上先是给读者欺骗性的误导,后来因告知让读者幡然醒悟的戏剧效果,但前两者在文类的虚构和写实的矛盾认识上,让读者从阅读的一开始就有所体会,并持续到阅读的最后,其复杂的艺术效果至少不逊于《马尔波特》。

与《马尔波特》相似,《艾德文·穆尔豪斯传》文本的含混性充分体现在副文本的陈述上。根据热奈特的定义,所谓副文本,是指围绕于主文本的其他

① Cohn, *The Distinction of Fiction*, pp. 86～89.

② 同上书, p. 92.

文本形式，其目的在于对主文本的接受方式作出决定性的引导，阐明作品与作者间的关系，说明作者的意图，决定或影响读者对文本的期待[①]。《艾德文·穆尔豪斯传》的序言是由一位自称瓦尔特·哈根·怀特(Walter Hogen White)的人所撰写的，在文中发挥着证明卡特怀特传记叙事的真实性、品评传记的优点，以及为其传记进行推销的功能，进一步引导读者按照传记类规约去阅读作品。但这篇序言的话语具有一些不可靠性，编辑的话语风格和传记作家卡特怀特的话语风格极其相似，这就导致读者猜测序言作者是不是由卡特怀特捏造并由其代笔的，特别是考虑到序言作者瓦尔特·怀特的名字又与传记作者卡特怀特(Cartwright)具有谐音关系，加大了这种可能性的怀疑力度。但是也可以反过来设想，可能传记作家是由序言作家来冒充的，卡特怀特也可能是瓦尔特·怀特捏造的人，让卡特怀特代自己捉笔做传，让自己来证明这个被冒充的他人所作的传记的真实性。这样看来，这个传记可能完全是虚构的，由序言作者所捏造并伪装成传记。或者序言作者瓦尔特·怀特又与传记作者卡特怀特的确是两个不同的人，小说的作者弥尔豪泽正是通过这种人名的谐音来讽刺传记序言作者和传记作者之间吹捧和被吹捧的“作家共同体”的微妙关系。

在这里要补充一点的是，《艾德文·穆尔豪斯传》还利用暗示法，来嬉戏作者、叙述者和主人公的叙事身份。小说作者的姓名斯蒂文·弥尔豪泽(Steven Millhauser)，与传主的姓名艾德文·穆尔豪斯(Edwin Mullhouse)谐音；传主的生日与弥尔豪泽的生日皆为1943年8月1日，两者都出生于高级知识分子家庭，仿佛这些都是作者精心释放出的一些信息，意在指明他这里虽然采用了小说的形式，但事实上却是采用以别人写他传的笔法，来写一部隐匿的自传(veiled autobiography)。一方面，这使得这部虚构的传记或传记性的虚构小说呼应了某些新传记作品在形式上的实验。因为在当代传记实践中，的确有些作品打破了自传写作传统中叙述者一定为传主本人的惯例，而是改用别人的眼光和声音来描写自我。其典型的代表是捷克作家赫拉巴尔的自传三部曲——《婚宴》《新生活》《林中小屋》。这三部曲中充当叙述者

---

① Cohn, *The Distinction of Fiction*, pp. 92～93.

的是作者的妻子，作者以妻子作“他传”的笔法来写一部反映自己人生历程的“自传”。《艾德文·穆尔豪斯传》的传主名与小说的真实作者名谐音，弥尔豪泽这么做显然在玩弄技巧，使读者猜测他是在用卡特怀特写他传的笔法来写自传。另一方面，尽管多年来文学理论界反对在解读虚构小说时，将小说的人物与作家本人或作家熟识的某个人相对应，但是正如狄更斯声称大卫·科波菲尔就是他自己，在某些特定作品中的主人公的确就是作者自我经历和自我形象直接投射到作品中的产物；无论是作者还是读者都不能断然割断自传色彩浓郁的小说中主人公和作者的人生关联——但是这种解读也不能走向极端，完全忽视虚构和写实的差别。故而作者的这一安排也仅仅是一种暗示，甚至是有意误导——其实作者的真实状况可能与作品对主人公的描述南辕北辙。但是，这种在作者、叙述者和主人公三者身份之间制造出一些似有若无的联系的迹象，让读者产生了有趣的阅读体验。

我们现在再从传记和小说之争、传家和作家之争，以及元传记和元小说的元话语之争这三个方面来看，小说中传记作家和小说家的两种叙事身份在作品中互相建构和互相拆解的复杂图景。正如前文所言，主体的身份是以主体间关系为纽带，在彼此镜像式的认知和叙述中建构起来的，在这个过程中主体所置身的文化语境同样重要，它规定了主体身份的认同方向和认同内涵；而小说中置身于各个叙事环节的叙事主体、叙事身份也无法与自身的文类-文学-文化的语境话语相剥离，而且叙事的进程也体现出叙事文本中的叙事主体如何回应和拆解外在的语境话语，以实现自我身份的意义。在这部小说中，传记作者和小说家的叙事身份，不仅体现在叠套的叙述交流图中，也相应地体现在文本涉及的文类、传统和文化的元话语论述中。

我们先来看传记与小说之争。在英语文学史上，小说和传记都兴起于18世纪。但通观近几个世纪以来的作品，除了如鲍斯威尔的《约翰逊传》这样少数的优秀著作之外，传记文学能进入经典文学序列的数量远远少于小说。传记文学一直被称为“虚构小说的穷亲戚”，在20世纪以前其地位更是无法与悲剧和诗歌相比。其原因不难理解，正如伍尔芙所言，“小说家享有自由”，但传记作家的手脚却被历史事实捆绑着[①]。传记文学的另一个窘境是传家必须谨守不可臆测传主内心世界的金科玉律[②]，这也是现代传记研究的先行者莫洛亚认为传记“低于”小说的最重要的原因之一。另外，正如保罗·利柯所言，尽管传统文学叙事和历史叙事都依托“情节化”，但文学叙事让读者能够更多地分享人物的丰富性，有更为生动的时间体验[③]。与之相对，传记的叙事通常在情节化时对时间的驾驭艺术较之小说更为墨守成规。正是因此，可以说几个世纪以来西方普遍弥漫着“轻传记、重小说”的思想[④]，甚至于伍尔芙在其早年都认为，“传记作家并非是艺术家，不过是个艺匠，他们的作品也不是艺术作品，而是介乎于艺术品和艺匠的作品之间。”[⑤]尽管伍尔芙后来在《新派传记》(“The New Biography”)一文中改变了自己的看法，指出“传记的目的就是忠实地传达人的品性”，“如果真实性是某种坚如磐石的东西，那么人格则是捉摸不定的彩虹”“传记的目的就是把两者天衣无缝地结合在一起”[⑥]，并且赋予传记艺术品的品格，赋予传记作家艺术家的身份。尽管莫洛亚在福斯特发表《小说面面观》演讲的次年，也在剑桥大学三一学院发表了《传记面面观》的演讲，为现代传记“作为一件艺术品”“作为一门科学”“作为一种表达方式”作出了同样出色的研究，为传记声张其应有的名誉，并力图开辟现代传记研究的新领域。但纵观 20 世纪，人们并没有看到传记文学能与小说并驾齐驱。与小说研究相比，传记研究人数要少得多，迈克尔·本顿

① [英]弗吉尼亚·伍尔芙:《传记文学的艺术》，见《伍尔芙随笔全集》，石云龙等译，北京：中国社会科学出版社，2001 年，第 1329 页。

② André Maurois, *Aspects of Biography*, trans. Sydney Castle Roberts (New York: Appleton & Company, 1929), pp. 181～187.

③ Cohn, *The Distinction of Fiction*, pp. 8～9.

④ 从比较文学和比较文化的视野来看，中国人显然不能认同这种观点。在中国历史的很多世纪中，小说才是不入流的艺术形式，被斥为“道听途说”；相较而言，历史倒是声誉卓著，而人物传记是中国正史中的主要叙事门类。直到 20 世纪梁启超等人为小说革命呐喊助威后，小说才逐渐地抬头，其艺术上的崇高地位才被缓慢确立。

⑤ 伍尔芙:《传记文学的艺术》，第 1335 页。学界不应该忘记的是，伍尔芙的父亲是英国维多利亚时期最著名的传记作家之一，幼承庭训的女作家年轻时对传记的评价不高，可见传记的声誉在当时有多低。

⑥ Virginia Woolf, “The New Biography”, *Biography in Theory*, eds. Wilhelm Hemecker and Edward Saunders (Berlin: De Gruyter, 2017), pp. 119～123.

在2009年出版的《文学传记引论》一开篇就直呼传记研究是20世纪文学研究中始终受排挤的灰姑娘，其两个邪恶姐妹分别是前半个世纪的文学批评和后半个世纪的文学理论[①]。当然本书不认同这种"重小说、轻传记"的传统思想，认为尚需等待学术的研究和历史的发展来逐渐为传记的声誉进一步正名。也正如伍尔芙在贬低传记作品的艺术性后写下的补救之词中坚称，传记弥足珍贵，"因为我们不能生活在一个依赖于想象力的激情澎湃的世界里。想象力疲惫得很快，它需要休息、恢复精力。但对于疲劳的想象力来说，恰当的食品不是略低一等的诗歌或不起眼的小说——的确，它们令人感觉迟钝、行为放荡，而清醒的事实，类似于立顿·斯特雷奇写给我们的，优秀传记作品不可或缺的经核实的信息，才是最美的佳肴。"[②]伍尔芙认为，通过给我们讲述真实的故事，传记把不重要的细节逐一删去，将整篇作品重新规划，使我们看到其概貌，传记作家比任何诗人或小说家(除了最优秀的之外)都更能激发人的想象力。但是，伍尔芙的这一敏锐的观察并没有改变传记劣于小说的普遍看法。

小说与传记在声誉上的悬殊影响了《艾德文·穆尔豪斯传》中艾德文和卡特怀特在成长中对各自叙事身份的认同，了解这两种文类之争对建构作品中两人身份之间的复杂关系具有重大意义。在传记的开篇艾德文刚一出场，就展现出小说家对传记作家说话时带有的那种傲慢自大的腔调，他说道："我唯一不感兴趣的就是事实。"然后，向传家发令说："记下来，杰弗瑞。"[③]传主"唯一不感兴趣的就是事实"，其实是在定义自己作为小说家的身份，为自己以虚构和想象为基础来创作感到骄傲；而传家的记录事实恰恰是小说家最不屑做的事情。当传家有了写作计划时，却迟迟不动笔，是因为他在等待着艾德文"杰作"(masterpiece)的完工，是因为传家"从未有一刻怀疑这确实是一部杰作"；当传家此刻痴想着对方时感到的是，小说家的"沉思"就像"大山般"压向自己这么一个"如此谦卑的小丘陵般的传记作家"("Mountainous medi-

① Benton, *Literary Biography*, p. 1.

② 伍尔芙,《传记文学的艺术》,第1335页。

③ *EM*, p. 3.

tations, for so modest and molehillish a biographer.")[①]。而传家在刚开始写作传记时,如此表达了自己对小说的崇敬之情:"谦卑的传记作家在他卑微的斜坡上跋涉,却永远无法达到小说的高度。"[②]但是传家在作品中展现的谦卑却并非是连贯一致的,特别是到后期他接近完成这部著作时,不经意间流露出骄傲和自负。比如,他在写到作家的中年生活时,强调自己不可以用记忆和想象相掺杂来替代外在的客观事实,否则传记就会"堕落"(degenerates)为小说。这一异质性的话语是在颠覆小说优于传记的文类等级观,同时使得作品中其他赞颂小说优于传记的话语发生了不稳定的反讽,展现出传家为自己叙事的身份而感到骄傲。

两个文类之争牵涉传记作家和小说家这两种作家之争。有趣的是,在历史上尽管也有一些小说家专门雇佣传家来为自己做传,但更多的是小说家常常贬损传记作家,仿佛对传记有种天生的恐惧。在近年来的传记文化研究中,有学者专门梳理汇集了历史上文学家对传记作家和传记文学的众多嘲讽之语:典型的有乔伊斯称传记作家是"传记魔头"(biografiend),乔治·艾略特称传记为"英国文学的一种疾病"。在文学家的眼中,传记作家常被称为"职业的盗贼",以挖掘文学家的隐私来激发读者的渴欲,以干尽篡夺窃取的丑事为己任;传记作家常被这些作家咒骂成"流氓""窥视癖""秃鹰""捡垃圾的""走狗""吸血鬼""腐食动物"等。传记作家对传主产生的执着的爱慕,在写作过程中会变成一种非理性的和变态的特质,甚至对传主而言,传家就像变态的寄生虫般吸附在自己的身上[③]。笔者以为,文学家对于传记作家的这种敌视,或许可以部分地使用心理学中所说的自我揭示的四分法来解释。根据这种理论,自我可以分为四种类型:公开的自我、隐藏的自我、盲目的自我和未知的自我。所谓公开的自我,是指自我知道自己的某些方面并把它展露出来和别人共享;隐藏的自我成为自己所知道的但却着力于隐藏的自我的某些方面;盲目的自我指自我并不知道自己的某些方面但这些方面却被人发现

① Earl G. Ingersoll, *Understanding Steven Millhauser* (Columbia: University of South Carolina Press, 2014), pp. 15～26.

② *EM*, p. 8.

③ Benton, *Literary Biography*, XIII.

和了解；而未知的自我是自我和他人都尚未发现的自己的某些方面[①]。文学家对于传记作家的仇视正在于其歪曲传主公开的自我、揭示其隐藏的自我，甚至臆造出盲目的自我、幻想其未知的自我，使得传家笔下的自我成为传主极度不愿意展现的公开的自我。只要想想有相当一批传记致力于抖传主之隐私、传传主之流言，甚至不放过任何丑化传主的机会，就可以明白文学家对传记作家的敌意和仇视了。小说中，当传家开始传记写作时，一有机会就向传主打探其真实动机和内在隐私，特别是在他对小传主和阿尔弗莱德之间的恩怨穷追不舍时，传主极度反感并愤然说："写传记的都是魔鬼。"[②]这正说明了上述传主对传家窥探隐私的一贯反感。

在这场传家和文学家之争中，《艾德文·穆尔豪斯传》的传家没有非常过分地去歪曲和编造，但是他绝不是个维多利亚式的、谨守"为传主掩恶扬善"法则的传家，他在作品中多处暴露传主的愚蠢、无知和丑陋，对传主的自我形象多处进行漫画式的刻画，有小报型的八卦文风，显然是在公开的、盲目的、隐藏的和未知的自我之间进行穿越。比如，一个典型的片段就是传家对传主吃相的描写，说他有段时间每到中午 12 点就把 10 块巧克力豆放入牛奶杯底，"一边喝一边越来越兴奋地看着它们，非常愉悦地盯着黄色、红色、棕色在白色的牛奶中悬浮旋转着，就像乳汁软糖的冰激凌上的波纹那样，然后他紧闭着两眼把甜牛奶喝得一干二净，直到见底，最后再仔细地往嘴里敲着坚硬的、冻住的巧克力豆"，然后说："我的这位有才华的朋友的饮食习惯对我简直就是谜"，尤其"是在夏天""他吃冰冻的葡萄干总要在嘴巴外的一边放 5 粒，另一边放 5 粒，然后面带陶醉地一口吞入嘴里，咀嚼时两颊鼓起，让闪闪发亮的葡萄汁从嘴角边直往下滴"[③]。如果说传家前面描述传主喝牛奶时的吃相还有点童趣的话，那么后面这样描写他吃葡萄干让读者很自然地联想到鲍斯

---

① 这是美国心理学家 Joseph Luft 和 Harry Ingaham 将自己的名字 Joe 和 Harry 缩写合并，命名的自我分类法，称为 Johari Window 的四格自我分类法。参见 Joseph Luft and Herry Ingham, "The Johari Window, a Graphic Model of Interpersonal Awareness", *Proceedings of the Western Training Laboratory in Group Development* (Los Angeles: University of California, Los Angeles, 1955), p. 246.

② *EM*, p. 274.

③ 同上书，pp. 164～165.

威尔笔下约翰逊狼吞虎咽、青筋暴露的饕餮形象。这里对形象的塑造和描写,弥漫出"八卦"的氛围。斯巴克斯在论述文学中的八卦现象时指出,"八卦"是一种有趣的人际交流的场景。"八卦"的形式多样,交流的内容包含各种或真或假,甚至是纯属捏造的事实;"八卦"的目的也不尽相同,或者恶意诽谤他人,或者取巧以融洽关系[①]。小说中,传家漫画式地描写传主的吃相,其形象塑造是否符合传主的本意无从知晓,但却在相当的意义上,建立起了传家和读者在"八卦"情境下的那种特有的亲密的人际关系。当然,从更大的叙述交流格局上讲,传家的这一举动也是在小说家的操控之下,故而小说家也在把传家推向反讽的前台,从而造成分享"八卦"的传记读者和不赞成通过"八卦"窥探隐私的小说读者之间的阅读距离。另外,传家站到当代文论家的高度去品评作品,而传主却对自己作品的寓意混混沌沌、毫无办法,甚至传家称这部作品是一部"寓言(allegory)"时,传主却不知道这个单词,把它错当成是"鳄鱼(alligator)",这就是在渲染小说家对自己作品的无知了。甚至公然指出,传主对于其作品的"本质和意义提不出任何有价值的洞见",也不知道"其作品和生活的任何关系"[②]。读者在阅读这部仿传记时会深刻感受到作品中传家和小说家形成了一种竞争性的写作关系;传家在其陈述的话语中虽然对小说和小说家表现出高度的尊敬,但是他也特别主张由于自己对传主生平的特别了解,再加上他的文学批评的能力,其对传主作品的理解和解释甚至能超出传主本人的理解和解释。这背后的逻辑,一方面是诉诸研究文本生成的传统文学的批评路径,强调文本意义与作者生平之间不可分割的关系,向读者主张自己作为与传主有亲密联系的传家有对作品解读的独特性和正当性;另一方面又是借用在当代备受推崇的文学理论和文学批评的术语为自己的解读增添筹码,证明在作品的解读能力上自己高出传主一筹,在无形中向读者传递其贬低小说家的信息。但是要注意的是小说的叠套结构,作为叙述者的传记作家在贬低传主小说家时,他自己也是小说家弥尔豪泽笔下的玩偶,他的这种贬人扬己的手段也成了叙述交流图中最外层的小说家嘲弄戏耍

① Patricia Meyer Spacks, *Gossips* (New York:Knopf, 1985), pp. 5~7.

② *EM*, pp. 274~275.

的对象。

我们再来看作为元话语的元小说(metafiction)和元传记(metabiography)之间的关系,以及其对作品叙事身份的塑造。这里的元话语(科恩语),可以称为元叙述(metanarration),是叙述作品中出现的关于叙事本质性思考的话语,它不仅包括元小说,也包括元传记。元叙述、元小说和元传记都是“自反性的话语”,元叙述是指“叙述者对于叙述的行为或过程的反思”,而元小说则是“关于虚构性或叙事的被建构性的评说”①。作为对传记写作形式反思的元传记,也大量存在于传记体的作品中,如约翰逊博士的《萨维奇传》(*Life of Savage*)中有关对传记真实性原则的论述,就是对传记的自反性的论述。在《艾德文·穆尔豪斯传》中,传家多次声称传记的根本目的和唯一法宝在于记录事实。记录不仅要真实,而且要完整,传家做传的目的不仅在于“记录他的一生,而是要解释内在的计划(inner plan)”,不是“仅仅记录他成长外在的标记,也要记录其内在的灵魂”②。这也是传记真实性的元话语的标志。也就是说,无论是元小说还是元传记,其自反性话语都会牵涉虚构与真实的分野,而虚构和真实的分野本身就是相对的,其界限常常模糊不定,这使得元传记和元小说中关于真实与虚构的反思呈现出复杂性。另外,元传记和元小说也常常会在反思性的论述中对各自的叙述结构和形式、各自的创作方法、创作经验和才能等问题呈现高度的自我意识。比如说,《艾德文·穆尔豪斯传》里的传家多次强调他像摄像机般的记忆,这能“让编年叙述成为我的传记的里程表,让记忆成为我的节奏的里程表”③,以此说明自己叙述的真实性——自己的记录是完完全全忠实的、没有一丝的歪曲。同时,传家认为,与自己相比,传主的想象力很发达,可以罔顾事实,其作品的精髓展现的恰是一种“严谨的歪曲”④。也正是在这部作品外在小说和内在传记两相叠套的情

① Birgit Neumann and Ansgar Nuenning, “Metanarration and Metafiction”, *Handbook of Narratology*(*Berlin*:*Walter de Gruyter*, 2009), pp. 204～211. 这里的术语元传记,出自 Michael Benton, pp. 3～4.

② *EM*, p. 22.

③ 同上书, p. 41.

④ 同上书, p. 265.

形下，身处叙事层次上的具有不同身份的人，对传记和对小说这两种文类的元话语互为补充，并使其互为对立，造成了两者的强劲张力。

《艾德文·穆尔豪斯传》这部仿传记小说中的元话语的特点是：传主作为小说家、传记作者作为叙述者、编辑作为副文本的讲述者，对传记和小说的同异点和两种文类间的关系等发表各种观点，形成了相互建构、互相抵抗、互相对话和互相拆解的多维的元声音。这些声音在叙事进程中不断地颠覆自己，使得小说中的真实和虚构的关系、（传记和小说）作者的价值形态、自我身份的认同出现扑朔迷离的变化过程，成为叙事主体成长的标志，见证了他们对各自叙事艺术的认识历程。有时，传家关于小说家和传记作家的截然不同的断语常常以另一种方式被颠覆：或者由传家本人后来否定，或者传家本身没有意识到、但又明显地留下矛盾之处，供读者思索其断语的失当之处，从而模糊本来清晰区分小说家和传记作家的定义。

这可以体现在传家将传记和小说这两种艺术分别比拟为摄影和卡通片的判断中。传家在讨论传主的作品《卡通》时指出，卡通片对传主的成长和这部作品的重大影响："是卡通片教会了艾德文将精准和不可能结合在一起。是卡通片给他提供了一整袋的喜剧技巧。是卡通片，而不是肃穆的、多情的探险电影，公开承认事物中的暴力，给艾德文提供了反思他在自己平淡生活中所目睹的暴力的方法。是卡通片给他提供了他探索的核心主题，卡通片在他的手中变成了一种看待'命运'的眼光。但更重要的是，是卡通片影响了他著作的灵魂或精神。"[①]与之相比，传家则多次申明自己深受摄影艺术的影响和训练，而传记的艺术是一种讲究精确复制事实的摄影艺术[②]。这种比拟初看之下确有道理，但是细究之下就会发现远没有那么简单，这种比拟有其欺骗性和两面性，正如布迪厄在论述摄影时所指出的，只有"天真的"现实主义者才真的认为，摄影是现实地反映客观实际的艺术形式；其实摄影的取材和主题、摄影师的站位和技术、照片的着色和背景的选择等，都与摄影艺术所反映的社会规范和艺术趣味相联系；摄影完全可以歪曲事实，伪装成对现实的

---

① *EM*, p. 266.

② 同上书，pp. 242～243.

客观表现;反而因为其伪装性强而更容易遮盖事实[1]。这点在传家描写自己和传主的妹妹一起学摄影的一章中就有所展现,传家反复地学习各种站位、取景的选择、图形的配合和颜色的搭配,证明他对所谓摄影的纯客观性其实并不认同。后来传家在谈到传主认为传家的任务就是“事无巨细,一律记下”时发表看法,认为其实比起“自我中心的小说家,传家更要讲究选材,既然他要从整个人生的跨度而不是部分人生的跨度中选择”[2],这里传家的选材,其实正如摄影中选择背景、选择颜色搭配和图形配合,是一种在无形中消解纯粹客观性的实践活动。传家虽然将小说和传记分别比拟为卡通和摄影,但是传家也在故事中的其他部分记述传主对摄影的喜好,这其实也在无意中暗示小说与摄影有相通之处。而在后来传家看着传主的父亲看艾德文早年摄像用过的胶卷时,突然意识到,“这种在有形的框架里看着未成形的世界的早期习惯使得他(指艾德文)产生了一种用同样的方式来看待他的人生的欲望。他的小说,我开始意识到,就是这样一个框架;而现在他意识到要从‘时间’本身为他自己刻出一个最终的框架。”[3]传家在这个比喻中认为,对于传主而言虚构叙事艺术是植根于“时间”的,但这个判断完全可以指涉传家自己所从事的传记叙事艺术,后者同样依靠时间的逻辑来展开叙述。传家将传记和摄影进行比拟时在若干判断上出现的矛盾,很大程度上呼应了科恩所指出的历史叙事中虚构和真实的二元性:一方面,在最近数十年里,学界对历史叙事的虚构性认识,使得传统的历史实践的根基,即所谓对过去事件的真实性信念发生了动摇。这种看法的代表人物是海登·怀特,他认为历史文献与纯想象型的文学一样是“文字上的虚构”(verbal fictions),同样需要“情节化”,将讲述者对过去一系列事件的观察按照时序排列成首尾呼应的故事,有其开端、中间和结尾等,甚至同样的事件完全可以由不同的传家按照弗莱的“罗曼司-喜剧-悲剧-反讽”的情节化格局,分别在喻格、叙述方式、意识形态、论证思路等

① Pierre Bourdieu, *Photography: An Middle-browed Art* (Stanford: Stanford University Press, 1990), pp. 73~77.

② *EM*, p. 281.

③ 同上书, p. 280.

维度上建构不同的叙事意义[1]。从这个意义上说，传记类历史叙事的“虚构性丝毫不亚于虚构作品”，另一方面，如利柯认为的那样，历史叙事依然以历史事件为依据，尽管对同样事件可以有不同的历史叙事，但历史和虚构作品在叙事要素和叙述方法上也会存在差异，历史仍然要保持对事实的忠实[2]。

由此可见，作品中小说家和传记作家的身份与自己所从事的艺术形式息息相关，而在传家的元话语中，有时表面上分清了两者的差别，但实际上却留下了两者相通的启示；在传家申明两者的相通中，同时暗示两者的差异。对于传记艺术和小说艺术的反思也为这部小说中的传家和小说家的身份，乃至传记作家和小说家这两类人的身份，提供了反思的素材。这正是这部伪装成元传记的小说，给传记作家和小说家这两种不同叙事身份的不确定内涵提供的最值得思考的内容。

本节讨论了小说中叙事主体身份内涵的多元性问题，下一节将转入对孩童主体发展的讨论。

第二节 孩童主体发展中的感知和语言

本节关注传主早年经历中所反映的儿童主体发展的主题。首先什么是儿童？历来对儿童的定义都是与对成年人的定义相联系的。德赛托就曾指出，对成年人而言，儿童“作为成年人的他者而存在，并要成长为自己的他者”[3]。如前所述，这部仿传记体小说的叙述格局是一位成年小说家借一位少年传记作家之笔叙述一位与他同龄的小说作家的生平。尽管小说的叙述者是一位少年作家，但由于其早慧、早熟，其叙事方式具有儿童叙述面具下的成年人思维的特点。而小说的成年人作家在建构这个叙述者——主人公时，

① Hayden White, *Metahistory: The Historical Imagination in Nineteenth Century Europe* (Baltimore: The John Hopkins University Press, 1973).

② Cohn, *The Distinction of Fiction*, pp. 8～9.

③ Michel de Certeau, *The Practice of Everyday Life* (Berkeley: University of California Press, 1984), p. 110.

一方面,继承了浪漫主义文学中成年人将儿童形象作理想化建构的思维特点;另一方面,又给作品打上了现当代成年人在儿童研究中涉及诸多学科的话语烙印,故而作品中的儿童身份归根结底是源于成年人的建构。

这种在审视儿童的视角中展现出的成人性与近几个世纪以来成年人对儿童的建构话语有关,特别是与所谓的20世纪"儿童的再发现"有关。正如埃利亚斯在其社会史巨著《数百年的儿童史》中所言,在西方,是文艺复兴发现了"儿童",或者说发明了现代儿童的基本概念:儿童被看作迥异于成年人的另一种主体,与成年人相比,儿童具有独有的思维模式,应该有着不同于成年人的生活模式和生活内容①。成年人对儿童身份的建构经历了相当漫长的时期,并从日常生活反映到文学中,特别是浪漫主义时期文学中,儿童在诗人和作家的笔下被美化、被理想化、被哲思化②。西方进入19世纪后半叶,特别是进入20世纪后,儿童又集中成了哲学和科学关注的对象,在儿童心理学、教育学、语言学、社会学等各种自然和人文交叉学科话语的组织建构下,成年人对于儿童的观察视角日趋深入,对其认知的经验也大量累积和繁殖③。从文学创作来看,20世纪文学作品中的儿童形象,也比19世纪浪漫主义时期的更为复杂,不仅继承了浪漫主义文学中对儿童的理想化、哲思化的叙述;而且当代儿童身处的现实困境、儿童思维和生活中出现的一系列新变化等,都因为这个时代资讯的发展、文学的大众化和民主政治的进步而得到

---

① Philippe Aries, *Centuries of Childhood: A Social History of Family Life*, trans. Robert Baldick (New York: Knopf, 1962), pp. 412~413.

② Peter Coveney, *The Image of Childhood: The Individual and Society, a Study of the Theme in English Literature* (Harmondsworth: Penguin, 1967). 开创了研究英语文学中的儿童形象。关于英国浪漫主义作家的儿童形象研究,还可参见 Judith Plotz, *Romanticism and the Vocation of Childhood* (New York: Palgrave, 2001)。该书就认为,儿童的成长是"浪漫主义文学最重要的核心主题 (5)"。

③ 这场儿童被现代学科建构的资料甚多,比如在教育学中,斯宾塞奠定了现代儿童教育的课程体系;蒙台梭利所著《童年的秘密》一书,对儿童教育心理进行了研究;杜威发起了现代儿童教育的一系列实用主义的实践。在心理学中,儿童心理学被单独细化为一门分科,涌现了以皮亚杰为代表的儿童心理学家;在语言学中,儿童期的母语习得是最受关注的领域;在社会学中,儿童如何逐渐被社会化,也开始被关注。儿童在20世纪所受到的空前关注,也体现在欧美国家纷纷制定特别保护儿童权利的法案和措施,儿童读物的空前繁荣,等等。

广泛而又新鲜的表达[①]。笔者认为，对这部小说中许多关于儿童性的哲理化叙述和论述，特别是对成长中的儿童的戏剧性描写，需要放入 20 世纪人文和社会学科对儿童、对语言、对主体的深度话语建构中，这样我们才能更好地理解其中描写儿童时给读者提供的新鲜体验。

本节主要关注的是以传主和传家为代表的当代婴幼儿主体生成的两个最重要的阶段：感觉运动阶段（sensormotorial stage）和语言符号阶段（semiotic stage），探讨作者在描写这两个阶段的叙述者和主人公时所产生的与浪漫主义文学和经典文学中儿童形象的关联和创新及其内蕴的哲学命题。这里采用的“感觉运动阶段”和“语言符号阶段”两个术语，来源于瑞士儿童心理学家让·皮亚杰的著作。米尔斯将皮亚杰对儿童心理学的观察和研究与浪漫主义文学家对儿童意识的论述结合起来，用以阐释儿童对浪漫主义文学创作的启发，并解释在后浪漫主义时代的伍尔芙、詹姆斯、劳伦斯作品中儿童形象的变迁，为文学中所表现的儿童意识提出了富有启发性的框架。米尔斯的这一研究视角和成果也能很好地为解释《艾德文·穆尔豪斯传》中新颖的文体特征和叙述形式所展现的儿童主体的意识成长提供理论支撑。当然，仅局限于皮亚杰和米尔斯的论述显然不足以解释这部作品形式意义的全部，本节还要关注的是小说中传家如何在叙述行动中建构传主和传家的身份和自我，他们是如何在叙事中互相依存的，为何传家仿佛仅仅在建构传主身份的同时也在叙事中建构自身的主体性，在这样互相依存和建构的叙述格局中作品如何表现出了观察儿童主体生成的成人性视角？这就既需要借助于其他哲学和社会学著作来帮助理解小说中儿童主体的成长，又需要从浪漫主义文学传统中借鉴一些资源才能更好地理解这部小说的创作主旨。

在讨论小说中所反映的感觉运动和语言符号的问题前，我们首先从叙事学的角度来看小说中儿童视角和声音的呈现问题。经典叙事学对“谁在说”和“谁在看”进行了区分，前者指叙述声音，后者则指叙述视角。在英语小说中，与《艾德文·穆尔豪斯传》相似的著名的儿童视角的表现，出现在《大卫·

① Ellen Pifer, *Demon or Doll*: *Images of the Child in Contemporary Writing and Culture* (Charlottesville: University Press of Virginia, 2000).

科波菲尔》和《一个青年艺术家的肖像》开始处。在《一个青年艺术家的肖像》中,乔伊斯笔下的第三人称叙述者在开篇时,也展现了童年期的语言特征——既模仿了斯蒂芬的视角,也模仿他孩童时期的声音,叙述了父亲给他讲故事、儿时尿床、母亲的气味和伴着母亲的钢琴声跳舞等破碎的记忆片段。在狄更斯笔下的《大卫·科波菲尔》中,成年后的科波菲尔以第一人称叙述者出场,叙述自己出生和儿时的种种记忆,也用儿时的立场去回忆和感知。两部小说在作品的主体部分采用一般过去时作为叙述时态,但在叙述到儿时经验时都反常地使用了一般现在时,其中《一个青年艺术家的肖像》中说道:"你在尿床时,是热的,又变冷了"(it is warm and it gets cold)[①];而《大卫·科波菲尔》对一般现在时的使用则更为连贯,叙述者在第一章中采用一般过去式交代自己的出生和家庭背景后,在第二章及其后有意识地连续使用一般现在时表现自己的儿童期和青春期,甚至用一般现在时来表现主人公儿时的视角一直延续到小说前四分之一的篇章标题和部分正文中,其标题分别是"我正在出生""我正在观察"等[②],这种再现方法给读者一种身临其境之感:叙述者对这一视角的使用,使得主人公彼时的"和顺和恐惧具有完全的可信性",同时叙述者的"语气和间断性的评论"的存在,"使得成年后的大卫那更成熟的判断"让读者对叙述的事实"无法质疑"[③]。叙述者科波菲尔还特别解释了儿童和成年人观察力的区别,解释幼年记忆在成年之后依然具有持存性,以打消读者对于自己回忆事件能到如此清晰程度的怀疑。他说道:"我们中的大多数人,回忆我说的那个时期而能想得起来的光景,大可以比许多人认为可能的更早、更远。我同样相信,许多很小的小孩,观察起事物来,在精密和正确方面都达到了令人惊讶的程度",而许多成年人之所以具有"那种观察事物特别精密正确的本领……是他们原来就会保留下来的","是童年时期的赤子之心保留到成年的结果"[④]。

---

① James Joyce, *A Portrait of the Artist as a Young Man* (London: Penguin, 2002), pp. 1~3.

② Charles Dickens, *David Copperfield* (London: Penguin, 1966).

③ Trevor Blont, Introduction of *David Copperfield*, p. 16.

④ 译文出自张谷若译,《大卫·考坡菲》,上海:上海译文出版社,1998 年,第 23~24 页。

《艾德文·穆尔豪斯传》的叙述者对回忆自己儿时情景的叙述与《一个青年艺术家的肖像》和《大卫·科波菲尔》有同有异。首先在时态上,《艾德文·穆尔豪斯传》不是使用一般现在时,而是连续使用过去时,但是由于记忆事实的繁多和描写得精确,叙述者所采用的儿童视角的彼时性并未减弱;其次叙述者在对儿童视角的连续调用上,其时间的跨度要明显大于乔伊斯和狄更斯;但最重要的一点是,叙述者在儿童视角启用的时间上,要明显早于乔伊斯和狄更斯的叙述者。乔伊斯和狄更斯笔下的主人公视角主要追溯到儿童期,即使是婴儿期,也在文本中仅仅留下一两个模糊的影像。值得注意的是,虽然科波菲尔在叙述"我正在出生"时,使用第一人称与一般现在时,但是他并没有用刚出生时的眼光来看这个世界,否则难免会有不真实感和不可靠性,科波菲尔在叙述自己出生时还是以自己话语的此时性笼罩住自己的叙事。但在《艾德文·穆尔豪斯传》中,其叙述者则将情景追溯到自己 6 个月零 3 天时,叙述者在呈现自己婴儿期如此之早的意识中所达到连贯性、复杂性、精密性要远远超出前两者,这挑战了普通读者对自己孩童期生活的极限记忆,而这点在乔伊斯和狄更斯的作品中没有被逾越,故而显得可信。若考察儿童心理学研究的成果则会发现,《艾德文·穆尔豪斯传》的叙述者对自己视角叙述的鲜明特点其实与现当代的儿童心理学研究成果非常契合。这体现在传家描述自己和传主的感觉运动阶段和语言符号阶段这两个发展阶段的话语中。

我们先看传主对感觉运动阶段的描写。皮亚杰将 18 个月之前的婴儿的心理阶段称为感觉运动阶段,这是前象征期的认知智慧,此时的儿童"缺乏语言和象征的功能",他们"依靠知觉和运动的支持,通过感知-运动的协调活动"来形成认知结构,"此时还不存在表象和思维的中介活动";在面对刺激-反应时,不断地进行同化和顺应的结构调试①。此时,最小的婴孩不是主动地获取外在世界的知识,而是跟随着自然世界和运动,让它们在自己的感觉中任意流淌,婴儿没有预先的动机来捕捉世界的信息。此时他们感知的世界仅作为物理形式存在,没有任何的比喻义、没有任何的文化和历史内涵,这个

---

① [瑞士]J. 皮亚杰、B. 英海尔德:《儿童心理学》,吴福元译,北京:商务印书馆,1980 年,第 6～7页。

阶段的认知被皮亚杰称为感觉运动阶段①。叙述者在叙述自己第一次由母亲带领着到传主家见到刚出生8天的传主时的描写，充分体现了此时的认知特点。其表述呈现出相当的可靠性，以及感觉运动阶段对文学创作的意义。在他记忆里，路上所见尽是"天上的白云""桅杆"等物，而自己只顾玩着粉色绳子，"完全听不懂"母亲那时对自己所说的话，唯一感到的是她的话里带着"激动"②。随后，叙述者用"突然停下，左转"领起一整段，用一系列的名词性词组，说明母亲带自己去邻居家时的动作③，完全采用婴儿坐在童车中的感知模式来描述，涵盖了婴儿此时的运动感知、方向感知、图形感知、颜色感知、声音感知等最基本的内容，没有任何其他的文化意义，仅仅是最简单的运动和图像的感知形式。该段结束时，叙述者用一句反问，来抵消这段叙事的意义（"为什么不跳过这些，直接说点好东西，正如艾德文所言"④），仿佛上面所述的自我感知，从传记的观点看没有意义，属无关之言，但其实不然。叙述者笔下的这种"感知运动期"的儿童对待外在世界"敏锐的""感觉"⑤一直被浪漫主义作家视为最宝贵的素质：即完全地向客观的外在世界敞开，摒弃后天学得的知识，用最率真的眼光去接受外在信号的刺激。对于浪漫主义者来说，儿童的这种认知方式并不是有缺陷的，相反发挥着认识论的原型作用。对于华兹华斯而言，儿童般的感官向自然完全地敞开，是使他成为"最好的哲人"和"强有力的预言者"和"被护佑的智者"的源泉⑥。柯勒律治在说明儿童思维的特性时就提到，诗人要抛弃成年人的自我，尝试着用孩童初次接触刺激物的惊奇去拥抱自然⑦。这也是前述狄更斯小说的叙述者强调儿童观察事物的精确性强于成年人的缘由。但华兹华斯、柯勒律治和《艾德文·穆尔豪斯传》这里的差别也很明显：虽然两位诗人主张用孩童的视角去看世界，但

① Kathryn E. Miles, *Romancing the Subject: Neo-romantic Theories of Cognitive Development in James, Lawrence and Woolf* (Dissert. University of Delaware, 2001).

② *EM*, p. 13.

③ 同上书 pp. 13～14.

④ 同上书，p. 14.

⑤ 同上书，p. 13.

⑥ Miles, "Romancing the Subject", p. 37.

⑦ 同上文，p. 43.

其本意还是将其作为对成年人世界观的矫正，其目的在于恢复自己在彼时的革命和社会实践中受伤的灵魂，具有明显的文化和政治指向，这与后者中的叙述者完全复制了婴孩感觉器官刚刚打开的情景，仅仅体会原初的认知方式，而且其感知阶段还远未进入语言期时的视角还是有很大的不同。

特别值得注意的是，当叙述者描述前语言期的感知，并用语言来重新捕捉或者重新模拟这段感知时，表面上出现了与科学认知不太相同的现象，比如现代儿童心理学认为，6 个月大的婴儿没有方向感，没有数字意识，那么当叙述中出现了“向左转”和“让人难受地颠了两次”时，显然不是反映经验自我的认知特点，而是叙述自我重新模拟经验自我并用语言加以描述的结果，故而其叙述仍然具有可靠性。从婴儿期的记忆特性来看，婴儿的确具有记忆力，皮亚杰谓之“初级的感知——运动图式中的造型方面即知觉的认识”①，但是这种记忆不是连续性的，而且由于经验发生时缺乏以语言为中介所进行的记忆，故而其内容更容易被遗忘，是采用被储藏到无意识区的方式被遗忘②。当然也不排除叙述者在此炫耀自己的记忆力，具有过度夸大事实的特点。这就说明了另一个问题，即他在叙述中，其实在有意用想象来代替记忆，这与小说家传主多次强调的“想象的实质是记忆”形成了呼应。其实，作为小说家的传主和作为传记家的叙述者在想象和记忆两者的关系上都有前后矛盾的地方。对作家而言，他一方面强调自己最不看重的就是事实，强调想象对于小说家的重要性；另一方面又口口声声地表达“想象的实质就是记忆”。对叙述者而言，他认为传家最重要的品质是记忆，最看重的是事实；可是在这里，文本在叙述传家运动知觉的记忆时，又不经意地流露出其想象的元素，表现出他用想象编排记忆的特征，或者说在其叙述中想象伪装成（看起来好像可信的）记忆的片段。故而，叙述者在此用传家自己的视角来说明婴儿期的感知特点，正说明了他此时 11 岁身处儿童晚期常以想象代替现实的认知模式。

在讨论完感觉运动阶段后，我们来看小说中儿童主体进入语言期发展的

---

① 皮亚杰：《儿童心理学》，第 62 页。

② 同上书，第 63 页。

叙述。正如本书绪论部分所述,《艾德文·穆尔豪斯传》一书罕见地对小说主人公进入语言期的声音现象进行极为细致的长篇描写,看似纯为游戏之作,或者仅是戏仿当代心理语言学家记录儿童母语习得时的工作,却关涉许多重大的语言哲学主题,特别牵涉语言和主体成长的关系等问题。这也正是笔者认为其题材需要特别重视之处。

语言是人的标志性特征,语言涉及人的经验和思维,是人类交流的工具,是人赖以生存的基础,这一观点其实是在近代由洪堡提出后,才系统性地发展成为共识的。特别是在20世纪后西方哲学经历了语言学转向后,西方哲学界无不肯定语言是人区别于动物的特性;无论是他们忧心于语言宰制下的人的主体,还是指出人是因为习得了语言而获得主体的身份,或者强调语言的存在对主体的特殊意义,但都说明语言的习得是人成长为人的最值得关注的部分,但可惜的是以往小说极少对这一过程予以长篇的描写和关注,笔者认为《艾德文·穆尔豪斯传》如此长篇描述这一过程的目的,正是要探讨在婴儿时期语言和主体的关系。我们在此结合语言哲学的相关论述,从三个方面来看叙述者对主体和语言关系的探讨:前语言期婴儿的声音现象——寂静和语言的关系、主体间的欲望、语言习得中的主体化与主体对世界的认识。

传主前话语期的声音现象具有重大的哲学寓意。小说中,传家首先总述了人在习得语言之前的“复杂的语音系统”。在传家笔下,传主发出的声音包括“gasps”“purrs”“chuckles”“burbles”“sniffs”“smacks”“snorts”“burps”“clicks”“plops”“clucks”“yelps”“puffs”“gulps”“slurps”“squeals”“ho's”“hums”“buzzes”“whines”“chirrups”“grunts”“hisses”“hollers”“yowls”“rasps”“gurgles”“gargles”“glugs”和“giggles”,更不用说“其他海量的迄今尚未归类的声音”,如“girjes”“jurbles”“fliffs”“cloffs”“whizzles”“mishes”“nists”“wints”“bibbles”“chikcles”“plips”和“chirkles”。“仅举这几个例子,还有其他时候发出的”“norples”“nufts”和“snools”①。这里,传家描写的传主的声音以能否被“归类”为标准,分为两个部分并连接起来。前者之所以能被“归类”,恰恰是因为语言指涉的有限性:因为在前一类的描述中其实每个词

① *EM*, p. 16.

都指涉着不同的具体个体,在共同的类别下,描述语言所指涉的个体差别已经在归类中被略去,只留下普遍性。换言之,一旦所指物被语言符号替代,必然无法完整地记述,丢掉了所指物的各种个性差异。而传家在后者中对于“无法归类”声音的描写,将婴儿期声音混沌未开的复杂性和无法理解的特点与人类社会规约化后的语言的整齐划一性加以区别,使之产生对比。这种混沌未开的复杂性无法具有社会人或曰语言化主体的指涉语境,它对婴儿是否内含着意义,是否有其私人的指涉意思都无法确定,因此被屏蔽在现实的公共语言和人的认识范围之外,故而它显出神秘的意味。

然后,在叙述者的观察下,艾德文 3 个月大之前就已经从嘴里发出了这样的声音:“aaaa(哭)/nnnnn(抱怨)/kkkkk(笑)/ggggg(笑)/cheeeooo(喷嚏)/hphphp(打嗝)/haaaooo(打哈欠)/tatata(唱歌)/fssss(流口水)/eeee(尖叫;唱歌)/b—b—b—b—b(不知道)”。4 个月后发出更复杂的发音:“kakoo-ka/pshhh/dam dam dam/chfff(早期称呼杰弗瑞的方式?)/keeee(伴随着笑和小手挥动)/kfffk/dknnnnz/shksp—p—p—p/kaloo/kalay/aaaaaeeeee(唱歌)”。在传家的观察下,传主此时发出的声音已经具有即将牙牙学语的表征。但是传家在记录之后所作的解释,很大程度上是基于他已经获得语言能力之后对传主的主观臆断和猜想,这种将单调的语音和意义或者其外在的身体表现形成一一对应的关系,无法代表前语言期传主发音的真实目的或意义。婴儿的语言是一种尚未制度化的语言,被拉康称为“Lalangue”,是属于习得语言后进入无意识的语言,是一种能指的谜,因为“在‘Lalangue’中被说出的东西留下了几乎可以被无穷解释的可能”。换言之,婴儿此时发出的声音作为“能指是可以被人知晓的,但是其话语的主题或思想则无法被知道”[①]。传家仿佛在用括号中的注来代表传家已经穿越了主体间互相理解的语言屏障,其实是括号本身代表了分割两者语言的屏障,并不能代表他真正了解婴儿发音的意义。

然后,传家接着哀叹传主“在声音的王国里愈发英勇地探险,后来却被用

① Gilbert D. Chaitin, *Rhetoric and Culture in Lacan* (Cambridge: Cambridge University Press, 1996), p. 215.

文明化的噪声发出的有礼貌的请求压制住”,然后详细描述了传主在“他繁复的嗝和精致的屁”之外,在唾液上“让人咋舌”“令人窒息”的声音成就:

> 他把嗞嗞声和咕咕声、滴答声和淅沥声、啪啪声和咕噜声汇合在一起,整首唾液奏鸣曲就在咕咕的渐强音和吱吱的极强音中、在潺潺的滑奏和涓涓的轻奏中、在滚滚的急板、哗哗的琶音、在那些窸窣声和淅沥声、那些滴答声和啪啦声、那些唾液噼啪的喷溅声和醇厚的唾沫的迸射、洒溅和垂滴声中升华。
>
> His combination of buzz and drool, his dribbles and drizzles, his bubbles and burbles—whole salivary sonatas enhanced by gushing crescendos and hissing fortissimo, gurgling glissandi and trickling pianissimi, streaming prestissimos, spouting arpeggios, those slurps and slops, those drips and drops, those spluttering splurts of sputum and drippy splish—splashings of melodious spittle.①

传家最后引述艾德文的话“成人的话语,是如此荒唐地排斥一切”②,来说明前语言期的话语的包容性和制度化的语言的排斥性。至此,以语言习得为分割点的前语言期儿童的声音及其代表的意识经验、主体性与后语言期主体性隔阂的主题凸显出来。这里,一方面,传家的描述和传主的观点都在哀叹后天的语言剥夺了前语言期儿童声音的创造性,或者说后天的、社会的、公共的语言剥夺了处于这种创造性的声音阶段的孩童那不为人知的个性化的经验,正如阿甘本指出的:“婴孩作为前主体的‘精神实质’的观点被证明同前语言主体一样神秘,婴孩几乎和语言在一个循环中互相指涉,即婴孩作为语言的起源和语言作为婴孩的起源。婴孩先于语言而存在,然后突然停止了存在,而进入语言。”③语言仿佛剥夺了婴孩前语言期神秘、本真的体验;但另一

① *EM*, pp. 17～18.

② 同上。

③ Giorgio Agamben, *Infancy and History: Essays on the Destruction of Experience*, trans. Liz Heron (London: Verso, 1993), p. 48. 译文参考尹星译,《幼年与历史:经验的毁灭》,开封:河南大学出版社,2011 年。

方面,叙述者在此展现前语言期的神秘性时,却有意无意地通过自己炫技式的语言技巧来说明自己所使用的语言的神奇:它在挣脱了前语言期婴儿说话时那种唯我式的完全私密的经验时,能够将自己面对的神奇境遇用人们所共有的语言来展现,并让每个读者能感受到和认识到,这也正是语言赋予叙述者的主体性,其效用甚至要比前语言期婴儿的私密经验更为宽广。用阿甘本引述哈曼的观点来说,就是"主体的场所是语言,只有在语言中,并通过语言,才可能构成对'我思'的先验理解"。阿甘本接着指出:"主体性就是说话人把他或她当作本人自我的能力,这是不能以任何方式通过对自身的无言的感觉来定义的,也不能用自我的某种无法言传的精神体验来延缓它,而只能通过超过任何可能经验的语言的自我。"[①]从这方面说,传家展现出的语言赋予人的主体性的力量,也正是在等待着、召唤着传主能够通过习得语言来同样获取这种主体性和它的解放性的效能。

语言对于个人主体生成的这一巨大意义,从传家在叙述中提及的语言的起源和从静寂中涌现出的语言的话语中看出。个人语言的习得标志着个体主体性的生成,在语言学史上,其意义常被比拟成标志着人类起源的临界点是语言的起源,这一主题在小说中有所暗示。传家在说到艾德文后来要通过不同方法重新捕捉儿童未进入语言界的发音现象时,他将这种发音现象称为"言语的物性(thingness)的早期经验"[②],他从书柜中翻出他说是"希伯来语"写出的书来展示它,当"翻到第一面时",他"用着非常缓慢地用尽可能肃穆和深沉的声音"读道:

Tiurf eht dna ecneidebosid tsrif snam fo.

Etsat latrom esohw eert neddibrof taht fo.

Eow—

依据这部小说的西班牙语译者的注释,这两句是弥尔顿《失乐园》前三行的倒写:

---

① Agamben, *Infancy and History*, p. 45.

② *EM*, p. 18.

Of Man's first disobedience, and the fruit
Of that forbidden tree whose mortal taste
… woe[①]

这里所谓主人公体验"言语的物性"的片段至少具有三重意义：首先，所谓"言语的物性"，正是所谓语言依赖于并表现在声音上的特质，传主倒读书本上的这句话，剥离了语言的意义，而且把没有意义的声音凸显出来。这种游戏展现出的正是拉康所说的"Lalangue"，用齐泽克的话来解释就是，这种形式的语言是一种"作为藐视任何规范性的非法的愉悦空间的语言，是异形词、文字游戏、'不规则'的联系和回响(links and resonances)的混乱的集体"[②]。这是采用文字游戏的极端形式来把语言作为声音的现象凸显出来。其次，故事中的这个情境，也体现了主人公所认为的语言、文字和口语的关系。索绪尔在《普通语言学》中提到："语言和文字是两种不同的符号体系，后者唯一的存在理由在于表现前者。"但是文字却常常篡夺了口头语言在语言体系中的威望，使它仿佛是永恒稳固的形象，脱离了声音的媒介，导致它凌驾于口语形式之上[③]。叙述者笔下的主人公在此用这种游戏来重温、回归语言中的声音特质——他对这一语言的物性的最初体验，是采用一种与书写文本相对抗的策略和形式来强调语言的声音性。另外，小说作者在营造这个场景时，选用《失乐园》的文本作为小说主人公戏读的对象，可能还具有另一方面的含义：即《失乐园》主要叙述《圣经·创世纪》的故事，其中提到了语言的神性起源；而希伯来语在历史上长期被西方语言学家视为人类语言的始祖，这一观点直到19世纪才受到了强烈的质疑和动摇[④]。这里，传主用英语文本充作希伯来语文本，用倒着读来取代顺着读，从传主角度而言，可能完全属于无

① *EM*, p. 18.

② Slavoj Žižek, *How to Read Lacan* (New York: W. W. Norton and Company, 2007), p. 71.

③ [瑞士]费尔迪兰·德·索绪尔：《普通语言学教程》，高名凯译，北京：商务印书馆，2004年，第47～50页。

④ 参见 R. H. Robins, *A Short History of Linguistics*, 4th ed. (Beijing: Foreign Language Teaching and Research Press, 2001), Chapters 6～7.

心的游戏,但从作者角度而言,可能是他借此象征着他对这种将人类的主体性生成和语言的"神性起源"联系在一起的思想的戏谑态度,其言下之意或许正是他赞成洪堡等学者的观点,认为西方传统下从历史或者神学中推测语言起源的做法,根本就是荒谬的[①]。传主倒着读,体现其反对语言中的理性与语言作为逻各斯的立场,体现着对声音中非理性现象的认同。传家在回忆自己观察传主语言习得时对语言起源的思考,甚至将其追溯到"寂静",他称自己是"一个11岁大的灵魂""在闲暇中虚想着""苦思着"语言是"从哪来,到哪去"的:

> 太初唯有寂静,此乃一切词语所追寻的一切词语的子宫,乃一切词语之母:我生命的气息。最初的言辞何以或何时从彼处跳跃至此,我永不知晓;亦不知其所为何。它确乎重要吗?或许声音仅是寂静的失智,是虚空害怕倾听自己又无物可听时胡乱的呓语。职是之故,我等皆疯人。或者,我等可能就是那寂静在睡眠中说话,可能我们就是寂静的漫长梦魇,而她在自己的绒床上饱受煎熬地翻身。而她将醒于何时?
>
> IN THE BEGINNING THERE WAS SILENCE, womb of all words which all words seek, mother of all these: breath of my life. How or when the first word sprang thence hither, I'll never know, nor why. Does it really matter? Perhaps sound is only an insanity of silence, a mad giver of empty space grown fearful of listening to itself and hearing nothing. Thus are we madmen all. Or perhaps we are silence talking in her sleep; perhaps we are a long nightmare of silence as she thrashes in torment on her downy bed. And when she wakes?[②]

这段话第一句以"太初"领起,戏仿圣经《约翰福音》中的宇宙起源说,把后者的"太初有言"改成语言的反面——寂静,来玄思语言、寂静、理性、非理

① Agamben, *Infancy and History*, p. 48.

② *EM*, pp. 28～29.

性和人的主体性之间的关系,充满了神秘气息。第一句指出语言和寂静的关系,语言来自寂静,寂静产生语言,语言又复归寂静("此乃一切语词所追寻的一切语词的子宫")。传家在接着前面论述语言时,采用的是还原式的追索语言起源的思路,可与胡塞尔"现象学还原"中逐级递减意识的内容,到最后剔去"语言"后留下的"寂静"的论证思路[①]相印证。传家将"我的生命的气息"归为"寂静",这是对基督教神学中上帝用语言造人并赋予人以语言能力的逆向构思;凸显了人的个体主体性经由语言通向语言的反面——寂静或曰沉默的关联。而在第二句中,传家对语言的起源和目的的茫然无知,表现出语言起源的神秘论倾向。他疑虑"或许声音仅是静寂的失智,是虚空害怕倾听自己又无物可听时胡乱的呓语",这里用拟人的手法,把寂静当作患精神病的人格,把语言看作"失智"和"呓语",是在对西方思想史上将语言等同于逻各斯、等同于理性认识的质疑,呼应了现当代思想家的语言的非理性论。特别是"职是之故,我等皆疯人"句,进一步论述了语言和主体的复杂关系。不是人说语言,而是语言说人,这是结构主义和后结构主义兴起后的一个基本观点;而如果语言本身是疯癫的,那么不正是"失智"的、"呓语"、疯癫的语言在说人吗?作品中的这句话将"声音"视为"失智"和"呓语",无疑颠覆了语言是理性的传统语言观,是对传统的理性语言观的反向构思,与帕斯卡尔、福柯关于疯狂、理性和语言的论述形成一定的印证关系。帕斯卡尔针对笛卡尔的唯理论发出的"人必然是疯狂的,不疯也许只是疯狂的另一种形式"[②]的判断启发了福柯的疯狂史考察。福柯指出,理性和疯狂相区隔的构想,主要是在 18 世纪产生并作为症候反映到话语中,理性压制并规训作为疾病的疯狂,两者之间不再是有"完善的""固定句法"的共同语汇,从而形成理性对疯癫的独白,并在疯人的沉寂之上建立起并生产出现当代理性的精神病学语言[③]。小说这里表达的声音的"呓语""失智"呼应了帕斯卡尔的论述,其疯狂的独白和福柯批判的"理性的独白"形成了有趣的对比关联。而到最后一句,传家则渴望恢

① Agamben, *Infancy and History*, p. 37.

② 福柯:《〈疯狂和非理性:古典时代的疯狂史〉前言》,转引自米歇尔·福柯:《福柯集》,杜小真选编,上海:上海远东出版社,2003 年,第 1 页。

③ 福柯:《〈疯狂和非理性:古典时代的疯狂史〉前言》,第 2 页。

复寂静，恢复清醒的理智，又回复到作为逻各斯和理性的语言的品质，完成了一往一复的辩证。传家进而写道："艾德文也曾同意我的观点，一页纸中理想的言辞状态就是在理想的读者那产生理想的静寂；如此词语才能重新得到他们的母亲；而所有谄媚的尖锐噪声对艺术家而言只是他艺未臻熟的明证，除此毫无意义。"①这是在一个写作的交际情境下，写作的主体从寂静和语言中看待写作—阅读交流中的主体间关系。这种绝对的静谧主义的艺术追求，在当代或可与苏珊·桑塔格相比拟。对后者而言，艺术正是要"达到伟大的宗教神秘论描述的绝对的存在状态"，要"构成一种上帝缺场下的神学"，故而"它渴望着超越知识的未知""渴望着超于语言的寂静"，故而艺术的极致应该是"朝向反艺术""去追寻着寂静"②。

我们再来看主体间的欲望、语言习得中的主体化与主体对世界的认识的关系。根据传家的记述，传主是一个"满足于他的噪声，对任何将意义赋予声音的东西都毫无兴趣"的语言发展迟缓的孩子。相比 18 个月大时已经掌握了约 500 个词，2 岁前已经掌握 1000 个词，说 10 个单词内的句子的传家，传主艾德文 18 个月大时，"只会讲 3 个积极词汇：爸爸、妈妈、dead（他称呼自己的方式）"；而之所以造成漫长的沉寂和很晚才开口说话，叙述者认为，这是因为与他对"沉默的热爱"有关，而这种"对沉默的热爱正是与他对声音的热爱紧密关联的，正如字黑和纸白的关系一样"③。但也可以从拉康的视角来解读主人公的语言发育迟缓。在拉康看来，人初生下来所面对的世界是一个完满的、丰沛的世界，在母亲温暖的拥抱中和精心哺育下，儿童尚未感到有所需求就被给予了所有需求。但是这种完满状态和感觉只出现在婴儿早期，婴儿后来会意识到在需要和满足之间有一道鸿沟，而且母亲成为儿童忧虑的对象，母亲成为跟自己相联系的客体，她置身于内在的或心理的现实中。对于此时处于"想象界"的婴儿来说，所说的"现实"出现在他前语言的意识中。婴儿语言的出现，正在于其感受到母亲的消失，自己的需求无法满足，婴儿意识

① *EM*, p. 29.

② Susan Sontag, "The Aesthetics of Silence", *Styles of Radical Will* (New York: Vintage, 1987), p. 15.

③ *EM*, p. 29

到需要语言来要求事物，满足愿望。因此，我们学习语言及语言的艺术，正是作为一种补偿，补偿我们必须丢失的东西，那种被母亲身体拥抱的存在状态[①]。小说中提到传主的母亲离开家门时，说“只要两分钟就能回来”，她的那种无微不至的照料，可以间接地说明拉康的这个结论有其合理性。传主的父母为了能让他开口说话，为其准备了各种说话的环境，从邀请传家每晚来他家玩，到母亲随时随地地教和哼唱儿歌，父亲大声朗读诗歌、狄更斯作品[②]，朗读乔叟、斯宾塞、莎士比亚、弥尔顿、鲍斯威尔(《约翰逊传》和《芬尼根的守灵夜》)等英国文学的各代名家之作[③]。与之相应的是，传家描述传主对父亲读书时的反应：他从此转过身去，听他爸爸的朗读，“坐着一动不动，眼睛一眨不眨，仿佛盯着他的父亲，却又什么都没在看”，“在他每个大大的由抛光的红木似的光滑**虹膜**环绕的黑曜岩般的**瞳孔**的正中央”映照着“一只灯的小而完美的图像”[④]。这里传家从传主的眼睛的解剖构造来描写传主对语言的灵动反应，间接地说明了传主具有语言发育的客观生理条件，而眼睛中的“灯”的意象，既是父亲读书凭借的光源，也照亮了儿子寻找父亲读书声音的眼球，说明因语言而形成了父子之间主体间的联系。直到艾德文一天突然发出“又是雪”的声音时把他母亲吓了一跳[⑤]，传主的语言能力此时才正式开始发展。所以，语言对于主体的成长是在主体间开展的。

置身于主体间欲望、父亲代表的书面语、母亲代表的口头语的多维语言环境中的主人公终于打破沉寂开口言说，这标志着他进入语言界。这种缓慢地进入语言界的原因何在呢？在传家的笔下，传主作为正在生成的语言的主体，在语言的海洋中经历了漫长的时间和诸多的困难才真正地融入进去，尤其是在最初面对单个词语的漫长沉默中表现出对语言的复杂性和神秘性的感知。其实这种漫长的经历是不奇怪的，正如索绪尔探讨语言符号间关系时所指出的，单个符号并不表现任何东西，其意义只存在于系统中与其他符号

---

① Noëlle McAfee, *Julia Kristeva*, (New York: Routledge, 2004), pp. 33～35.

② *EM*, pp. 33～34.

③ 同上书，p. 37.

④ 同上书，p. 34，笔者标注黑体。

⑤ 同上书，p. 36.

的差异性中。梅洛-庞蒂就认为，儿童对于索绪尔所说的这种语言符号的系统性差异和对立其实是有所预料的。故而“在儿童周围说出的语言的整体像旋涡那样抓住儿童，通过其内部的发音吸引儿童，几乎把儿童引向这个声音能表示某东西的时刻”，“词语链通过本身的不断印证……最终使儿童突然离开讲话者。只有作为整体的语言才能解释语言如何吸引儿童，儿童最终能进入人们认为只能从里面进入的这个领域”①。在传家的笔下，一经进入语言界，传主对语言的习得有着惊人的速度。每个夜里父亲给他阅读经典名著，“激发他去模仿自己所听到的所有好声音，所以某种意义上他对话语的兴趣就是对阅读的兴趣。在两岁前，已经熟记了很多段落，喜欢用一个刚出道的演员的所有兴致去背诵”。但他对这些语言的意思完全不知道。而后，“尽管抗拒，他却再也不能避免了解声音是有意义的，所以他先是拒绝认识这点，然后是屈从地接受，最终热衷于学习词汇”②。这种对语言符号的意思从抗拒到屈从再到学习，从无知到模仿再到系统训练的转变过程，也正是拉康所说的，对于人而言，象征界是一个“总体式的概念”，它标志出人类宇宙的极限，语言是强加在每个人身上的，只有通过语言，他人的欲望才能够被诉说，我们也被迫使用语言来诉说我们的欲望。故而，单个人的主体都被陷在“话语的回路”(circuit of discourse)里。出生在这个话语的回路中，“要成为人，我们就在这个符号界、语言界或话语界中被主体化(subjected)。我们无法逃脱它，尽管它作为结构总是在逃离我们。作为个体的主体，我们从来就无法抓住社会或话语的总体，正是这个总体构成了我们宇宙的全部，但是这个总体却对着作为主体的我们有着结构性的力量”③置身于话语之中的传主，终于从抗拒这个强加在孩童身上并使之主体化的语言，到顺应、屈从并热衷学习，正是说明语言在人的主体性形成过程中的作用。

传家还在传主进入语言界后学习命名的过程中，讲述了传主如何在不断学习语言的过程中，来逐渐认识世界。传家交代，传主 2 岁到 3 岁间最喜欢

① [法]莫里斯·梅洛-庞蒂:《符号》，姜智辉译，北京：商务印书馆，2003 年，第 48 页。

② *EM*, p. 37.

③ Sean Homer, *Jacques Lacan* (New York: Routledge, 2005), p. 44.

用手指着某物，说“那什么（wussat）”，在这一学习命名物体的过程中，父母开始用语言解释语言[①]。传家记述道，传主逐渐地认识到：“每个物体都有一个名字的。”“可能他觉得世界包含着无数的物体，学会所有物体的名字就是定义整个宇宙。也可能他感到一种发现的感觉，甚至是发明感，仿佛他以前从没有注意的事物突然因为被命名而涌入了存在”，故而传主热衷学习各种名词[②]。传家甚至说：“传主‘在他的晚年’宣称‘给事物命名就是发明宇宙；名越多，宇宙就越大’。”[③]这里提到“命名”构成了主体和世界的关系。海德格尔在提出“语言是存在的家园”这一著名论题时，同样阐述了命名对主体认识世界的意义。在海德格尔看来，命名并不仅仅是标记，命名意味着主体对“物”的召唤，使得“物”得以在人的实存中彰显意义。海德格尔引述格奥尔格的诗句“词语破碎处，无物可存在”来说明物“作为无论以任何方式存在的一切东西”，只有在诉诸命名、诉诸语言时，“物才是一物。惟有这样物才存在。”[④]语言通过命名召唤物，带给我们诗意的经验，从而通向发现本真世界的“大道”。小说中的传主对语言中“名”的感悟和学习与海德格尔对于“命名”的运思以直达世界宇宙存在真相的论述，无疑具有相似的立场，对于传主来说，语言中命名的多寡代表着主体对宇宙认识的极限，是主体赖以存在的场所。

在讨论完小说中感知和语言作为主体发展的两个阶段后，下一节将转入讨论性别主体的建构问题。

第三节　女童主体的建构、礼物和欲望主体的悖论

本节关注小说中女童主体的建构和以性成长为特征的男孩与女孩间主

① *EM*, p38.

② 同上书，pp. 37～38.

③ 同上书，p. 38.

④ ［德］马丁·海德格尔：《在通向语言的途中》，孙周兴译，北京：商务印书馆，2004 年，第 152 页。

体发展的问题，关注的焦点在于传家所着重叙述的艾德文在小学时期与小女孩露丝·多恩(Rose Dorn)的交往历程：从传主对小女孩的单相思与痴恋到恋爱和最后的分手，乃至最后小女孩葬身火海等一系列的事件。笔者认为，在阅读小说的这部分内容时，不应该仅停留于作者袭用性意识的发展有助于作家成长这个浪漫主义传统中常见的母题。更重要的是，要能解读出由于其叙述层次的架构和叙述声音的特点，小说中女童主体的建构展现出表面单一下的丰富，使得小说中男孩和女孩的恋爱交往过程成为展现当代性别政治和主体欲望结构的微缩标本。

这就牵涉儿童成长中的"性化"(sexuation)问题。所谓"性化"，既指在社会的塑造下男女两性性别特质的显现和强化，也指伴随着这种特质形成的男女两性的性吸引关系。从社会性别的形成来说，刚出生的婴儿没有后天的所谓社会性别(gender)区分，但是社会自其诞生之日起就依据生物性别(sex)上的差别而不断地向其灌输并强加异性恋社会的性别内涵。从作为两性吸引意义上的性意识和性行为来说，不同的历史阶段，在表现"性"与儿童的关系上有所差别。在18世纪时，尽管以沙夫茨伯里(Shaftsbury)为代表的一些作家采用更为自然的态度看待性，认为其具有善的一面，但是整个欧洲对待性的看法仍然继承了基督教的传统看法，即性从本质上是邪恶的。在这种环境下，性话题被普遍排除于儿童之外。在福柯看来，这种情况延续到整个浪漫主义时期，西方在对幼年主体的性意识上仍然采用两面论述的(double assertions)说法，既承认其具有自然性，又认为其具有反自然性，而这场性学论战的目的之一还是在"控制和掌控幼年主体的性意识"[①]。直到弗洛伊德发表了《性学三论》和《达·芬奇的童年回忆》后，认为婴幼儿在经历了口腔期、肛门期等性意识发展期后，男孩具有的阉割焦虑、女孩产生的阴茎嫉妒等性意识开始被挖掘出来，儿童作为性意识主体的身份被正式确定。相应地，在文学创作中，尽管19世纪浪漫主义作家笔下对成年人的性意识描写甚多，甚至在作品和文献中将作家的创作过程视为作者或诗人将自己指向客体的性欲望和性冲动转化为符号的创作活动，从而肯定了性意识具有丰富作家认

① Miles, "*Romancing the Subject*", p. 212.

识和激发其创作潜能的意义;但绝大多数浪漫主义作家在将儿童作为性主体和性客体等形象时保持高度的节制。这种状况在20世纪初也发生了重大变化,儿童作为性客体和性主体的形象开始反复出现于经典文学中,普鲁斯特、纪德、劳伦斯、纳博科夫等人的作品甚至触及了成年人与儿童之间的性关系等问题。

儿童的"性化",在弥尔豪泽的这部小说中占据的篇幅并不长,也没有过于直白的性意识和性行为描写,仅限于小朋友间的情窦初开,只是展现出孩童模仿成人时表现出的某些童趣。但是,笔者认为,弥尔豪泽这部作品涉及儿童与儿童之间性吸引的主题,由于其复杂多维度的叙事身份的建构,这一主题也相应地复杂起来:在通过传家卡特怀特的眼光和声音叙述艾德文对露丝的幻想,以及与之交往的过程时,作者既戏仿了传统浪漫主义文学作品中描写成人性意识的语句和套路,又体现了同时代的心理学和社会学对儿童阶段中性意识发展的学科建构话语。文本中对儿童主体成长与性意识的关系进行深入挖掘,既表面上回应了浪漫主义文学中性冲动转化为创作冲动的格式,但又因其作为成年人的小说作家、作为儿童的传家、作为儿童的传主和作为儿童的传主的爱慕对象四者关系的建构,使得各种叙事身份在此事件中所持立场的复杂性得到强化,引发读者新的解读和阐释。本节正是关注这种性身份的复杂性问题,在对叙事主体的阐释中既关注成长中的男孩、女孩的性别建构,也关注成年作家和童年传家之间差异性的矛盾;因为如果仅仅限于传家的年龄来说明小说中人物的主体关系,则显得过于表面,需要考虑到成年作家的背景,从成年人的角度去观察和聆听童年传家的视角和声音,这就需要引入拉康等人的一系列论述来加以说明。

本节分三个部分来论述:首先,关注传家对小女孩露丝·多恩的叙述。露丝作为传主倾慕的对象,由传家通过叙述呈现在读者面前。传家在建构露丝这个成长中的女孩的主体形象时,其话语既展现出可靠性与不可靠性混杂、写实和幻想交错的局面,又展现出意识形态操纵下成长中的男孩的性别建构意识。随后,笔者转向阐释以"礼物"为中介所建立的传主和女孩之间的交互主体性关系。在传主和小女孩的关系发展中,礼物起到了神奇的纽带作用,在此我们要探讨礼物在建立、维系和终止两者的罗曼司关系中所体现的实质性的政治关系;最后,通过援引弗洛伊德和拉康的若干论述,并结合小说的叙述形式,看小说如何在传家的叙述中表现出传主的主体性的欲望悖论。

首先,我们来看传家的叙述是如何建构传主的情欲对象露丝·多恩的。正如前文所言,传记一方面记述的是传主的史实;另一方面则反映了传家特有的眼光和价值观。在文中,传家是这样总结性自己在叙述小女孩时遵循的传记规则:"我从没喜欢过露丝·多恩;我并不希望为了多画一笔把她画得比本人更黑一点来损伤传记严格的真实性。她并不总是折磨我们。我也不知道她到底还干了别的什么事情。"①从传家这一申述中可以看出,虽然这部传记对露丝的描述非常有限,但是传家的叙述大体上还是忠实的。尽管因为传家本人和露丝的交流非常有限,故而读者无法全方位地透视露丝的个人形象,但是传家的叙述依然塑造了一位个性鲜明的小女孩的主体形象,表现出性别政治在女孩成长过程中的影响。这里,我们从传家对露丝的肖像描写、"跟踪-裸露事件"和性格特征这三点来看传家对小女孩的主体性建构。肖像描写和性格特征在文本中的表现有所重合,但我们在讨论肖像描写时,更多地考察叙述者的叙述行为,而讨论性格特征时,则更多地关注被叙述者的性格内容。

传家对露丝的叙述首先是以费伦所谓"肖像描写"(portraiture)来开始的,这一静态的人物形象与性格特征的描写为后来动态的情节推进作准备②。传家描写女主人公的第一句话:"她名叫露丝·多恩,与苦深(forlorn)谐音,而艾德文偏偏爱她爱得要死。我自个儿对她总是憎恶。"③其中,"多恩"与"苦深"谐音,一方面呼应了后文中艾德文生病后为她作诗时的韵脚——传主哀叹自己"苦深"的源头在于露丝;另一方面,传家或许也在无意中暗示她后来境遇的凄凉和结局的悲惨。传家明确表明自己与传主在看待她时立场的差别,而且以"憎恶"来概括,说明传家的叙述带有明显的价值倾向。然后传家通过自己的观察对露丝进行白描,而非通过传主的视角来展现

① *EM*, p. 136.

② 参见 James Phelan, *Experiencing Fiction: Judgments, Progressions, and the Rhetorical Theory of Narrative* (Columbus: The Ohio State University Press, 2007).

③ *EM*, p. 127.

她的形象和性格。在传家的笔下,她是个“没有朋友”的孩子,一会如同天使“梦幻般地沉思”,一会又处处“撒野”。她“总要寻求人的注意”“两手机警地悬着,仿佛随时抢你的彩笔”;老师批评她时,她佯作“无辜”,实则态度恶劣,在传家看来,她就是个“会装的人”(faker)[①]。“此外,她还有一种让人不适的氛围,警示着让你离开”,她给人以“一种疏离感、差异感,就仿佛她是个精灵或蝙蝠”。甚至最后当小女孩死去时,传家虽然表露同情,但他还是申明自己“当时实在是恨她”[②]。传家的这种眼光给读者的感受,既有其客观性,也有其主观性,但是传主一再申明自己的写作自始至终忠实于事实。传家对女主人公的白描流露出的风格让我们想起传统文学,特别是罗曼司文学中的女性形象,这也给我们解读女主人公的形象带来复杂性。传家对这位女孩的了解甚少,交流不多,故而读者对于女孩子形象的建构还需要考虑传家在描写她时所借用的传统文学中的形象,以重构这位女主人公的主体特征和传家的价值观。比如说,她的“会装”,阳奉阴违地对待老师,说明她性格上的表演性和叛逆性,也可能说明传家以“老师”这样的成年人的要求或对待孩子的理想标准来评判她,因为对成年人而言,孩童意味着野性,意味着需要教化、服从和教育,只有这样才能达到成年人的状态[③]。而当传家归结“我们都知道,她肯定哪儿不对劲”时,说明他对露丝认识得不充分。在传家看来,“她就像一页纸,上面某个水滴干了后留下了轻微的波纹”,这是她的不同寻常让传家产生的联想,说明传家朦胧地感觉到小女孩如此怪异的性格定然有其原因,只是他和小朋友并不知道具体的情况。而当说到她的家庭,传家仅提到她的母亲是“住在森林里面的巫师”,她“抓住你,就把你捏成粉碎”的种种传言。这一传言,与传家所言的“她有一种让人不适的氛围,警示着让你离开”,总给人以“一种疏离感、差异感,就仿佛她是个精灵或蝙蝠”的感觉相同,都是儿童思维诉诸童话或用哥特式小说中的意象来认识露丝,把她当作完全异质化的人来

---

① *EM*, p. 127.

② 同上书,p. 128.

③ Bryan Reynolds and Donovan Sherman, “Fugitive Rehearsals: The Ferality of Kaspar Hauser, Playground Performances, and the Transversality of Children”, *Transversal Subjects: From Montaigne to Deleuze After Derrida*(2009):162～165.

看待。最后说到自己对她的“恨”，再次说明叙述者的疏离。当然，疏离未必就会造成叙述的不可靠性。我们后面会看到，与在欲望的支配下传主不加节制地褒扬欲望的对象相比，传家对人物保持疏离的眼光，叙述反而可能具有一定的客观性。

性特征在传家对小女孩露丝的肖像描写中显得特别突出。这里传家对露丝这位女孩的叙述在作者的操纵下带有强烈的浪漫主义男性作家的惯常笔法，其中对女孩形象的叙述多处展现出具有强烈厌女倾向的男性笔法，叙述者多处称呼露丝是“魅货”“风骚”“恶心”，以及多处描写她的忸怩作态，表现出传统男性成人文学对儿童传家的影响。凯特·米勒特在《性政治》中探讨劳伦斯和梅勒等男性作家笔下的女性形象时指出，在这些书中，女性人物在男性主宰的社会形态下，在各种性诱惑和性屈服的场景中，被男性人物和作家写成非人的天使或者淫妇荡妇的刻板形象，并且常常以厌女症式的语词表现出来[①]。传家在这里显然是以这种写法来描写这位作为男孩意识对象的女孩主体，可能一方面的确是传家因其所阅读的书籍而受到成年男性作家的影响，故以其写法对女性进行刻板的认识和描写；但另一方面，也如本节导言中引述的福柯的论述，它体现了西方习惯上以“去性化”或“无性化”的标准来规范儿童举止表现的社会规约。传家的厌女症式语调，反映了传家赞成成年人的观点，认同其儿童应该“去性化”的价值观。但再反向来看，作为早熟女孩的露丝的形象，也说明了当代美国儿童的主体性正在消逝。社会史学家波茨曼在考察西方的儿童概念史时认为，当代美国正在经历着一个“童年消逝”的时期。自从文艺复兴发明了“儿童”这个概念后，在西方，儿童在社会中被区隔出来，通过经济、社会、政治、法律等各种手段，成年人使儿童的思维方式和生活方式受到区别对待；特别是儿童的意识受到了成年人的精心操控和看护，尤其是性观念和性行为等内容，成为儿童知识的禁忌。自 20 世纪电视传媒发展起来后，儿童对知识的接触完全不同于以往仅仅依靠纸质传媒的时代。在以往的纸质时代，成年人在性知识方面对儿童精心屏蔽处处设防，而现在儿童与成年人认识的媒介已大体一致，童年与成年人的意识界限正在消

---

① Kate Millet, *Sexual Politics*(Urbana:University of Illinois Press, 2000), pp. 237～304.

失，特别是性意识上的区隔不再明显，这在美国典型体现在由儿童出演的“嫩模”等现象上[①]。这里传主思慕的小女孩，从社会历史角度上看，在撇去叙述者侮辱性的语气之后，正是客观反映着在这个“童年消逝”的时代女孩被“女人化”的典型现象。小说中小朋友起哄艾德文和露丝之间的恋爱关系，也说明儿童对于“性”作为成长标志的认同。

我们再来看小说《中年》部分第十三章中“跟踪-裸露事件”。该章叙述了传主在放学后跟踪露丝、到她家住处偷看她，而传家则跟踪传主，偷看传主如何偷看露丝的故事。这一叙事因为女主人公行为的怪诞和传主无法透视男女双方的心理意识，故而整个事件对传家本人来说显得扑朔迷离，再加上传家采用罗曼司-哥特式的语言风格，使得其叙事笼罩在不现实的环境氛围下，为读者理解小女孩的主体特性提供了有趣的样本。小说中提到当传主和传家都到了她家附近、藏身看着露丝走进去时，传家“不知道当时他(指传主)在想什么”，也“不认为他在想任何事”；然后，传家追随传主的眼光看着露丝从她家的“塔”上的“一个窗户”中出现，当时她“肃静地身披一身黑衣，长长的黑发散落下来落到窗台上，坐在窗上，向下盯着艾德文”，“她一语不发，但**她又仿佛吼啸出巫婆的诅咒**”，突然惹得艾德文转身就跑，在踉跄跌倒后竟然“恐惧得不能站立起来”。此时，传主投眼望去，她还“肃静地坐着”“身体倾斜出来”“**全身裸露(stark naked)**”“马尾辫松开，她黄色的头发如流水般垂到窗台之下；手抓着窗户的横挡，紧贴着肚皮，她一语不发地向下看着艾德文”。在逃遁途中，艾德文“在水泥台阶上啜泣”[②]。这一段描写露丝“全身裸露”的事件是艾德文和露丝关系发展中的重大事件，但是由于传家借用罗曼司故事中的语词来加以叙述，再加上他无法进入女主人公的意识层，事件的含义显得扑朔迷离。传家将露丝的家描述成“塔”，她坐在窗上的形象，与罗曼司故事中将女性囚禁于塔的故事传统(典型的有以《夏洛特女郎》为代表的亚瑟王的骑士故事、《格林童话》《堂吉诃德》等)联系起来。在这一传统中将女性囚禁于塔，等待着男性英雄人物的解救并向之允诺终身，而在这里露丝的家是

① Neil Postman, *The Disappearance of Childhood* (New York: Delacorte Press 1982).

② *EM*, pp. 156～157，笔者标注黑体。

“塔”的意象，可能出于传家臆想式的修辞，显然和中世纪的罗曼司情境意义有一定的联系和差别。在中世纪的罗曼司中，“塔”构成了女性生活的私人场所，“塔”的边界构成了女性私人空间和公共空间的临界点，“塔”象征着社会强加于女性的禁锢，但是被拯救出来的女性，依然要听命于男性英雄的保护。这里有意思的是，在露丝回家的途中，整个漫长的跟踪事件中，“塔”成为庇护露丝免受主人公滋扰的建筑物，身居私密空间的露丝甚至将“塔”作为逗引和恫吓男主人公的场所。而传家说到露丝无声胜有声般“吼啸出巫婆的诅咒”时，更是将她神秘化，甚至用中世纪的形象将之丑陋化。但她“全身裸露”的动机为何？是出于有意识地诱惑艾德文？还是通过这一举止，恐吓在性发育上更晚、更柔弱的男主人公？传家并未明言。或许她并没有这样的目的[①]。尽管如此，艾德文的惊恐与逃遁，却足以证明，他对露丝的欲望的投射和爱的憧憬，依然带着孩童的稚嫩，当他的欲望客体作为主体向他展示她的身体时，他在心理上还远未做好准备。另外，这一片段说明小女孩露丝对受规训的身体作出有限度的反抗。福柯指出，现代社会订立了一系列的规训和惩罚规则去最大限度地控制身体，外在制度的限制性要求也在不断地被内在化。女性的身体，作为其女性特征的源泉，被赋予了各种权力压制的意义[②]。女性身体的自我管控也是女性主体性的重要维度，其裸露的限度、时间和对象必须符合相应的社会规范。如此之小的女孩在自家窗口有意地向窗外的小男孩裸露自己的全部身体，展现了主体对受规训身体的游戏和操演，其游戏和操演正处在私人空间和公共空间的边缘，既挑战原有的社会秩序，又一定程度上依从其规则。这里还要注意的是，小女孩散开“头发”的特写。头发历来是女性性感的标志。小说特别交代在露丝自焚前的两天，她的母亲剪掉露丝浓

① 当然也可以从其他角度来解释露丝这一举动的目的。正如浪漫主义作家卢梭和梭罗那样憧憬宣扬的，在森林中一丝不挂地体验与外界之间了无挂碍的关联，生活在森林和自然中的露丝，在此展现的是与城市、与社会的举止规范相对立的、更为自然和原初的生活方式，并因此惊吓住了毫无准备、更为遵守社会规范的传主，故而这一场景是否说明的是他们对对方的举止和思想的误判？但是从小说中这部分以“性化”为主题的章节，似乎可以排除这种阐释的可能性。

② Sheila Conboy, “Body”, *Encyclopedia of Feminist Literary Theory*, eds. Elizabeth Kowaleski-Wallace(New York: Routledge, 2009), p. 76.

密的头发,使之短到丑陋可怖的地步[①]。这里,小女孩、头发、母亲和塔的意象联系起来,说明了哥特式小说中的母女关系对露丝主体的影响。在哥特式小说中,经常出现囚禁于"塔"的女孩形象。克莱尔·柯海英研究安·拉迪克里夫(Ann Radcliff)、弗兰乐瑞·奥康纳(Flannery O'Connor) 和卡森·麦卡勒(Carson McCullers)的作品后指出,哥特式小说中女性儿童人物都具有挣脱与自己有着"共同的女性身体和其文化象征意义的"母亲的控制以赢得自我身份的情节要素;在社会中没有权力的母亲挫败女儿争取身份的努力,扮演着"古怪的婴儿的母亲(uncanny mother of infancy)"[②]。小说对露丝的母亲交代很少,只说明她是住在森林里的"女巫",说明其具有社会边缘人的特征,而小女孩的头发,作为身体的一部分,也受到母亲的高度管控,任其剪割。故而从这个角度上来说,小说中露丝在窗台前裸露自己的身体,也可以解读为她在抗拒以母亲为代表的压抑自我主体性的社会机制。

传家对女性儿童的肖像描写和"跟踪-裸露事件"说明传家见证但又无法较全面地理解作为女孩的女主人公的主体性问题。在传家的笔下,女主人公的性格有两方面最引人注目:一方面她被表现为会装、扭捏、风骚,具有强烈的反叛意识,好打架、好挑衅、对老师的提问不予理睬或者佯装不知,甚至到最后疯癫到自导自演了自焚的剧目。这种情绪具有强烈的不稳定性,乃至到最后发疯的女性形象,在文学作品中已屡见不鲜:在这种形象中,女性的身体和心灵都是不稳定的,女性的行为游离于父权制社会标准所认为的"正常人"之外,女性在抵制父权制社会化时被冠以"疯狂"的标签[③]。这种文学中的疯女人的形象,其产生的根源在于父权制社会的压制,已经被多位经典女性主

① *EM*, p. 177.

② Claire Kahane, "The Gothic Mirror", *The (M)other Tongue: Essays in Feminist Psychoanalytic Interpretation*(1985):334～351.

③ Sara E. Quay, "Insanity", *Encyclopedia of Feminist Literary Theory*(New York:Routledge,2009), pp. 301～303.

义评论家探讨过①。

这里,我们对其疯狂的这面不多讨论,而是将注意力放到传家眼中女主人公的另一面,即她"会装"的特点,从这一角度来看性别操演在女孩主体生成中的作用,而操演则指向女孩成长的目标——成年女性。正如朱迪思·巴特勒在《性别烦恼》中所指出的,所谓性别,并非自然或是先天的,它是由社会建构的,服务于特定的目的和机制;性别是重复行为的操演性(performative)结果,长期的操演在严苛的规约下不断重复,最终"凝结"成某种仿佛是"实质的"或自然存在物的表象②。小说中抨击露丝"会装"的事件和语句甚多,从她和另一个小女孩在打雷时歇斯底里地嚎叫,到她扭扭捏捏地走路,这都可以解读为作为小女孩的露丝,在以男人眼中有女人味的女性为模板,模仿其行为和性格特征,持续地进行操演,甚至演得过火。倘若在她主动全身裸露的事件中,是出于成年女性对男性诱惑的操演脚本,那就说明她此举意味着她要在操演中认同成熟的女性。而传主的仓皇逃离不妨解读为传主未能正确领会剧本,或者虽知道剧本,但是无法进入自己的角色③。小说中关于露丝古怪形象的描述,暗示着她作为要成长为女人的女孩在出演自己的角色时,与作为要成长为男人的男孩的意识,在各种互动中发生种种错位和矛盾,最后导致她为了争取人们的注意力而自焚的疯狂悲剧。

综上所述,传家在叙述女主人公时,尽管对她抱有种种偏见和冷漠,但是其叙述大体还是可靠的,成功地表现出了一位个性鲜明的女主人公的主体形象。但是他对女主人公的偏见是否说明男性作家本身对女性具有同样的偏见呢?很多年来,一些女性主义批评家在关注女作家,特别是在传统男权社会中被边缘化的女性作家时,从她们所选用的叙述策略和叙述形式中推导其

---

① 关于小说中女性疯癫主题的研究,参见 Sandra M. Gilbert and Susan Gubar, *The Madwoman in the Attic: The Woman Writer and the Nineteenth-Century Literary Imagination* (New Haven: Yale University Press, 2020)和 Elaine Showalter, *The Female Malady: Women, Madness, and English Culture*, 1830～1930 (New York: Pantheon, 1985).

② Judith Butler, *Gender Trouble: Feminism and the Subversion of Identity* (New York: Routledge, 1990), p. 33.

③ 传主的仓皇逃离不妨解读为在"操演"的剧本中,传主未能正确领会剧本,或者不知道剧本,无法进入自己的角色,在进行身份认同时无从选择。

内蕴的性别立场，而且通常认为女性作家都是持反抗父权制社会的立场，而男性作家则常常相反。这种受压迫的女性作家必然在其叙事中或明或暗地表达要颠覆父权制社会、传统的男性作家一定维护其性别特权的阐释定见，需要破除。事实上，无论是男性还是女性在其叙事中呈现的性别立场，其判定的依据不仅需要看叙事策略和形式对内容的呈现，同样需要考虑叙事所处的历史阶段和所呈现的文化价值，以及作家本人的经历和他在性别政治中的立场。因为历史上也不乏那些认同受压迫女性的男作家和如密尔这样的男性女性主义者。在这部作品中，传家在叙述小露丝时展现出的偏见和他对小露丝悲惨结局的极度冷漠，恰恰可以说明这位作家是将叙述者此时的态度反讽式地推上前台供读者质疑。文本在这里对作者、男性叙述者、女性人物和读者之间的距离进行了微妙精细的调控。作者控制下的叙述者邀请读者"疏远"女主人公的叙述行为本身，往往会适得其反地引起读者对女主人公的好奇，叙述者在对女主人公所知甚少，反而引发读者无尽的猜测，"吸引"读者对女主人公的注意；叙述者在试图"吸引"读者认同自己的价值观时，反而造成读者对叙述者的反感，拉开了读者和叙述者的距离，这也正是这部小说在建构女主人公形象时形成的修辞效果。弥尔豪泽生活在女性主义盛行的当代文坛，其小说对女性的关注非常多，无论是这部作品，还是他的《马丁·德赛勒》《从摩尔甫斯的国度中来》和《复仇》[①]中，都可以看到因高度受压抑而疯癫的女性人物，作者的女性主义立场显而易见。

根据传家的叙述，羞怯的传主和露丝·多恩的交往是以礼物开始的。"礼物"成为这部小说中最重要的喻格，由于礼物的交换，主人公从封闭的个体进入孩童的恋爱生活，并建立起类似于成年恋人那样的人际关系。因此，"礼物"是探究这个叙事中男孩和女孩之间交互主体关系发展的关键切入口。礼物，作为一种"物"，反映了故事中主体各自的社会和经济状况；礼物，是一种文化所规定的人际交往的中介手段，赋予礼物赠与方和接受方不同的义务和意义；礼物承载着相关方对对方的想象、认识和欲望，体现了交互主体性的

① Steven Millhauser, "Revenge," *The King in the Tree* (New York: Knopf, 2003), pp. 1～53.

实质关系。故而礼物总是超越单纯的物的含义，成为人际和社会关系的症候。下面笔者结合鲍德里亚、莫斯、列维-施特劳斯等人的观点，来阐释礼物在文本中男孩和女孩交互主体发展中的内涵。

我们首先从礼物所建立的人际意义入手。礼物并不是商品，尽管两者都具有交换的形式，但在现代经济活动中，商品是以货币的形式被衡量、被交换；而礼物则是在更为私密性、更具人情味的意义上被赠予和回馈的意义。商品一旦被交换，意味着人与物的彻底分离，人与物具有各自的独立性，不再融为一体[①]。礼物则不然，依据人类学家莫斯的论述，在毛利人看来，礼物中含有其原先占有者的“灵”（hau），送礼的过程是将原先的持有者的人格与物本身一起赠与受礼者，如无回赠，则有损对方的人格。因此，礼物的赠与，总是包含着私人的情感，体现出精神层面的给予和交换，并包含着回赠和回馈的义务。礼物赠与的动机、接受礼物的隐含意味、回赠礼物的义务、礼物赠与和回赠时所基于的立场与借口，在双方赠送和回馈礼物过程中，都会牵涉赠礼方和受礼方的种种情愫、人际关系和行为反应，具有文化人类学的意义[②]。莫斯关于礼物交换的论述对当代的人类学和社会学影响极大。列维-施特劳斯曾高度评价莫斯“给予-接受-回馈”的交换公式，认为这一法则并不限于实际物品的交换，其效用甚至可以扩展到个人和群体的责任、义务、尊严和权力等众多无形物的交换[③]。他在分析人类亲属关系时认为，原始社会中普遍存在着将女性作为交换品的互酬体系，在其婚姻制度和氏族结构中，女性作为礼物由男性在互赠中进行流转，成为人种和部落结构的组织纽带[④]。列维-施特劳斯的这一论述影响了当代女性主义者看待现代婚恋结构中的礼物现象。

小说中，传主通过传家来向露丝传送礼物的过程极具戏剧性，说明了这

---

① C. A. Gregory. *Gifts and Commodities* (London: Academic Press, 1982), p. 115.

② [法]马塞尔·莫斯：《礼物：古代社会中的交换形式和理由》，汲喆译，上海：上海人民出版社，2002年，第3页。

③ Claude Levi-Strauss, *Introduction to the Work of Marcel Mauss*. trans. Felicity Baker (London: Routledge and Kegan Paul, 1987), pp. 46～47.

④ Claude Levi-Strauss, *Structural Anthropology*, trans. Claire Jacobson and Brooke Grundfest Schoepf (New York: Basic Books, 1963), pp. 59～60, 159～160.

种礼物赠与牵涉主体间人际关系的复杂性。因为相思而害病的艾德文在传家的逼迫下承认，自己痴恋露丝而无法向之当面表白，所以派传家带着礼物去传达意愿①。送礼对传家和传主都是煎熬：于传主而言，他害怕自己被直接拒绝，没有传家，他不敢“独自面对这个魅货”；于传家而言，“接受这个任务”，让他“不安”“害怕”“感觉自己就像个傻子”，甚至“诅咒自己”。这种送礼时两者在情感上的艰难说明他们考虑的礼物所代表的人际意义非常复杂，其实两人精心选择谁来负责送礼、如何送礼的种种计划，既要向对方表达送礼者的意愿，又要考虑接受者的反应，特别是送礼时如果被拒绝是否能有效挽救送礼者的面子等人际问题。然后，传家用喜剧的笔调描述了自己送礼的过程，在下课时走到露丝面前，开门见山地说：“艾德文病了。”而露丝全然不解，只顾玩自己的东西；而当他再次说时“艾德文病了”，露丝还是无动于衷，她的眼睛“苍白”，“仿佛两眼的虹膜早已死去，只留下黑色发亮的瞳孔”。在这一送礼的过程中，露丝事先对“艾德文病了”的事实完全无动于衷，说明传主在小女孩的心中并不占有特殊的位置，这说明“礼物”为他们后来成为男女朋友发挥了决定性的作用，礼物作为调整人际关系的功能在叙事进程中被强调出来。接着，传家近乎胁迫式地突然向露丝吼出三句话：“这”“艾德文给的”“拿着”，让露丝拿住包。当她慢慢地往里摸时，传家“环顾四周”，轻声说道：“快！”待到露丝展开手掌，里面是“艾德文藏品中的一件宝物”，一只“带有指南针的塑料戒指”②。在传家看来，这只带有指南针的戒指，对传主而言具有个人意义，是传主最为珍爱的藏品，带有如此私密性的礼物的赠送包含着传主的诚意。而最后露丝接受了这一礼物，事实上是给出了信号，她愿意承认两人关系有发展的可能。传家第二次送的礼物是传主在学校商店里精心挑选的糖果，挑选时他“紧张地沉思”，希望了解她是否跟他“品味一致”③，这是在以物为中介，探寻两者的共同点，人的身份的认同恰恰是以同与异为基础来展开的。艾德文通过传家的两次赠礼，通过他亲自赠送给她一支“可怕的

---

① *EM*, pp. 129～130.

② 同上书，p. 131.

③ 同上书，p. 138.

红蜡唇膏”[①],打通了自我和他者联系的通道。后来,随着艾德文赠送的礼物愈发多样化,两人的罗曼关系也因此而正式建立[②]。但是露丝在交往中不去回馈对方的礼物,虽然不爱艾德文但却同意与艾德文交往是为了换取他不停地赠送礼物,这样小女孩是以自己的交往作为代价来抵消对方赠送礼物的价值。前面我们提到当代女性主义者充分注意到列维-施特劳斯关于原始社会中作为物的女性被交换的现象所作的观察,并将之用来抨击当代父权社会中女性在礼物交换中被物化的实质。我们认为,文中两个小朋友的恋情戏剧在模仿成年社会中男性追求女性时送礼仪式的同时反映了这一礼仪下的政治本质——虽然传主和小露丝年岁尚小,对这一实质看得并不透,其逻辑展现在文本中也不像古代和现代社会中成年人世界那么赤裸;但是文化规则恰恰是在这样无意识或有意识的模仿中传承下去并维系着社会组织固有的政治结构。不该忽视的是,传主对于礼物的交换规则和义务非常敏感,这表现在他后来与家庭贫困的同龄男孩阿尔弗雷德交往中,由于阿尔弗雷德未能交换、归还他的礼物,从而引发小传主的各种斤斤计较,并与之最终断绝关系。那么同样可以推想,露丝在交往中接受礼物所应该担负的回馈义务,理所当然地也应该处于主人公的计算之中。

在前文中,我们强调礼物和商品的区别,但是要看到的礼物常常是由商品转换而来的。现代商品社会,特别是当代消费社会中的商品生产,为儿童之间进行礼品的赠与和回馈提供了无限丰富的可能性,这使得传主和小露丝的主体关系进一步异化。这点体现在小说《中年生涯》中的第十章。叙述者以“啊！那些礼物啊！”[③]领起该章,然后用一整章,即连续使用十二段的篇幅,逐一枚举、细述传主赠与露丝的各种礼物,涵盖各种糖果与玩具,名目之繁难以计数。仅以赠送的泡泡枪为例,艾德文就附带购买了“白泡泡和黑泡泡、红泡泡和黄泡泡、绿泡泡和橘泡泡”。另外,传主还给她赠送了“燕麦规格的小箱子、卷着红色小热狗的黄色小面包、嵌在粉泡泡里的白牙齿、带黑边的

---

① *EM*,p. 142.

② 同上书,p. 143.

③ 同上。

白色小棒球、各种染上绿色、红色、黄色穹顶的银戒指、装在透明小瓶里的蓝色小船、顶上有小圈的带颜色的护身符。护身符的种类五花八门:有红色小狗样的、有绿色公鸡样的、有白色印第安人样的、有蓝色心形的、有黑色手枪样的、有绿色手状的,还有绿色脑袋样的等”。[①] 并且传家开列的每种物件在原文都以复数表示,以凸显艾德文赠送的礼物之多。无疑艾德文的礼物来源于商品。在叙述者的描述下,艾德文的礼物构成了一幅“物体系”的图景。所谓物体系的概念是鲍德里亚所提出的,用来说明当代资本主义社会最大的特点就是商品的极大丰富,每个商品的生产和消费从一开始就被定义成具有特定意义的消费符号,它具有客观论述的内在意义。特定人群在面对构成物体系的市场并消费物品时,是这些具有符号意义的商品在规训、操纵、表达或挫败着这些人群的欲望和动机。人是按照物本身的符号意义来进行消费活动的,也按照其符号指涉的意义来生产扩大自己的消费欲望。物的极大丰富和物本身所折射出的多维的符号意义使得物被笼罩上了多层次的人造镜像,使得人的主体性迷失在物的包围之中[②]。小说的中部第八章重点交代了学校商店的布置和所售的商品,这个商店构成了艾德文为了购买礼物而进行商品消费的场所。从传家所开列的清单上看,其品种之琳琅满目说明了当代美国儿童所置身的商品世界之发达,而且商品决定性地影响了儿童的日常生活和想象世界。露丝所玩的假胡子、假牙齿、橡皮鸟屎等物件被老师没收后,都会被新的更花哨的礼物所替代[③],这既说明了作为礼品的商品无法被穷尽,也说明了艾德文在用商品作为礼品来刺激并满足露丝的欲望,通过使之屈服于“物”的诱惑来认可双方的恋爱关系,并维系其对这种关系的忠诚。叙述者也一针见血地指出,根据他对露丝的观察,她在接受艾德文的礼物中,并没有对传主真的有好感,她的爱出于她对他所赠送的礼物的爱[④];并且她喜爱炫耀

---

① *EM*, p. 144.

② Jean Baudrillard, *The Consumer Society: Myths and Structures*, trans. George Ritzer (London: Sage, 1998), pp. 25～28.

③ *EM*, pp. 144～145.

④ 同上书, p. 146.

艾德文对自己的爱，尤其是炫耀他赠送给她的礼物[①]。如此，父权制成年人社会的戏剧在儿童中也被重复上演，露丝在履行其不断接受礼物的义务——即接受两人恋爱关系社会舆论的同时，也通过对“物”的不断炫耀，来说明自我在对方心中的价值，从而异化并物化了自身的主体性。如果再考虑其中一些礼物的意义，如“可怕的红蜡唇膏”[②]，礼物本身也在用“性化”的符号，来要求对方操演成年人父权制社会下物化的女性。

总之，艾德文与小露丝有关交往“礼物”的片段说明，身处消费社会的当代美国由物所规定的身份的复杂性。小说的这一事件充分表明了作者对处于“性化”过程中的当代美国儿童主体的忧思，引发读者去认识资本主义异化下儿童主体的严肃问题。

在本小节的前两点中，笔者分析了身为小男孩的传记作家所记述的其眼中的小女孩露丝·多恩身份的复杂性问题，看其在构建小女孩的主体形象时使用的叙述技巧所反映的性别政治；随后，笔者分析了小说中传主以礼物为中介博取小女孩青睐的事件，从礼物与商品的关系，以及礼物赠与的逻辑来看小说中男孩在猎取女孩的老套手法中内蕴的商品世界是如何异化女性主体的。在此，我们转入传家如何在其叙述的小传主和女主人公的罗曼司中探索主体的欲望和欲望的主体等问题，看欲望如何规定主体身份和主体间的关系，主体又是如何在欲望中认识自身和他者并服从和迷失于自身的欲望。

对男女主人公欲望的探讨在女性主义批评中由来已久。以凯特·米勒特为代表的英美女性主义文论认为，在把男权至上作为其意识形态立场的小说中，男主人公将女主人公当作其欲望的客体加以迫害，两者之间是简单的宰制与屈服的主客体关系，女性纵有自我的欲望也被压制，其主体性完全被剥夺。这种观点在解读受男权意识形态操控的作品时具有很强的阐释效力，在批评史上曾释放巨大的解放力量，但是这种解读模式一旦被滥用，常常导致解读的僵化。本书这里采用与第二波法国女性主义理论家更为密切的弗洛伊德-拉康的精神分析理论帮助我们打开思路，来看小说中男女主人公的

---

① *EM*, p. 141.

② 同上书，p. 142.

欲望和主体的问题，而不是简单地将小说中两者的性爱关系中化约为压迫与被压迫、主体与客体的二元对立关系。笔者认为，弗洛伊德-拉康的一些论述不仅对理解小说中的男女主人公欲望结构的复杂性有所助益，而且对理解叙述者描述和评价二者关系时的洞见和盲点提供了很好的参照，从而使我们能更好地把握作者采用这种叙述形式的独特内涵。

首先让我们参照弗洛伊德论爱欲关系模式的分类来看小说中男女主人公的情欲关系和性别特征。在弗洛伊德看来，两性爱欲模式主要可以分为两种类型：情感依恋型（anaclitic attachment）和情感自恋型（narcissistic type），虽然任何人都可以表现出这两种情感类型，但是前者在男性身上明显居多，后者则以女性为主。两种类型中，前者的表现更趋阳性，他们喜欢把那些热爱儿童关怀他者的人作为恋爱对象，在爱恋中更趋主动；而后者则更为阴柔，他们更为看重的是自己能够成为他人爱恋的对象，在爱恋中更趋被动。两种类型的心理都来源于婴儿期的原初自恋，或者说起源于自我的镜像和对作为他者的母亲〔“(m)other”〕的想象。弗洛伊德认为，情感依恋型的恋人经常将他的爱恋对象理想化，将其视作偶像来崇拜；他在承认他爱恋对方的绝望时，也力求在爱恋中占据主动位置。这种欲望结构是主体在婴儿期的自恋和崇拜母亲的基础上，将对母亲的依恋投射到爱恋对象中的结果。与之相对，意识到“菲勒斯缺失”的女性在爱恋结构中，作为对缺失的补偿，将自恋情结转移投射，使自己作为他者的菲勒斯、作为他者的欲求对象来进行占位。一个自恋的女性常被描述为虚荣、浅薄、工于心计，更主要的是总是汲汲于被人欲求并被人爱慕。那些可能随时会收回自己的爱的男人，反倒让她常常感到极度依赖。她衡量自身价值的标准是他者对她的爱的强度和深度，常以捕获并同时占有一个或多个男性作为其价值的体现[①]。

弗洛伊德关于欲望-爱恋结构的二分法及其心理解释非常有助于理解艾德文与露丝之间的欲望结构和主体间的关系，前者可视为情感依恋型，后者则可划归情感自恋型。如前所述，叙述者通过自己的定义、白描、报道，将露

---

① Elizabeth Grosz, *Jacques Lacan*: *A Feminist Introduction* (New York: Routledge, 1996), pp. 126～128.

丝塑造为一个特别虚荣、浅薄、忸怩作态的小女孩。叙述者对露丝的塑造还通过把她与另一个小女孩卡罗尔·斯坦普尔(Carol Stempel)进行对比。在传主的笔下,后者"唯一的优点就是她是阅读快班上的学生",她"安静、听话,除了身高,没有任何其他引人注目之处。她的人生目标就像粉笔托盘上的黑板擦那样尽可能地有用且不事张扬。才七岁的她就已经像老处女(old maid)一样了"[①],而前者则是"处处惹事、装腔作势、小姐脾气",随时随地要"引人注意",特别喜欢用各种方法去招惹小男生注意自己。卡罗尔·斯坦普尔和露丝·多恩在学习、性格、外形上代表着两个极端,卡罗尔被形容成男孩眼中的"老处女",这说明以传家为代表的这些小男孩也具有性判断力,完全懂得女孩的成熟和性感等女性气质的要素。传家的一系列描写也说明露丝的外表和行为更具有所谓传统男权社会下的女性特质(femininity),如在打雷时她表现出希望被人保护的胆怯和她把自己的胆怯表现得极为夸张所说明的她性格的表演性等,让小男孩为之神迷[②]。或许也正是这种特点吸引、诱惑艾德文。艾德文将她视为女王和女神而在日记和信件中为之讴歌,在痴恋她时为之害病而卧床不起,为求得交往而利用朋友探路并毫不吝惜赠送礼物来博取注意。在两人的交往中,艾德文和露丝一直处在弗洛伊德这种情感依恋型和自恋型互为补偿而结合在一起的关系形态中。传家还多次一针见血地指出露丝的自恋型恋人的人格特质。传家说,"她一开始就不喜欢他。但她喜欢那种被人喜欢的感觉,爱着被人爱的感觉","艾德文对她的神魂颠倒让她神魂颠倒"[③]。艾德文托传家送她第一个礼物时,两人还未正式交往,她就在小朋友中高调宣传两人在谈恋爱[④]。两人在以礼物为中介正式交往后,传家指出,"尽管露丝·多恩爱着艾德文的礼物,但是没有表现出任何爱艾德文的迹象。而且着实喜欢折磨他。"[⑤]这种爱的模式建立于他者对自己的爱慕之上,更多基于自恋的意识。而当艾德文撤回对她的爱时,露丝在表现出某

---

① *EM*, p. 132.

② 同上书,p. 136.

③ 同上书,p. 141.

④ 同上书, pp. 141～143.

⑤ 同上书,p. 146.

些伤感之后[①]，然后多次地触犯、陷害他，其动机可能更多的是因为她感觉到由于爱恋者的退场，自我的价值被虚空化，故而诉诸报复性的举动以挽回并重建自我在自己心中的正面影像。传家在历数艾德文被露丝报复的各种事件后[②]，评论说：这个小女孩“不会有任何念头，能让艾德文平静地消失”[③]，旨在说明他认为露丝性格孤僻、恶劣。但是，如果从反思型读者的立场[④]去思考传家的报道，就会发现女孩此时的捉弄和报复体现出她此时内心的块垒，表现出她这样自恋型的主体在失去追求自己的对象时发生了自我认同、自我价值的危机，这种捉弄和报复代表着她不仅要去“获取别人的关注”，而且要挣扎着在对方的爱中获取救赎和生存下去的理由。女主人公作为一个情感和意识的主体，始终要求被人注意，却始终无法被人理解，这是造成她悲剧的主要源泉。

我们还可以从拉康的学说看小说中男女主人公的爱欲关系及其与主体性的联系。在拉康看来，在男女的恋爱关系中，男女两性并不仅仅牵涉一种主客体的关系，也不能仅仅化约为一种简单的互相间的主体关系，它至少牵涉五个要素：主体、他者（the other，或译小他者）、大他者（the Other）、被主体所欲望的他者的幻影（the phantasm of the other desired by the subject）和被他者所欲望的主体的幻影（the phantasm of the subject desired by the other）[⑤]。

任何爱欲结构中都需要一个主体和一个他者，这里的他者（小他者），是主体欲望的实指对象，在小说中正是小女孩露丝。但在拉康的心理分析话语中，他者并不是引发主体欲望的原因，而是引发其欲望的存在物。引发主体欲望的原因在于所谓大他者，而大他者可指“作为结构的语言”“作为人类文

① *EM*, p. 169.

② 同上书，pp. 173～175.

③ 同上书，p. 172.

④ 参见[土]奥尔罕·帕慕克：《天真的和感伤的小说家》，彭发胜译，上海：上海人民出版社，2012 年，第 18～23 页对反思型读者的定义。

⑤ Grosz, *Jacques Lacan*, p. 140.

化的法律机理的象征界”和“无意识”[①]，是习俗、法律、职业、道德、社会规范等以社会-语言体制的形式通过象征界强加于主体的心理并呈现为无意识的东西。大他者既指引规范着男女个体的成长方向，也在各自爱恋和择偶的欲望中发挥着指导作用。用一句被反复引用的拉康的话来说，即“欲望是大他者的欲望”。拉康之所以强调“被主体所欲望的他者的幻影”，是因为拉康认为，由于语言的存在，人与自我和真实的关系是被疏离和分割的，人无法真正完整无误地认识自我和他者、世界的实相。因此，主体所欲望的对象是依据主体对他者的想象之上的欲望，而真实的客观的对象与其想象中的对象是不同的实体。拉康之所以强调“被他者所欲望的主体的幻影”，是因为经由大他者操控下的欲望主体在对他者表达欲望时不仅要站到一种自我之外的某点以某个他者的视角来想象自我，还渴望能够成为自己欲望对象的他者的欲望对象；而当他者将主体视为自我的认知和欲望的对象时也同样因为语言的分割导致其对主体的认识是想象界的幻影，而非主体自我的真正实相。故而，在这五种要素的互动中，欲望的主体和主体的欲望呈现出极为复杂的局面。但要注意的是，艾德文爱恋露丝在小说中是通过传家卡特怀特来叙述的，由于传家叙述视角的有限性，其对欲望的主体和他者之间关系的判断渗透着个人的价值取向，传家在叙述中和传主的关系类似于但又区别于心理分析中的分析者(analyst)和分析对象(analysand)的关系。这也使得读者在依据传家的报道来分析传主和他者欲望关系的五要素的互动时，也需要将作为分析者的传家当作读者的分析对象(analysand)来看其对传主分析的洞见和盲点，分析传家和传主之间的身份异同和欲望的张力，由此这一叙述形式给读者构建了双层累进的分析情势。

我们正是要从上述五个要素和两个分析层次来看小说中这段恋情反映主体欲望的悖论，看欲望如何定义主体，主体如何迷失自我的欲望，最终得出艾德文欲望的幻灭是因为欲望的滑指碰触到了真实世界。

读者对艾德文欲望的认知从传家的叙述开始。传家在叙述艾德文欲望

---

① Lorenzo Chiesa, *Subjectivity and Otherness: A Philosophical Reading of Lacan* (Cambridge: MIT Press, 2007), p. 35.

的发展和逻辑时，采用的语气是一种疏离和亲近并置的格局：他喜欢传主，但又极度憎恶传主的爱恋对象；他同情他深受欲望煎熬之苦，又深叹其所爱之不值；他在不认同这段感情的同时又屡屡地为两者牵线搭桥，促成其好之后又冷眼观察只等其幻灭。我们这里从欲望的悖论来看恋爱中的这三个主体的精神世界的关联。首先，欲望源于一种认识到主体自我的匮乏状况，源于主体以为在客体中找到自我缺乏的素质，而这种判断则基于自我对自我和他者认识和想象的镜像关系①。艾德文尚处在单相思阶段时，一病不起，传家对于传主的感情不能理解，在发表议论时认为两者毫无相似和共同之处②。主人公循规蹈矩，小女孩则桀骜不驯；主人公嗜书如命，小女孩厌学恨书；主人公木讷寡言，小女孩装腔作势，两者形成反差。从精神分析的视角看，这正说明了某些主体在寻求爱恋对象时，常常是寻求对方具有的而自我所缺乏的素质，以求实现互补。从这个角度说，传家的判断有其盲点。主体在寻求欲望对象时并不是寻求与己相似的人物，这与传主和传家这样因为志趣基本相同而结成好友的情况并不相同，后者在交往的镜像中更多地表现出自我的自恋性情结。这里，传家对露丝的高度敌视，跟传家与自己镜像式人物素质之同异的辨认有关。正如拉康在解释镜像理论时，在自我的发展中，自我如果认同自我的镜像人物时，常常表现出爱的模式；在两者相异时，常常表现出对对方的恨，这特别表现在双胞胎的成长心理中③。这里，传家对露丝的仇视和对传主欲望对象的不赞同，更多出于传家和传主对露丝形象的建构不同，从而出现爱憎的差别，进而导致传家在情感认同上与传主疏离。

其次，欲望来自一种大他者的欲望。传家虽然极度贬低女孩露丝，但是在其描述的事件中女主人公的言行表明了她还是具有一定的被社会认可的女性气质，而这种女性气质的来源正在于大他者对小女孩的小他者的塑造。同样，传主的欲望结构来自他者的建构。两人恋爱中，无论是传主的语言还是恋爱的格局，都显得陈陈相因，毫无新意；无论是传主在对传家承认恋情时

① Grosz, *Jacques Lacan* p. 64.

② *EM*, pp. 125～127.

③ Bruce Fink, *The Lacanian Subject: Between Language and Jouissance* (Princeton: Princeton University Press, 1996).

的高烧胡话、词不达意、语不连贯[1]，还是他送给对方表现他情感欲望的诗作（如“夜晚，清晨/露丝·多恩，露丝·多恩/为你，我愁苦太深/我的露丝·多恩，露丝·多恩”[2]），说明欲望是人在成长中经由社会意识渗入自我的精神世界，在遭遇某个适当时机由一个小他者引发出来，或者表现为陈陈相因的套话式言说，或者表现为充当无意识症候的胡话和疯话，决定欲望的根源在于大他者。如前所述，传家对传主欲望的不认同，也在很大程度上出于社会对儿童“去性化”的要求而产生的儿童主体价值观的冲突。

再次，欲望意味着自我能够成为他人欲望的对象，渴望着自我的欲望能够被他者承认和知晓。如此，在互为欲望的进程中，出现自我、他者、自我想象中的他者和他者想象中的自我的张力。拉康的“人的欲望就是他者欲望的欲望”的观点来自黑格尔的《精神现象学》，认为欲望是一种基础性的匮乏，是存在的一个洞，只有通过另一物，即他人的欲望才能满足。拉康指出，欲望虽然与需要（need）和要求（demand）相似，都源于匮乏，但是欲望“既不是渴望满足的胃口，也不是为爱的要求，而是后者减去前者之差”[3]。传家希望自己的欲望能够被小露丝知道，并赢得小露丝的欲望，这最终都诉诸“要求”的语言，表现在前述的送礼和传达自己爱慕的信息中。送礼，这也是社会习俗这样的大他者所规定的程式；在礼物送还的逻辑中，主体渴望着能够得到他者的目光，希望自己能被他者所欲望。但是在建立这种彼此的欲望关系时，两者对对方的想象性的认知依然发生着种种错位，这表现在小露丝和艾德文正式交往后，曾经某次有意识地带着艾德文去挑战高年级班上的小混混，结果双双挨揍[4]。叙述者报道的这个事件虽然没有说明小露丝当初的动机，只有对事实的外在描述，但正是传家这种对外在行动的极简主义描述，对内在的主体意识而言，具有复杂的“留白”效果，因为行动说明人的意识，反思型的读者需要从外在的事件中去推测人的意识，可能会对主人公的意识作出种种不同的推测：可能在未去挑战前，小露丝心中的艾德文是一个有能力保护她的

① *EM*, p. 126, p. 157.
② 同上书，p. 160, p. 162.
③ Grosz, *Jacques Lacan* p. 64.
④ *EM*, p. 147.

人，故而带他去有意滋事，但事后她心中对艾德文的印象被证明是错误的；也可能她明知艾德文没有能力去保护她，故而在滋事中去刺激艾德文，希望他变成自己所希望的形象，但结果也失败了；也有可能她对于艾德文是否具有保护能力不能确定，故去试验一下，以验证并在自己的心中形成新的艾德文形象，等等。其结果则是，尽管小露丝在礼物实践中被要求将艾德文作为自己的欲望对象，并在接受礼物中表达了自己可以将艾德文列入欲望对象，但是因为这一事件也知道了自己所欲望的艾德文其实并不是自己想象中的艾德文。总之，因为这一事件两人对彼此的认识和想象进行了新的判断和调整。可见欲望在与想象、行动、事件的互动中不停地发生着变化，从而调整着主体和他者的关系。

最后，欲望总是对别的物体的欲望，欲望的东西总是不停地被延迟。小说的《中年部分》第十三章记录了艾德文和露丝之间突然没有先兆的分手。传家认为，传主错误地将两人分手的原因“完全归罪于自己”；是露丝的“恨”，让传主认为自己伤害了她。然后，传家说传主为了他俩逝去的恋情“不停地哀叹”，并用一连串的排比，说明“她本可以”如何如何，以推测露丝在分手后为艾德文而伤心，并“无法原谅”传主，但是艾德文也“不愿去求得原谅”[①]。从传家的叙述来看，艾德文和露丝之所以突然分手，是因为上述所言的两人对于各自的期待和想象的镜像认识存在偏差，各自等待对方前来作出主动求和的姿态。但是在该章的结尾，传家叙述了自己“终于明白了，有一股秘密的力量”，“一股强大的、离心的力量，想要让他[艾德文]脱离露丝·多恩，赢得自由”。传主在自己的想象世界中使用自我贬低的策略来应对情感上的挣扎，“最终他的萎靡的精神赢得了自由”[②]。这是传家在这章结尾时的豁然开悟，但是这股“秘密的”“强大的”“离心的力量”到底为何呢？既然艾德文内心有了这种解放性的力量，为什么还要不断反复通过“自我贬低”来向自己论证自我不值得对方原谅，并以此为借口来劝说自己放弃对客体的欲望呢？这种心理结构的矛盾到底为何发生，又是怎样决定着主体的选择和行动呢？我们

---

① *EM*, p. 170.

② 同上。

从拉康精神分析的学说中来看，这种“秘密的”“强大的”“离心的力量”其实正是欲望本身，是欲望的不断滑指，欲望无法驻足于某个固定的客体，欲望具有永远寻找快乐、永不满足的根本属性。艾德文通过贬低自我劝说自己放弃露丝，是源于欲望和要求的矛盾。“欲望”和“要求”都源于一种匮乏，都倾向于他者来寻求满足，但要求是能清晰地诉诸语言的请求，而欲望本身是不能说清的，只能假借“要求”来诉说，两者的不同之处在于，“要求”把一种想象性的主体-客体、自我-他者的关系诉诸语言界，而前者则是将主体带入更广阔的指涉的世界，欲望在这个世界中能够与不受个人和群体控制的各种意义系统接触，而且在语言传递的任何信息领域中不受限制[①]。当“欲望”假借“要求”来向对象表达自身时，“要求”必须服从社会伦理，服从超我的调控规范，必须证明自我的稳定性和保证自我了解自我。但是欲望却威胁要颠覆“要求”中阐明的自我稳定性，欲望只遵循自我的诉求、愉悦的逻辑和它内在的能指的逻辑[②]。这两者的矛盾产生于主体对欲望的压制，体现在超我压抑自我的情形中。用这种逻辑来看艾德文的自我贬损的言语，看他声称自己无法被原谅的诉说，其实是他自我隐匿地为自己“秘密的”“强大的”“离心的”欲望的动力作辩护。由此可见，欲望在塑造主体意识和行动，以及主体间关系的过程中微妙而强大。

本章主要关注小说《艾德文·穆尔豪斯传》中叙事主体的身份复杂性、儿童成长中运动感知和语言发展对主体成长的意义与儿童主体的“性化”这三个主题，广泛地从叙事学、儿童心理学、语言哲学、文化人类学和精神分析中汲取资源，以说明小说中主体成长的多元复杂性。下一章我们将讨论《一个浪漫主义者的肖像》中的主体意识问题。

---

① Grosz, *Jacques Lacan*, p. 66.

② 同上。

第三章 《肖像》中的浪漫主义主体意识与后现代社会

弥尔豪泽的第二部小说《一个浪漫主义者的肖像》(1977,以下简称《肖像》)以第一人称叙述者亚瑟·格尔穆的身份追述了自己从儿时到青少年时的人生经历,回顾了自己与威廉·梅威尔润、菲利浦·史顾柯莱特和艾莲娜·舒曼三位同龄人的交往,塑造出一位极具浪漫主义气质的主人公形象。笔者认为,这是一部在艺术上达到很高的水准但却远未被美国文学研究界充分重视的小说。究其原因,可能是其风格与20世纪60至70年代在美国大行其道的后现代小说和极简风格显著不同,其叙述形式较为传统,语言风格繁复曲折、缠绵婉转。这一仿佛与时代错节的作品,虽然仅仅记述了几位人物从儿童到青少年的成长过程,但却处处体现着小说不同寻常的修辞抱负和深刻内涵:这几个孩子都是浸润于浪漫主义文学经典的少年,其思维意识徘徊于梦幻的书本和当代美国后现代现实之间,具有罕见的情感强度和意识深度。作品提及、征引、戏仿了从《奥德赛》到莎士比亚、坡、德国浪漫主义童话、斯蒂文森等数目浩繁的浪漫主义作家、作品,暗示小说文本极为复杂的内隐文脉和主题关联。浪漫主义文学最集中的几大母题,如中古风、罗曼司、奇迹神秘、唯心论和自我主义、原始主义和自然转向等①,在小说的叙事环节上都有所表现。这部作品的浪漫主义和时代看似错节的特点也正是本章所要探讨的核心问题:在“浪漫主义文学”已经湮没在现代主义、后现代主义、新写实主义小说的标签中,几乎被弃用的情形下,弥尔豪泽的这部作品仍然描述了一个浪漫主义的主体,如此观察和认识世界的目的何在?其坚持浪漫主义的主体意识此在性的真正目的为何?其浪漫主义的主体意识是如何与作者所描绘的20世纪后半叶的美国现实发生关联?当这一主体在被置身于这一现实时出现了什么冲突?其寓意到底为何?本章所要探讨和说明的是,这部作品的伟大,并不仅仅在于它征引作品的繁复、叙事结构的精致和语言的优美,更在于这部作品的主题与时代仿佛脱节的表象之下有着浪漫主义主体的寓意指向,它所洋溢着的强大的现实,并在这种看似脱节之处能够在更深层次上反映这个时代的现实对主体的空前压抑,从而成为一部浪漫主义主体在现实逼压下逐步演化成后现代的空洞主体的寓言。

尽管迄今尚未有专门的论文研究过这部小说,但从《肖像》出版后所发表的书评来看,许多评论者针对小说的叙事技巧的零星点评也不乏有价值之处,这与北美20世纪70年代至今经过布斯的小说修辞学的洗礼和正在接受欧陆的结构主义叙述学熏染的学界氛围不无关系。这些评论主要是针对小说中从作者到叙述者的各种声音的分层、叙述者的不可靠性对读者的影响、小说人物的对偶关系(doubling)、叙事中的戏仿等问题②。但从今天看来,仅仅从当时的小说修辞学和经典叙述学的一些概念出发,对这部小说形式上的特异性的揭示依然有限③。这也构成本书把握小说的一个辅助视角,即吸收

① Seamus Perry, “Romanticism: The Brief History of a Concept”, *A Companion to Romanticism*, ed. Duncan Wu(London:Blackwell, 1999), p. 7.

② Alexander, Ponce and Rodriguez, pp. 14～16

③ 参见 Rimmon-Kenan, *Narrative Fiction* 和 Mieke Bal, “Descriptology”, *The Novel*, Vol. Ⅱ, ed. Franco Moretti(Princeton:Princeton University Press, 2006).

当代叙事理论关于意识的研究成果和文体学中关于思维风格的论述[①]来对作品作具体的形式分析和主题解读，并将这一解读与历史-文学-文化语境下的浪漫主义意识探讨结合起来。

综上所述，本章以叙事学、文体学中关于意识的相关研究为工具，结合当代美国的现实和反映浪漫主义主体观的文学传统，讨论小说中浪漫主义的主体与现实社会的关系。全章共分三节。第一节首先从小说的浪漫主义的主体意识出发，看其如何与小说所反映的后现代主义美国现实之间产生冲突，这种后现代的社会现实如何将浪漫主义的主体内涵逐步剥离并最终将之挖空为后现代的空洞的、分裂的主体；第二节和第三节采用细读法分别探讨小说主人公主体意识中的“无聊”与“美感”两个层面，并援引哲学、思想史上关于这两种情绪的讨论来看这两种情感的历史根据和哲学意义，以此帮助认识主人公植根于后现代现实的浪漫主义意识的张力和困境。

① 学界对小说中意识的研究由来已久，但是传统的研究路径大多是针对某些特别作家作品和流派中反映的意识现象，如对詹姆斯小说和意识流小说的研究。20世纪中后期在现象学的影响下，涌现了如乔治·普莱、J·希里斯·米勒、皮埃尔·巴夏尔等人对小说意识的研究。但是这些研究与当代认知叙事学吸收当代认知科学的研究成果追求的普适性认识框架和规律，在旨趣上还是有很大差别的，特别是后者将结构主义叙事学融入这一意识研究的框架，使得叙事中意识现象的研究呈现更为紧密且具有时代气息的特点。本章在对主体意识的研究中，较多地借鉴以阿兰·帕姆为代表的认识叙事学的路径。同时，借助于文体学中的“思维风格”讨论小说中的意识问题。所谓“思维风格”（mind style），是用来说明小说中人物的语言所呈现的某个人物的思维特征，或者隐含作者的内心自我在语言表达中呈现的特点。这些特点反映在语言上，呈现前后一致的语言选择，使得被叙述的世界呈现独特的认知模式。“思维风格”在叙述层上隐含地模拟人物的内心世界。文体学中的“思维风格”关注的焦点在于如何通过遣词造句体现其思维或心理的特征，故而本章高度关注小说中的语言如何体现浪漫主义者的思维风格。参见 Alan Palmer, *Fictional Minds* (Lincoln: University of Nebraska, 2008) 和 Dan Shen, “Mind Style”, *Routledge Encyclopedia of Narrative Theory*, eds. David Herman, et al. (New York: Routledge, 2005), pp. 566～567.

第一节 后现代社会中浪漫主义主体意识的困境

本节首先简短地回顾浪漫主义的主体观和后现代主义主体观的对立，然后转入小说中浪漫主义主体的意识层面看其如何抗拒后现代主义的社会现实和意识形态，最后看其浪漫主义主体意识如何瓦解成空洞的后现代主体。

在现当代自我观的复杂谱系中，浪漫主义的主体观，作为对启蒙运动时期主体观的继承和发展，既肯定了启蒙运动中对人的核心价值，如自由、民主、尊严等价值的弘扬，也呈现了对启蒙理性、工具理性和官僚理性的反叛，转而强调主体的情感价值，强调返回自然，肯定本能和冲动在人的生命中的价值，坚信主体能够从情感和自然中寻求最深刻的关于道德和宇宙的真理。这种主体观在艺术中的代表就是表现主义，是一种充分强调和肯定自我价值和个体价值的主体观①。从历史上看，浪漫主义文学与这种自我观的哲学反思渊源深厚。勃兰兑斯在追溯德国浪漫主义早期文学史时指出，由当时的文学界和哲学界的领袖人物共同主张的主体观都以唯我论为首要特点，由费希特的“自我作为第一哲学”的论述发起端，在谢林的宇宙意识论中将自我推向高峰，并灌输到德国浪漫主义的文学创作中②；与之相应，法国的浪漫主义则以卢梭为代表，他提出浪漫主义的“自然的人”的概念，主张感性自我的自发性和合法性。卢梭在《忏悔录》和《一个孤独散步者的梦》中的自怨自艾、沉溺在情感和欲望、解剖自我又时时受着受迫害妄想狂式的折磨，展现出极为复杂的现代性自我意识。以雨果为代表的法国浪漫主义小说家，也开始关注现代性主体的命运，关注唯我论、自我论、个人主义和自我中心主义在现代秩序中的核心位置及其对人格和道德的塑造和毁灭作用③。至于英国的浪漫主

① Taylor, *Sources of the Self*, pp. 396～397.

② [丹]勃兰兑斯:《十九世纪文学主流》(第二分册 德国的浪漫派)，刘半九译，北京：人民文学出版社，1981 年。

③ 勃兰兑斯:《十九世纪文学主流》(第五分册 法国的浪漫派)，李宗杰译，北京：人民文学出版社，1981 年。

义，柯勒律治对自我的反思最为抽象和深入，他言道，“我们以‘我认识我自己开始’，为的就是以绝对的‘我存在着’来结束”[①]，显现出自我在他的反思世界中的重要性。可以说主体意识是切入浪漫主义理论关怀和文学探索中最核心的层面，也是浪漫主义运动给现代社会留下的最丰富的思想资源。

与浪漫主义相对的所谓后现代的主体观，则是区别于从笛卡尔到康德的传统认识论中所定义的“理性的、自我立法、处于客体对立面的、与外界有着清楚区分的”主体性认识观。后现代的理论家反对漫长的西方人文传统对人的定义，反对后者所认为的人是衡量万物的尺度，人是所有意义的制造者，自治的、超验的主体是被赋予意义的身体的所在（“site where meanings are incarnated”）。在后现代主义者看来，人不再具有内在的超验性，不再是一个渴求真理、渴望给自己启蒙的存在物，人也无法把自我与外在秩序严格区分开，人参与世界的活动是盲目的和无目的的[②]。笔者要指出的是，虽然后现代主体观与浪漫主义主体观有很大的差别，但是在对理性自我的反叛立场上，两者相近，但是后现代主体观显然要比浪漫主义主体观走得要远得多，当它解构了人文主义将自我视为知识和意义的源泉的传统主体认识论时，它与浪漫主义主体观已经发生了根本的裂变。而且后现代的主体不再建立在对自我单一实体的建构上，主体也已经不是简单地“反映”在文化的社会话语、语言结构和意指实践中，而恰恰是这些话语体系“建构”起主体。在列维-施特劳斯看来，人就是一个空洞的位置，是语言和文化的符码和规范重合点。在拉康的后现代话语中，主体意味着人在经历镜像阶段进入象征界后，在社会的意指实践中占据“主体的位置”，语言成为人和自我的身体—精神的中介。对德里达而言，不存在传统上所谓稳定的、个人主体性，所谓主体性体现在语言的不断延异所主宰的写作实践中，而延异意味着由话语构成的主体再也不是一贯的、完整的或不矛盾的个体。福柯更是不认同笛卡尔的理性的主体观，

---

① 转引自 Mitsuo Kamio, *The Twilight Realms of Consciousness: From Romantic to Postmodern* (Tokyo: Eihosha, 2010), p. 40.

② Temmy Clemwell, “Subjectivity,” *Encyclopedia of Postmodernism* (New York: Routledge, 2000), pp. 381～383

认为人的主体是由知识与权力经由话语来表述的[①]。但是正如本书的绪论所言，后现代的主体概念的去中心化趋势，并不是要彻底地否认主体的概念；而是通过质疑性的探讨，在对原来统一的、整合的个体的主体重新定位中进行解构式的认识，探讨其内在的矛盾性和复杂性，研究在权力宰制下主体和他者关联的断裂和延续[②]。

上述的浪漫主义主体观和后现代的主体观各自诞生在其所处的历史时代，有着各自时代的政治经济文化特质；但并不是说，这两种主体价值观都属于各自的时代。相反，正如许多研究表明的那样，这两者并非毫无联系。事实上，浪漫主义的影响一直波及今天，而后现代的起源也屡屡被追溯到19世纪后叶，特别是在19世纪晚期西方文学的代表性人物，如兰波、波德莱尔、王尔德等人都被许多学者认定为后浪漫主义时代和前-后现代时期(pre-post-modern)的桥梁性人物，他们作品中的主体观呈现出过渡的特点。但在承认双方的联系性和同时性的同时，不应该忽视各自时代的时代精神，从这个视角来看，小说《肖像》高度宣扬的浪漫主义的主体意识，就明显具有和后现代时代脱节的特征；在形式上这部小说既不属于那种以拼接为主要特征的后现代主义小说，也不着重表现后现代的政治经济文化现象，而是着力于表达主人公如何封闭在自我的观念世界中，这种观念意识如何与现实发生冲突，导致主体的困境和解体，并最终典型地表现为后现代主体性的特征。

如前所述，弥尔豪泽的《肖像》中最引人注目的就是主人公高强度的意识状态，笔者认为，主人公的意识表现为高扬的浪漫主义自我观抗拒后现代的历史事实而失败，并最终湮没在无主体性的世界中，使得这部小说成为一部关乎当代主体意识的寓言。这里我们首先从小说中人物的类型及其互动看主人公的意识。

综观《肖像》中的所有人物，他们的形象呈现出浪漫主义和现实主义两极

① Paul Sheehan, "Postmodernism and Philosophy", *Cambridge Companion to Postmodernism*, p. 25.

② 参见琳达·哈琴对伊格尔顿、德里达、福柯等人的论述的综述：Linda Hutcheon, *A Poetics of Postmodernism: History, Theory, Fiction* (New York: Routledge, 2009), pp. 158～159。

分化的特点。在浪漫主义者中,每个人的浪漫气质并不完全相同。佩克汉姆将19世纪浪漫主义者的形象分成灵视型诗人(poet-visionary)、浪荡子(bohemian)、鉴赏家与花花公子等几种类型[①]。就《肖像》而言,这几种气质不同程度地反映在包括主人公在内的4位青少年身上:菲利普斯和艾莲娜都富有诗人的气质;4个孩子都喜收藏、懂鉴赏;菲利普斯还特别散发着落魄的波希米亚文化人的特质;3个男孩在玩轮盘赌游戏时的玩世不恭又与花花公子的不羁有几分神似。与浪漫主义者的形象相对的是处于小说人物光谱的另一端的人物,他们代表着现实和理性,主要由成年人组成的现实主义者。他们是主人公的父母、亲戚、师长等,当然成年人的意识中偶尔也有些许浪漫主义者的影子,比如主人公自称自己喜欢做梦这点继承了父亲的特质[②],但是这些特质都不是成年人的主要特点。另外,主人公的表姐是一位早熟的、俗气的现实主义者,与主人公和他的几位挚友虽然都属青少年,但是与他们形成两极对峙的格局。此外,酷爱科学和理性的威廉在小说中的若干片段也呈现出在现实主义和浪漫主义之间挣扎的意识状态,并且最终被浪漫主义的气质所压倒。

作者塑造的这些现实主义者和浪漫主义者的群像,有其特定的功能:他们是主人公成长过程中自我实现的正反面的镜像式人物。一方面,主人公的自我成长需要不断地通过他者的视角来审视自己;另一方面,主人公也通过自己的视角来不断地审视别人,并在自我的相互判断和交流中不断地塑造自己的浪漫主义气质,增强自我意识。这种主体间互相认识和交流的例子在小说中比比皆是:比如,主人公的父亲很早就称主人公为"梦想者",这个判断得到了主人公的充分肯定:"我就是一个热烈的、敏捷的梦想者。"[③]主人公在上学时,面对班上的同学第一次感到自我意识的爆发,意识到自己与他人有着"基本的差异",感到"我只是他们中的访客,与他们无任何相同的习惯",感到

① Morse Peckham, "The Dilemma of a Century: The Four Stages of Romanticism", *The Triumph of Romanticism: Collected Essays* (Columbia: University of South Carolina Press, 1970), pp. 36~57.

② *PR*, p. 5.

③ 同上。

自己“饱受长期的不满之苦：一种渴望、一种搅动(churning)，一种我茫然无知的黑暗的不安”[①]，从而凸显出浪漫主义者自我的孤独感。在与同龄的威廉、菲利普斯、艾莲娜这三位浪漫主义者的交往中，主人公的浪漫主义气质和意识也在成长中不断地发生变化。在与威廉的交往中，从他的收藏兴趣和摄影艺术中，主人公分别学到了系统的认知方式和光影颜色的配合，进而使叙述者的叙述展现出浪漫主义作家精确地认知和记录事物体系的特点，养成了叙述者在自己的观察视角和景物描写中倚重光影和颜色的配合来表达自我的习惯。主人公从菲利普斯那里学到了敏锐的艺术感知力和玩世不恭的人生态度，学习他的死亡游戏，企图抗拒人生的无聊，并造成威廉的死亡。主人公从艾莲娜那里阅读了浪漫主义文学浩繁的经典著作，并在每日与她的游戏和演戏中以这些著作中传递出的意识来尝试着观察对方，将两人的日常交往浪漫化，以抗拒并超越日常现实生活的腐朽与平庸。

接着，我们来看小说叙述者的浪漫主义语言特征及其反映的自我意识。小说以第一人称叙述者的开篇吟咏，就凸显出浪漫主义人格的特点：

> *MOTHER OF MYSELF*, myself I sing: lord of loners, duke of dreams, king of the clowns. Youth and death I sing, sunbeams and moonbeams, laws and breakers of laws. I, Arthur Grumm, lover and killer.
>
> **我自己的母亲**，我自己，我要歌咏(你)：孤独者的君主，梦想的侯爵，小丑的国王。青春与死亡，我要歌咏，还有阳光与月光，法律与罪犯。我，亚瑟·格尔穆，一位深爱着又去杀害的人。[②]

这句话中“我自己的母亲”(“MOTHER OF MYSELF”)与“孤独者的君主、梦想的侯爵、小丑的国王”由冒号联系，说明他们是同一关系；而第二个“我自己”(myself)，可以视为状语，表明自己歌颂这一行动的孤独，从而与“孤独者”形成呼应；但另一种可能则是它可以作为“我自己的母亲”的同位语，说明我自己正是我自己的母亲，故而我歌颂，构成一种反讽式的自大称

① *PR*, p. 23.

② 同上，p. 1，笔者标注黑体。

谓——这种阐释的合理性正在于：我自己的母亲（“MOTHER OF MYSELF”）不同于我的母亲（my mother），后者在故事世界中有着人物的实指，而故事中的主人公母亲并不具有孤独、梦想和小丑的特征；相反主人公反复叙述的这些孤独、梦想和小丑的特性是自己独有的、区别于自己的母亲和其他众多的成年人。故而小说一开场就戏剧性地表现出主人公/叙述者的自恋情结：比之史诗中歌咏宙斯、缪斯或弥尔顿式的歌咏圣灵，这里歌咏的对象是自我，把自我推到至高无上的位置，直接呼应了笔者前述的浪漫主义文学表现自我的主线。

这里需要特别留意的是，本书开篇表述自我的格局，把自我颂扬和自我忏悔、自我辩护和自我反讽结合起来。有学者指出，现代主体性的抒写尽管发端于蒙田和莎士比亚，但是直至18世纪晚期到浪漫主义时代才真正标志着现代主体性集中抒写的开始，而抒写的主要形式之一正是自传。而自传中最具代表性的是歌德的《诗与真》、卢梭的《忏悔录》和华兹华斯的《序曲》，它们分别构成自我完善（self-completion）、自我辩护（self-justification）和自我立威（self-authorization）的典范，强调将自我反思作为自我意识的起点，呼应了施莱格尔所谓自我是现代诗人创作源泉的论述。浪漫主义的最大贡献之一是通过其自传体裁，标榜了个性、天才和自我。浪漫主义的自传是一种“忏悔式的自我叙事”，“回顾并解释自我身份和个性的形成”①。也正如德·曼在评述华兹华斯的《序曲》以《一个诗人的心灵成长》为副标题所包含的自恋意识时指出，现代性自传作品主要是在浪漫主义文学时代兴起，其本意正是树立研究、认识、解剖自我的功能，但却因其修辞性的抱负，使得叙述的自我并非真正的自我，是被“自画像的技术性要求”改变并塑造的，因为作品中的自我形象“在各个方面都是由这种载体（medium）的资源所决定的”，语言的随意主观性使得本来要以真面目示人的自传成了假面的游戏②。

《肖像》一开场就展现出“自画像”的语言特点，叙述者将自己描绘成“孤

---

① Eugene L. Stelzig, *The Romantic Subject in Autobiography: Rousseau and Goethe* (Charlottesville: University Press of Virginia, 2000), pp. 1～8.

② Paul de Man, "Autobiography as Defacement", *Rhetoric of Romanticism* (New York: Columbia University Press, 1984), p. 69.

独者的君主、梦想的侯爵、小丑的国王”。“君主”“侯爵”“国王”这三个具有古代和中世纪色彩的词反映了叙述者时代错位般的自我认同;“孤独者”“梦想”两个词呼应了浪漫主义者典型的气质特征,“小丑”一词则充满了滑稽意味。三个并列的表达方法都以“of”连缀,前面的“君主”“侯爵”“国王”三词表明其社会地位高贵尊崇,而后三者“孤独者”“梦想”(不是“真实的”侯爵)、“小丑”使之分别降调,搭配中呈现出反讽的张力。在申明自己歌咏的对象是“青春与死亡”“阳光与月光”这两对浪漫主义文学惯常的母题后,叙述者突然插入了“法律与罪犯”这一表述,并将自己定义为“一位深爱着又去杀害的人”,这种为自己的杀人行为辩护的语气,就如同纳博科夫《洛丽塔》的开篇一样,使读者对叙述者自我陈述的真实性和道德性(歌咏犯罪和杀人)产生了一种质疑。

叙述者在小说的开篇呈现自我意识时所使用的这种带有自我反思式的语言特征贯穿于小说的始终。小说叙述者的语言在谈及自身时,时而像开头这样带有浮夸、戏谑的特征,时而又真挚、动情、感人,时而又具有布尔迪厄所说的第一人称自传体叙事特有的那种“自以为是”的心理投射特点,因为会牵涉一系列的“自我客观化、自我分析与社会分析”的行动[①]。这种“叙述的自我”在呈现“经验的自我”意识时所表现的特征可以用帕姆提出的“自我絮语”(self-communing)的风格来界定。与这部作品的叙述者/主人公相类似的人物形象还有《米德尔马契》中的多萝西·布鲁克斯、《一位女士的画像》中的伊莎贝尔·阿切尔、乔伊斯笔下的斯蒂文·达德勒斯和布鲁姆夫妇,以及伍尔芙《去灯塔》中的拉姆齐夫人,他们沉溺于分析和反思自己的意识状态中,沉溺于与自我的对话,并随着这种分析、反思和对话的推进而呈现出主体成长的脉络[②]。我们会在后两节中具体探讨叙述者对浪漫主义主体意识的话语表现。

我们再来看《肖像》中叙述自我所表现的经验自我的浪漫主义意识和叙述时呈现的风格。主人公的浪漫主义意识典型地表现在主人公这一年龄段的人所特有的意识特征上。小说叙述的主人公的年龄是从儿童期开始,直到

① [法]皮埃尔·布尔迪厄:《艺术的法则》,刘晖译,北京:中央编译出版社,2011年,第22页。

② Palmer, *Fictional Minds*, p. 9.

主人公12岁至16岁的青春期。这一年龄段的意识特征被浪漫主义者充分重视,并常常认为随着成年期的到来而退化;而浪漫主义的作家或文艺理论家常常认为,自己之所以区别于现实主义作家,就是因为自己能够保持童年期和青春期的思维特征。在一些浪漫主义哲学家看来,青春期是一个形而上学意识高度觉醒并发达的年龄段,这在小说的第二节中笔者讨论无聊的意识时将得到充分的展现。弥尔豪泽在谈到青春期时也指出,青春期是一种介于成年期和儿童期之间的"中间状态",它是一种"流动的、未成形的、躁动的"状态,让他"感受到精神本身处于不安的挣扎境地时的意象"[①],可见青春期发生在意识和思想中的震动,对作者而言,具有深刻的主体成长的哲学意义。这里笔者简要叙述儿童期的思维与浪漫主义者思维之间的关系,并借此探讨作为浪漫主义者的儿童思维在小说中的表现。关于儿童思维和成年人思维的不同之处,有众多浪漫主义者对此作过论述[②]。比如,雪莱在比较儿童与成年人在把握世界中主客体的意识时指出:

> 让我们来回忆我们儿时的感觉吧!我们曾经何等清晰、深刻地把握着这个世界和我们自己……那时的我们还不习惯于将我们所见所感的一切与我们分开。他们仿佛就构成了我们自己。确有这样的人,他们在这方面,永远是孩子。那些沉醉于叫作恍思(reverie)的人感到仿佛他们的自然已经融化在周围的宇宙中,或者仿佛周围的宇宙融化到他们的存在……当人成长后,这种能力就普遍地退却,人们变成机械和习惯的代理人(agents)。故而情感,然后是推理成为千头万绪的思想的综合性结果,成为被一系列由重复(reiteration)来植根的被称为印象的东西的结果。[③]

---

① Marc Chénetier, "An Interview with Steven Millhauser", *Transatlantica*, Mar. 24th, 2006, http://transatlantica.revues.org/562.

② 关于浪漫主义文学中儿童的主题研究,参见 Judith Plotz, *Romanticism and Vocation of Childhood* 一书。该书论述19世纪西方思想界发现了儿童,并将之在文学和哲学中高度地理想化这一历史现象,并通过华兹华斯、兰姆、德·昆西等人探讨了他们如何在其作品中将儿童形象和自我比作儿童的哲学思考,为这个主题的系统探讨打下了基础。

③ 转引自 Kamio, *The Twilight Realms of Consciousness*, p. 21.

在雪莱看来，在儿童的思想世界中，主体和客体的分别并非如成年人那样泾渭分明，儿童对世界的想象甚至幻想与他观察外界得到的印象混杂在一起，不分你我。这也是具有浪漫主义气质的诗人常常陷入的一种心智状态。《肖像》的主人公从童年期开始就经常模糊主客体的差别、陷入恍思的情景中，这在作品中比比皆是。主人公即使到青少年时期也一直保持着这种儿童期的认知方式，以此抵制成年人世界想象力的消退和匮乏，这表现在他多处鄙夷父母、姑父姑妈和老师的现实生活和观察世界的方式。这也表现在他与小伙伴的交往中，如他与艾莲娜的情感纠葛中。

当然要理解主人公的意识特征，不仅要求助于雪莱，还要多方引证其他有关意识的论述资源来帮助阐释主人公理解和把握各种事物的方式。比如，全书最为感人的段落发生在艾莲娜久病在家，主人公习惯性地探视，在她的病房中与她同读浪漫主义的名篇，并饰演书中戏剧的片段。在叙述这段经历时，叙述者曾长篇地交代了艾莲娜家的房屋和她的病房中极为复杂的空间结构。这种极为繁复的空间描写，特别是叙述者对艾莲娜房间里的“儿童博物馆”这个小建筑物的描写构成了全书最为费解的片段。笔者认为，破解作家构筑如此复杂的空间描写的动机和寓意，仍然应该从空间与主人公的儿童—青少年意识入手来加以阐释。正如布雷蒙和普洛普在论述罗曼司叙事中的异域空间时指出的，异域空间代表着自我的他者，主人公的历险代表着主人公认被压抑的他者的意识①。虽然主人公流连于艾莲娜闺房的故事，并不明确属于罗曼司的文类传统，但是作品中的艾莲娜是一个深受罗曼司文学传统影响的女孩，主人公对她的认识自始至终带有罗曼司的语言特征，比如将她的闺房比作罗曼司囚禁女性的铁塔等，还有两人演出罗曼司中男女主人公诀别的戏，无疑说明了作者在有意无意地戏仿罗曼司的叙事方式。而艾莲娜的闺房作为一种异域空间，对于正处于青春期的男主人公而言，也代表着一种对被压抑的自我的他者意识；他日日逗留于此，在叙述功能结构上与罗曼司主人公踏入异域空间的行动类似，这是他希望再次认识并寻找他者以定义自

① Fludernik Monika, “Identity/Alterity”, *Cambridge Companion to Narrative*, ed. Pavied Herman(Cambridge: Cambridge University Press, 2007).

我的表现。

而艾莲娜的闺房中又有着“儿童博物馆”的小建筑物，这在时空上代表着逝去的儿童意识状态；他与艾莲娜整日坐在黑暗的儿童博物馆中，说明在他们的意识里无限依恋并渴望回归到已经正在消逝的童年；与之相应，在艾莲娜闺房之外的房间是艾莲娜父母的处所，代表着成年人世界和外在的现实世界。济慈曾将人的意识比作房子，他说，人的一生就好比有着多个房间的大房子，其中最开始就是无心的“婴儿房”(infant or thoughtless room)，在这个房子里我们无须思索；但是随着“思维准则的觉醒”被迫迈入了“闺思房”(maiden-thoughts room)，在这里我们陶醉于光和氛围中，所见尽是珍奇之物，乐在其中只希望能在此逗留至永远；但是我们在“闺思房”中却经历情感和思想上的变化，我们观察人的心灵和本性的眼光(vision)变得锐利，意识到这个世界充满了悲哀、苦痛、伤心、疾病和压迫，故而“闺思房”开始黑暗起来；同时，房屋各边的门都洞开着，经由黑暗的通道指向人生的阶段①。笔者认为，这里艾莲娜的闺房，不妨就可以看作济慈“闺思房”的一个脚注，主人公逗留于艾莲娜的房间，赞叹这个房间的神奇与美丽，此时的房间代表了他们此阶段的年龄意识；他和艾莲娜躲在“儿童博物馆”中，是为了幻想重温儿童期的意识；他们封闭在艾莲娜的闺房中，挚爱着这个房间与世隔绝的黑暗，表明他们作为青少年拒斥着成年人的现实世界。小说中提到每晚艾莲娜都不希望主人公走，主人公也不愿走，但是每次都能听到艾莲娜的母亲在楼梯上以脚步声来催促他走，此时叙述者说：

> 这脚步声，就像，一个黑暗的冬天的早晨，在梦中，你听到开门关门的声音。你意识到这是开门声和关门声，但是你撇开这些门，重新跌入梦想，梦在变化着，因为在一个森林的厚厚的林木中，遥远的门在关闭，然后你感觉，在那片森林里，坚硬的枕头边压着你的颧骨，然后一阵水波过来的嗞嗞声直拽着你的脑袋，突然间一阵疼痛，你的心灵被从梦乡中拉开，然后你流着血进入了早晨。我就这样从

① John Keats, “To John Hamilton Reynolds (May 3rd, 1818)”, *Selected Letters of John Keats*, ed. Grant F. Scott (Cambridge: Harvard University Press, 2002), p. 124.

艾莲娜的病房中将自己撕开，进入不是她病房的陌生世界。[1]

这句话集中体现了主人公沉溺于成年前的梦幻世界，艾莲娜母亲的脚步声代表着要唤醒主人公的社会规则和成年意识（不应在女孩子的闺房过夜），强有力地要求主人公从梦幻走向清醒，将梦幻与现实清楚地分开，进入规则和律法的成年世界。主人公此时从现实的"脚步声"梦想到自己在"一个黑暗的冬天的早晨"被"开门声关门声"吵醒而置之不顾，继续睡觉做梦，直到有水泼来，自己在森林中醒来的情景。这里的联想是一个"梦中套梦"的格局，纵然自己在森林的梦中醒来，但是森林中醒来的"我"依然不同于此时身处艾莲娜闺房中的"我"，"我"仍然是在身处森林的梦境中清醒着（"流血""进入早晨"）。如果我们再将作品中闺房外和闺房内的对比视为现实与梦幻的对比，那么此时的"我"即使完成了森林中清醒的"我"向闺房中清醒的"我"的意识跳转，但是由于闺房内的日常空间在主人公的日常意识中已经被理想化、梦幻化，故而他此时虽然还处于艾莲娜的闺房，但是现实中的闺房已然是他由梦幻意识改造的闺房，而闺房外对他来说才是真正意义上的现实世界——如此，这里主人公的意识叙事构成了一种梦中套梦再套梦的格局，叙述者的这段话高度地表现出浪漫主义主人公的那种儿童般的梦幻意识。

但是读者在阅读小说中"我"的浪漫主义意识时，不应该停留于作者所表现的浪漫主义的主体意识，而应该看到作品塑造出的"我"的浪漫主义意识的目的在于抗拒后现代社会对自我主体意识的解构，看浪漫主义主体意识在与后现代现实的对抗中又是如何逐步坍塌的。只有采用这种读法，方能解释为何这部看似与时代脱节的小说反而真实地反映了这个时代的面貌。

诚然，小说中的大部分章节里，主人公都是一个身处青少年期的主体，他对社会现实的接触还相当有限，特别是主人公对这种现实采取了逃避的态度。作品中"我"的浪漫意识使现实常常呈现梦幻化和不真实的色彩，对作品中反映的现实问题，读者会不知不觉地降低敏感度。但是作品中还是有相当多的篇幅，用较为现实主义的写法，来反映后现代社会的现实是如何渗入青少年的精神世界的，并在主宰青少年自我意识发展中起到了决定性作用。这

① *PR*, p. 207.

体现在作品反映的消费社会的主题和战后美国青少年新兴的亚文化中。后现代主义理论将后现代时代定位成一个消费社会，其中盛行着消费的生产，泛滥着消费的崇拜，消费的符号逻辑操控人的行为和意识，消费品成为人与一切现实相关联的中介[①]。小说主人公呈现出对后现代消费意识的强烈抗拒，这表现在他与威廉去选购"游戏"的片段中：叙述者不仅列举了谜类游戏、棋类游戏、模型游戏等各种游戏，还列数多种玩具的名称，其中有"带有隧道、树木和小桥下穿道的玩具火车""高尔夫球杆和曲棍球棍""模型汽车""玩具电话""无绳电话""套装的原木小屋""上发条的红色过山车""附带蓝色锡泵和白色锡制的黄色锡制斜坡停车库"[②]，等等。丰富的玩具，仿佛本身就达到自给自足的超现实状态，构成鲍德里亚的所谓"拟像"的世界。供应商在推销游戏中还动用各种促销手段来挑逗儿童和青少年的购物欲望，只是为了让消费者为了购物而购物。如此后现代的消费情景给"我"造成的感觉就是"无聊""无聊""太无聊了"。这一点我们在下一节中会详加讨论消费社会给主人公带来的无聊意识，这是他逃向浪漫主义意识的重要原因。

作品中"我"对于后现代现实的抗拒还体现在"我"对成年人生活世界的描写和对一些边缘性的青少年形象的描写中。小说中出现的成年人都是属于后现代时代美国的中产阶级，主人公的父亲是个会计师，母亲是个小学教师，主人公接触到的大多数成年人都是教师。在叙述者的笔下，这些人甘心接受现实，过着没有亮色的暗淡生活，整日以忍受辛苦的工作为生活的唯一意义，闲暇之余只有以打牌来打发无聊的时间。这种被现实掏空了一切意义、徒具形式的生活，事实上引发了主人公的多次冲动，要求为自己高扬起浪漫主义主体的能动性，希望摆脱乏味的生活形式。后现代的现实掏空了当代人的主体感还表现在处于叙事边缘的青少年形象中。在小说第二十五章中，主人公和威廉两人在家的附近闲逛，目睹了周遭的一些同龄人：有个男孩穿着奇装异服，斜倚着吸烟，看到我们时，"把烟灰弹到自己的肩膀上"；有人放

① ［美］詹明信，张旭东编：《晚期资本主义的文化逻辑》，陈清侨等译，北京：读书·生活·新知三联书店，1997年，第396～419页。

② *PR*, pp. 61～62.

着声响震天的“摇滚乐”，衣衫不整，胸部染成炭黑色①。这些片段描述的对象典型地代表了20世纪60年代兴起的青少年亚文化，这一文化背景是青少年主体采取极端的表达方式来对抗后现代现实。摇滚乐是一种打上了时代烙印的先锋前卫艺术，由于代表了青少年的反叛意识，长期被排斥在主流音乐之外，它擅长于拼贴、混合和随兴创作，体现了亚文化群体和少数族裔强力对抗着压抑性现实②。青少年亚文化群中流行的奇装异服和怪诞装扮，也是以反抗压制的主流服饰体系的姿态出现的③。这些青少年虽然其外在的表现与主人公和威廉完全不同，前者借助于新兴的先锋艺术和流行文化作为其抵抗现实、塑造自我的策略，而后者采用回归浪漫主义传统来拯救坍塌的自我意识，但是两者的出发点却是相同的，都是抵抗社会现实。然而，充满悖论意味的是，正如历史发展所证明的，后现代的现实对主体的这种反抗姿态和反抗意识的收编力量强大，摇滚乐后来也被纳入主流的流行文化，成为音乐生产的重要门类，浸透着消费文化的气息；而具有先锋性的奇装异服也在晚期资本主义生产中大放异彩，成为晚期资本主义为了生产而生产、为了刺激人的欲望而刺激之的商品形式，“成为资本主义商品最纯粹、最发达的形式”④。同样，《肖像》的主人公在对抗空洞后现代现实高扬起的浪漫主义的主体意识时，也经历了这样一个被逐渐挤压并完全掏空的过程，其反抗最后依然以失败而告终。

正如前文所言，小说主人公自我意识的成长与小说中另三位的主要人物菲利普斯、威廉和艾莲娜息息相关。下面，笔者就以“我”和三人的相互交往和相互认知为例，进一步说明小说中反映的后现代的主体性问题。

首先，我们从“我”所见证的菲利普斯和老师的冲突来说明受到权力规训的后现代的主体观。福柯主体观的一个核心思想就是，主体是在被奴役和支配中建立起来的。福柯认为，主体具有两种含义：“受别人控制并依赖别人，

① *PR*, pp. 84～85.

② Steven Conor, *Postmodernist Culture: An Introduction to Theories of the Contemporary* (London: Blackwell, 1997), pp. 206～213.

③ 同上书，pp. 214～222.

④ 同上书，p. 297.

通过意识和自我认识而与他自己的身份联系起来”，认为“这两种含义都暗示了某种征服和使屈从的权力”[①]。在小说中，菲利普斯不止一次地与老师发生冲突。他屡次不交作业，并且从不给出理由，而他的“不给理由”，并不是因为自己在“躲闪”什么或公开地“叫板”老师，而“更多地基于他无所谓的坦诚：他没有理由”[②]。在老师要求学生课堂背诵一首美国代表性诗人的作品时，他当堂背诵了自己创作的一首诗歌，引发老师的强烈不满[③]。这个例子并不一定说明教师代表着对主体的反动性的压制力量。相反，福柯所认为的权力有时是一种对于主体具有生成性意义的力量，对主体的认知和塑造具有决定性的作用。教师所代表的社会性规约，构成了菲利普斯逆向的自我建构的基础，他在这场权力的对抗游戏中，一方面通过直接的反抗来主张自己的主体性；另一方面又寄托于浪漫主义文学来逃避这种约束。面对权力规训的菲利普斯，在抗拒权力中主张自我，当谈到拯救自我的方式时，他提到了两种最终的路径：虚构和死亡。他认为两者具有“隐秘的血缘联系”，都“拒绝接受世界的本来模样”，“两者都是杀戮的形式：他们的牺牲品就是宇宙”。“艺术家和自杀者绝非渴望从压抑的现实中逃脱的苍白的梦想者，相反，他们是危险的杀戮者，现实，可怜的现实，徒劳地从他们的手上逃走”[④]。菲利普斯这里指出了现实的压抑和解脱之路——自杀和文艺创作，给小说主人公的主体认识造成很深刻的影响。自杀表现在小说结尾威廉在和主人公玩自杀游戏中丧生的事件里；而文艺创作则体现在叙述者的这种叙事中。

接着，我们从“我”和威廉精神分裂式的语言看后现代主体的精神状态。詹明信指出，后现代主义小说中的主体意识呈现一种“心理上的分裂”，是“精神分裂症患者的头脑”，其意识特征已远远不再是现代主义者的那种“异化和焦虑”了。在詹明信看来，最集中表现后现代主义主体观的是法国的新小说派，读者在阅读中看到的只是“零碎的、片段的材料，永远不能形成某种最终的‘解决’，只能在永久的现在的阅读经验中给人一种移动结合的感觉”，让人

① [法]米歇尔·福柯：《福柯访谈录》，严峰译，上海：上海人民出版社，1997年，第19页。
② *PR*, p. 93.
③ 同上书，pp. 95～96.
④ 同上书，pp. 106～107.

感到的是那种“能指和所指的分离”[1]。

詹明信以后现代主义小说的形式特征为依托，说明后现代主体的特征。但是弥尔豪泽的这部小说并没有跟风后现代主义小说的形式特征，相反，它通过借重现实主义和现代主义小说的形式来表现出一个主人公的自我意识在与现实的碰撞中逐渐发展并逐渐碰壁的过程，最终其浪漫主义的自我意识被后现代现实逐渐挖空。小说中主人公在精神上不断患病，并最终几乎精神分裂的自我描述随处可见，如他说“从幼儿期就不断滋扰我的无聊感如同一场精神错乱的疾病开始向我袭来”[2]；七年级时，他感到自己在“人生的一个阶段，抑郁得就如同他身边的棕色皮座套，在它破损的中心一小簇微黄的东西抽出芽来，如同恶性肿瘤”[3]；后来他痛感人生的无聊时，觉得“我的内心中背负着一只无可餍足的无聊的怪兽，饕餮着一切”，甚至想象自己像个疯狗一样，四处狂奔咬人，有一天因为痛恨自己的人生使劲咬自己的指头而浑然不知[4]。这种因生活的无意义和无聊而导致的精神分裂状态，最后在主人公的朋友威廉身上也出现了，甚至更为严重。

对于这种使主体近乎精神分裂的现实，主人公和威廉采取的最终对策，就是玩一场主人公从菲利普斯那里学来的“自杀俱乐部”游戏。笔者认为，在解读这段关于“死”的叙事中，要紧扣这一后现代主义的主体观这一语境来理解。在20世纪，从早期以海德格尔为代表的现当代哲学和文学话语中强调“向死而生”——“死”的话题被赋予了叩问主体“生”的意义的功能，主体借助于“死”对生存重新获得一种体验和认知。因此，加缪的《西绪福斯的神话》中以“自杀是唯一严肃的哲学问题”开始，却将歌颂西绪福斯在荒谬的世界中独自奋斗、承担自己的职责作为全书的主旨。在布朗肖看来，死亡的意义并不仅仅在于让主体更坚韧或更具有意义地活着，死亡本身也是主体的意义之所在，甚至喊出了“我死故我在”的口号[5]。他在论述自杀时指出，对自杀者来

① 詹明信，张旭东编：《晚期资本主义的文化逻辑》，第289～292页。

② *PR*, p. 23.

③ 同上书，p. 25.

④ 同上书，p. 86.

⑤ 毕尔格：《主体的退隐》，第175～176页。

说,“死亡并不是那种已给出的东西,死亡是那种要去做的事:一种使命,即我们应当积极地去掌握住的东西,即成为我们的活动和我们自制力的源泉的东西。人死去,这没什么,但是人自他死时起存在,人同死亡紧紧相连,通过由己做主的纽带,人造成自己的死亡,使自己成为要死的,并由此赋予自己做的能力,赋予他所做的事情以意义和真实。无存在的存在决定就是死亡的这种可能性本身”[①]。他又指出,“自愿死亡像是提出了一个道德问题:它在指控,在指责,它包含着终审。或者可说,它像一种挑战,一种向外界强权的挑战:‘我要自杀,以表明我并不屈从,表明我的新的极度的自由。’”[②]布朗肖对于深受浪漫主义影响的现代主义作家死亡观的观察,特别是对现代主义小说中自杀现象的观察,给我们考察小说中主人公和威廉最后的死亡游戏提供了一个参照。

小说中,主人公是从菲利普斯那里知道了斯蒂文森的小说《自杀俱乐部》[③]的。在笔者看来,斯蒂文森的这部小说依然属于前现代主义时期的浪漫主义作品,尽管故事涉及死亡和生存的意义等重大问题,但是故事采用的依然是旧式的侦探历险小说和悬疑小说的套路,虽然作品中俱乐部的成员受到组织的控制,但最终还是被警察解救,象征着人虽然处于绝望和权力挟制之下,但人依旧能恢复自由和能动性,其故事中的思想远远达不到现代主义作品看待死亡的深度。有意思的是,在《肖像》中,当菲利普斯建议主人公和自己玩这个游戏时,对这部作品进行了如下的评价,他认为斯蒂文森“发明了一种愉悦的、聪明的游戏,但他却完全不能理解这种游戏更高妙的含义。他未能严肃地对待自杀;因此这个故事有着奇妙得让人无法满意的气息,它奇怪地掺杂着喜剧和道德的义愤。在一个真正的自杀俱乐部中,其成员应该能够互相砥砺,正如艺术家和其作品能够互相砥砺。最艰难的一幕应该在孤独中执行。但正如艺术家懂得在他的孤独的工作中尚有其他艺术家与他一起奋斗并从中得到慰藉,一个自杀者也应该因为知道自己属于一个群体而坚定

---

① [法]莫里斯·布朗肖:《文学空间》,顾嘉琛译,北京:商务印书馆,2003年,第83~84页。

② 同上书,第85页。

③ Robert Louis Stevenson, *The Suicide Club* (Mineola: Dover Publications, 2000).

他的信念。一个真正的自杀俱乐部不是懦夫们的结盟,而是**灵魂的伙伴们**致力于一项神秘的事业所组成的社团”[①]。从菲利普斯对这部作品的看法可以得出,菲利普斯看重《自杀俱乐部》的,不是其惊险的情节和道德的教谕,而是认为小说应该把自杀作为“严肃的事件”来对待,把它像“艺术”那样对待,这是在偏离斯蒂文森小说中劝阻自杀的训诫,而将自杀理想化、浪漫化,甚至将之神圣化。这种赋予自杀某种类似于文艺的超越价值的思路,在现代主义诗人的著作中常常出现[②]。同样,这种把自杀当作与灵魂的伙伴互相砥砺的事业的措辞,体现出现代主义主体在对死的肯定中所透露的生的虚无感。在小说结尾时,主人公和威廉最终正式玩起自杀游戏,而当威廉饮弹而亡时,菲利普斯所宣称的“自杀”和“死亡”的高尚意义却在“我”的叙述中完全不见。叙述者的叙述集中描绘了自我的恐惧和震惊,描述威廉的种种外在表情,他们在这场自杀的游戏中,追寻的不是高尚的意义或者以死来捍卫某种生命的价值,因为在叙述者看来,这个后现代的世界已经是彻头彻尾的无聊,故而生与死对他们同样都没有什么意义,唯一的好处在于他们在玩这场自杀的游戏时能够体验到那种短暂摆脱无聊时的惊险和刺激。这就从高尚的浪漫主义/现代主义的死亡观中完全地跌入下来,将主体的生与死同样置于一种完全卑微的境地,完全剥夺了它们的价值和意义。

最后,我们来看“我”与艾莲娜的交往中浪漫主义主体与后现代现实的相互对抗。小说中“我”与艾莲娜的交往自课堂开始,艾莲娜因病多次缺课,所以“我”多次去她家探望,两人在她的闺房中共读了数量浩繁的具有浪漫主义传统的文学作品,并扮演了各种作品的角色,两人特别表演了一对男女新婚之日即阴阳两隔的戏剧,演完后艾莲娜竟奇迹般地痊愈,最后两人回到现实世界后分手。这段交往以艾莲娜的闺房为分界点:在闺房外,主人公看待世界的眼光都较为偏向现实主义色彩;而在闺房内,主人公的精神意识完全地沉浸在浪漫主义的想象世界中。如前所述,闺房对于“我”来说,具有逃避外在现实世界的作用,因为这里有浪漫主义文学的滋养、罗曼司式的女性形象

---

① *PR*, pp. 106～107,笔者标注黑体。

② 参见布朗肖在《文学空间》中对于里尔克、卡夫卡等人死亡观的讨论。

和浪漫主义戏剧的扮演舞台。对主人公而言，这一空间一方面凝聚着浪漫主义的意识，散发着怀旧的气息和情愫——这里不仅有对男女主人公所逝去的个人童年的回忆场景，还有对整个浪漫主义文学史的怀念。怀旧对主人公来说，发挥着联想的魔幻作用，主人公着魔于对往昔的追忆和联想，痴迷于享受逝去的事物带给自己的忧伤，像所有"浪漫主义者的怀旧"一样，主人公"坚持认为自己怀旧的对象和现时代的生活有着不同的特点"，并"将怀旧的对象放到超越现代经验的空间中"，让怀旧变得"性感""有诱惑力"[①]。如此，小说中这部分所表现的怀旧（怀念童年）不仅成为主人公个人成长的标志，更代表着主人公面对当代的社会现实，批判现代社会"去魅化"（disenchantment）的倾向，他渴望自我能够具有"非工具的品格、不可预计的生活和感性的存在"[②]。但是，从另一方面看，这段叙述中表现的事实又明显地带有后现代文学的戏仿、拼接、超现实的特质。后现代小说就是对后现代社会的反映、表现，甚至是对抗的产物。这部小说虽然在人物塑造和情节设置中没有走极端的后现代文学的路子，但是后现代文学中的这些技巧在男女主人公的这段经历中有着相似的表现，进而说明主人公对后现代现实的反抗，这和典型的后现代文学对现实的反抗其实殊途同归，共同构成了这个时代的表征。比如说，作品在叙述两人的阅读书目时，大量拼接各种浪漫主义文学作品，从《奥德赛》、德语传说、挪威神话、《格林童话》、三卷本德国山脉岛屿传说故事集，到司各特、坡、吐温、怀特洛（Whitelaw）、斯蒂文森等作家的虚构作品，两人还有意将虚构作品中浪漫主义者的意识复制到对彼此和世界的认知中去，并且从对彼此的浪漫化认知发展到在闺房中上演浪漫主义的各种戏剧，两人的这些行为和意识本身就如同博尔赫斯的小说一样使得历史和现在、文本和事实、想象和现实的界限在拼贴和模仿中交错在一起，甚至模糊、消失。这特别表现在两人扮演新郎和新娘生死离别的戏剧中，在这场表演中双方出演极度逼真，再加上叙述者描写的逼真，读者在阅读中产生错觉，甚至怀疑艾莲娜真的死去——本来是"假的"模仿现实的戏剧，在此处，无论是出演者本人还是读者，

① Svetlana Boym, *The Future of Nostalgia* (New York: Basic Books, 2002), p. 13.

② 同上书，p. 24.

感到戏剧本身比真实还要真实，这正类似于但并不完全与鲍德里亚所谓后现代社会中拟像和虚幻甚至比真实还要真实的特点相同——但鲍德里亚主要是从消费社会的文化生产和娱乐空间的角度来说明这点，所谓文化生产指的是大规模的机械复制，而娱乐空间是如迪斯尼乐园这样唤醒人的童话意识的商业空间或者唤醒人对历史追忆的展览空间[①]，而在小说里则是两人私人的表演和体验。从这一点来理解小说的这一部分，我们可以看出主人公的自我在逃遁后现代的压抑现实时，虽然其受浪漫主义的文学传统启发，但是其策略与一些后现代文学的若干特点依然相似(比如巴塞尔姆的《白雪公主》中有意模糊童话和现实的手法，将现实童话化)，甚至和后现代主义的某些文化景观很相似，它们都属于后现代现实的一部分，从而说明此一时代的浪漫主义主体依然无法完全摆脱时代的逻辑和束缚。另外，“我”与艾莲娜的交往也说明了后现代的女性主体的问题。拉康认为，人的主体性是依赖于语言建构的，人不可能脱离语言去直接感受或触及主体的真相。小说中艾莲娜的身份和自我，一直处在“我”的观察和叙述中，刚开始认识她时，主人公称之为“鬼影艾莲娜”[②]，后来觉得她是“囚禁于塔中的女王”[③]，后来她又是个亟待拯救的“病人”，是主人公的“睡美人”[④]和“死亡新娘”[⑤]，最后她病好后，又蜕变成一个正常的女孩。正如本书第一章所言，这些女孩子的主体形象是发生在主人公的想象界的，与其本身是有差距的。故而，当后来主人公的意识回到现实生活，发现其平淡无奇，其实也说明了后现代社会中男性主体对女性主体的浪漫主义建构具有虚幻特征，其最终依然会被后现代的现实所击碎。

本节中我们讨论了小说中浪漫主义的主体意识和后现代社会的现实与意识冲突的问题，下面两节中我们转入主人公的无聊和美感这两种情感的分析，继续看这种冲突的演变和内在逻辑。

---

① 关于拟像的定义的论述，参见 Jean Baudrillard, “Simulacra and Simulations,” *Selected Writing*, ed. Mark Poster (Cambridge: Polity, 1988), pp. 165～184。

② *PR*, p. 148.

③ 同上书, p. 149.

④ 同上书, p. 228.

⑤ 同上书, pp. 233～242.

第二节　浪漫主义主体的无聊和自我危机

无聊，这种通常看似仅仅表现为倦怠、慵懒、无所事事、了无生趣的情绪，在当代被赋予了非常重要的形而上学的意义，成为最深刻地反映当代人思想和存在困境的词语之一，受到了一些哲学家和人文社会学者的高度重视。纵观 20 世纪，海德格尔在 1934 年的《形而上学的基本概念》的讲座中第一次对之进行了系统探讨。他指出，无聊是当代社会的基本情绪（grundstimmung），是哲学把握现代人生存状况并把脉当代文化的一条最重要的路径。他通过现象学的追思，还原作为意识的无聊的种种诱因及本质，对无聊进行了三分法的划分，涵盖了从最肤浅到最深刻的各种类型[①]。作为最早研究无聊的比较文学学者，库恩将存在主义式的"深刻的无聊"（ennui）的特性归纳为四点：这种无聊是一种"让人身心皆疲的一种统和的经验（a total experience）"；它是"内生的"；它"超出我们的意志之外"；它"伴随着异化的特点"[②]。他的论述视野极其宽阔，检视了从古希腊、古罗马直至海明威、贝克特、卡夫卡、普鲁斯特、曼和纪德等人的当代名著中存在主义式的无聊的表现。史文德森从哲学、文学、心理学、神学和大众文化的多维视角出发，分析了无聊的起源和表现，其视野覆盖了从前浪漫主义时期的无聊主题的表现、到帕斯卡尔至尼采等思想家对无聊的哲思、再到 20 世纪贝克特和沃霍尔等作家和艺术家对无聊主题的创作，分析无聊如何影响当代自我的生成和异化[③]。古德斯坦引入了哲学、历史学和社会学等多种学科的视角将无聊视为现代性兴起时的心理痼疾，探讨其在文学和哲学上的表现，她还特别分析了穆齐尔《没有

---

① Martin Heidegger, *Die Grundbegriffe der Metaphysik: Welt-Endlichkeit-Einsamket*. Friedrich-Wilhem Herrmann, ed., *Gesamtausgabe*, Band 29/30 (Frankfurt: Klostermann, 1983).

② Reinhard Kuhn, *The Demon of Noontide: Ennui in Western Literature* (Princeton: Princeton University Press, 1996), pp. 11～12.

③ [挪威]拉斯·史文德森：《无聊的哲学》，范晶晶译，北京：北京大学出版社，2010 年。

个性的人》中的无聊主题[①]。斯巴克斯认为:在文学和文化史上,无聊表现为"一种道德状态、一种心理状态、一种社会的痼疾、一种被动进攻的形式和一种主动进攻的因由……无聊在不同的时刻提供了一种言说的方式,甚至对于它的身体力行者而言,这是一种生活方式。无聊……给研究提供了极其丰富的题材";她以英国文学史为讨论对象,描写了无聊自18世纪以来在英语文学和文化中不断扩张并呈泛滥之势的历史图景[②]。图易认为,无聊并非当代社会特有的现象,而是贯穿人类整个文化史的基本情绪,他吸收了艺术史、人类学、哲学、心理学乃至神经科学的成果,对无聊与其他情绪的共生关系,以及无聊在文化史特别是前浪漫主义时期的表现进行新的梳理和总结[③]。

无聊和浪漫主义文学之间的关联一直紧密。近代浪漫主义文学发生在现代社会兴起时主体渴望理性地确立人与人、人与自然、人与宗教和社会的关系之时,主体希望在重新厘清这些关系中赋予自己的行动以新的意义。但在转折中也出现了"非理性的爆发",张扬情感高于理性,情感在托举个体性的同时给个人带来了整合自我与世界关系的新的负担[④]。正是在这样追求进步、拯救自我的努力及失败中,种种负面性的情绪,特别是无聊在浪漫主义文学和哲学作品中的逐渐加强。无聊的无目的性和无意义性,它伴随的人的疲倦困顿的精神状态,弥漫在这些作品中。各种浪漫主义者在求索中面对的苦痛、欣喜、忧愁总与无聊不期而遇,后者甚至掏空了主体的经验和意义;或者因为无聊而走向求索并失败的路途[⑤]。其中,典型的浪漫主义者如浮士德因为厌倦了无聊而与魔鬼签约从事新的探索;包法利夫人厌倦了无聊的外省乡间家庭生活而出轨;蒂克的威廉·洛弗尔因为探寻自我而无聊,又因无聊而渴望重塑新的自我,无聊反反复复地回归,备受煎熬。无聊从浪漫主义发端一直延续到唯美主义和存在主义文学中,在贝克特的作品中被提升到空前

① Elizabeth S. Goodstein, *Experience Without Qualities: Boredom and Modernity* (Standord: Stanford University Press, 2005).

② Patricia Meyer Spacks, *Boredom: The Literary History of a State of Mind* (Chicago: University of Chicago Press, 1995).

③ Peter Toohey, *Boredom: A Lively History* (New Haven: Yale University Press, 2011).

④ Goodstein, *Experience Without Qualities*, p. 126.

⑤ 同上书, pp. 129~246.

的高度。诞生于20世纪70年代的《肖像》，无疑是这一系列浪漫主义作品中典型的将"无聊"作为其核心主题的一部，续写着相同的话题。但正如史文德森所言："无聊是一个很有挑战性的艺术主题，大多数表现无聊的文学作品往往与所处理的题材一样的乏味。无聊是空洞的，所以几乎无法正面去描述它。人如何能够表现不在场的事物呢？"[①]对于无聊的表现，在形式和内容上都并非易事。这也正是本节中为什么援用叙事学、文体学、文学史、哲学和若干社会史的资料来多维探讨《肖像》中无聊表现的复杂性问题。

无聊表现为厌倦、恶心、排斥，与新鲜、兴趣和热情相对，故而叙述者在表现无聊的主题时都面临艰难的选择。斯巴克斯在论述文学史视域下的无聊时指出：无聊是理解写作动机和阅读动力的一个切入点，正如约翰逊博士在《闲适者》中指出，写作舒缓了作家的无聊情绪，而写作的结果可以帮助读者抗拒无聊。罗兰·巴特也作如是观。作家通过与读者订立一种"隐含的合同"，承诺让读者对自己的作品感兴趣；读者也相应地默许要让自己对作品感兴趣[②]。这就出现一种悖论：读者读小说本来是为了抗拒自己日常生活的无聊，但是却可能遭遇作品的无聊主题。于作品而言，如何才能够维持读者的兴趣来让读者不会因为在作品中遭遇无聊而弃之不读呢？正如前文所引的史文德森的那句话："大多数表现无聊的文学作品往往与所处理的题材一样的乏味。"[③]

那么，叙述者如何既强调无聊的乏味，又能够让这种乏味的陈述吸引读者的注意力，来保证自己的修辞目的能够有效呢？首先，叙述者在作品中不仅要展示自己的情感，而且要通过直接干预受述者的情感反应来建立一条与受述者交流的渠道。文中叙述者在叙述自己的故事和抒发无聊情绪的空档中，突然以"你们这些喜洋洋的人啊，你们这些笑着的人"来称呼读者，同样的称呼还发生在第二十二章："啊，我感到憋闷，被压倒，如果只有你知道，你这愚蠢的读者……"来称呼读者。值得一提的是，自詹姆斯提出"作者的隐形"

---

① 史文德森：《无聊的哲学》，第60页。

② Spacks, *Boredom: The Literary History of a State of Mind*, xi.

③ 史文德森：《无聊的哲学》，第60页。

的概念后，这种叙述者突然抛开故事世界而直接与读者进行交流的叙述格局较为罕见。这里作者调用这种手法的目的何在呢？笔者认为，这需要从小说的"无聊"主题入手来加以解释。因为当读者为了摆脱无聊而阅读作品但在阅读中又遭遇无聊的主题时，叙述者与读者之间的关系会非常微妙，《肖像》中叙述者的策略正在于以"喜洋洋""笑着的"和"愚蠢的"来形容读者，仿佛建立一种颇为亲近或融洽的叙述者—读者的关系，"喜洋洋"和"笑着的"潜台词说明双方的互相理解，而"愚蠢的"则是具有挑衅性、带有怒气的呵斥，说明叙述者认为读者不理解自己无聊的深度，也不乏带着一种渴望对方能够理解自己在诉说自己无聊之深时的那种真诚。

叙述者还将无聊与自我形象的建构联系起来，通过自我形象的类型化，巧妙地揶揄自我，呈现出反讽式的戏谑的意味，有利于克服读者对无聊主题的厌倦。叙述者言道："尽管在某种意义上我的无聊确乎是一种感官主义者(sensualist)的无聊，厌倦于稀松平常的快乐，永远寻求着新奇的快乐；但在另一种意义上，在更真实的意义上，我的无聊是一种禁欲主义者的无聊，因为我鄙视这个世界的愉悦，我渴望着好得多的东西。"[①]主人公遭遇的这种感官主义和禁欲主义之间矛盾在浪漫主义文学作品中表现得尤为突出，最典型的是乔伊斯笔下的斯蒂文·达德勒斯徘徊于天主教教职的禁欲生活和活色生香的世俗美之间的矛盾。感官主义和(宗教精神指引下的)禁欲主义也矛盾地统一在罗塞蒂、叶芝等浪漫主义诗歌大家的作品中。有意思的是，这里的戏仿的修辞意味，作品的主人公是个身处于当代美国的少年，从叙事所交代的细节来看，主人公对于感官的贪婪可从下一节分析他夜游花园等有关"美"的细节时有突出的表现，与王尔德和乔伊斯等唯美主义和现代浪漫主义的某些作品有契合之处，但却绝不同于后者作品中那种艺术家放纵自己肉欲的"感官主义"描写；《肖像》的主人公在学校里也崇尚纪律和勤奋刻苦，但这与基督教意识形态中的禁欲主义也相差甚远。一个身处当代美国的少年，用感官主义和禁欲主义来说明自己无聊的根源，并定位自己，显然在这种戏仿的比赋中具有自嘲的意味。

---

① *PR*, p. 71.

另外,从叙述形式上说,作品中叙述者在叙述自己的无聊感受时,主要依赖各种重复性事件的循环,在整个故事中自我对无聊和有趣的感知保持着微妙的关系,每种新的活动都以寻求新奇有趣为开始、以无聊的到来而终结,最终说明无聊在主人公主体成长的历程中是一种反复回归、难以逃避的力量。从修辞上说,叙述者在描述无聊给自身带来的困境时无法回避无聊的各种负面情绪的抒写,故而他必须一方面准确地再现无聊的情感结构,传递无聊本身的负面情绪;另一方面则需要使用新颖的比喻、象征等修辞手法来让读者对无聊的感知产生新的体验。因此,叙述者以别样的修辞形式表现出将与无聊和无聊的反面——有趣——相联系的各种其他情感,如期望、失望、沮丧、厌恶、怠惰、灰心等,从而让读者在体验主体的无聊的惯常感受时,能够通过对其"无聊"修辞上的新奇体验来平衡作品中的无聊带来的难以承受的压抑,从而与这位浪漫主义的叙述主体保持高度的情感认同。

下面我们就以三个论题为纲讨论作品所表现的无聊主题的内涵,论述以文本的细读为基础。首先,无聊的类型。小说中"无聊"作为主人公意识层面的表现经历了一个从低层次无聊向高层次无聊的递进过程,经历了从对具体某物的无聊最后到上升到对整个人生乃至宇宙性质的认定的变化历程,将无聊掏空人的主体性意义的矛盾深刻地揭示出来。小说中对无聊的表现肇始于第十八章叙述者描写自己和威廉玩游戏和买玩具的过程中,这里的无聊还依然是对于某种具体的物的无聊,而到第二十七章将无聊上升到整个宇宙的根本属性,由无聊而对世界抱持绝对的虚无主义立场,经历了一个质的飞跃。而这正与海德格尔等论述无聊的分类和等级观不谋而合。下面我们从叙事的进程来看小说中有关无聊的修辞表现和哲学意义。

在第十八章在对玩游戏的描写中,叙述者以乒乓球、纸牌、霍伊尔、射击和羽毛球五种游戏来表现自己的无聊情绪何以产生,无聊又与哪些负面情绪互相滋生的情感动力学问题。在叙述乒乓球游戏时,主人公和威廉"设计复杂的规则",为的是"刺激已经耗尽的兴趣",这说明了两人已然对乒乓球游戏产生厌倦的情绪,并且通过假想有人在观赏,来尽力将自身从无聊中拯救出来。但这种基于假想的游戏,虽被寄予挽救自我于无聊的愿望,却因为双方对彼此的反应、行动和心理("发球和旋球""强项和弱点"和"坏习惯")的知根知底而无法奏效;叙述者用“达到令人作呕的精确”来强调这种了解给自己的感觉,更加说明了挽救的无效性。在叙述玩“大富翁”游戏时,直言这个游戏已经“玩烂到要死”的地步。与前面叙述乒乓球游戏的无聊更多倚重对对方动作和对双方习惯的认知描写不同,这里叙述者将“游戏”本身比作游戏的实物或者说道具,通过实物的特性——“脏兮兮、黏糊糊和疲沓沓”,说明游戏的器具由于过度使用变得老旧,而这些负面的感知形容词也将主人公对游戏的倦怠感具象化。主人公此时感慨道:“我对这一切感到无聊透顶!一切都是太无聊,太无聊了!”主人公厌倦于无聊的游戏而渴望休息,渴望从中得以解脱,或者说采取逃遁的策略来面对生活中的无聊;但是主人公又“躁动难安”[①],既说明自我对现状的不满,认为自己的生活与时间并不应该如此度过,自身的时间应该被更有意义或更有趣的事物所填充;也说明了主人公不满足于逃遁本身,以回避的方式无法真正解决无聊的窘境。在叙述完霍伊尔和射击游戏后,叙述者对于羽毛球游戏的感知和态度更多以颜色和光线来表现。第一句交代“一天下午”,父亲在院中“鲜红色的杆子上拉起了一张紧绷的绿网”。叙述者仅仅在一句话之间,就点明了主人公玩羽毛球游戏时的情绪从兴奋、有趣到无趣、无聊的变化。叙述者用词的节制表现出主人公心情的微妙变化:叙述者在交代父亲拉网时的颜色(“红”与“绿”)鲜艳时,可能暗示着主人公有种新鲜感,他和威廉原本无聊的心绪也可能因此提振;而其后威廉、父亲、曼尼姑父、洛姑妈、马乔丽和我六人分组上阵,从某个角度看,因为人员的加入,其多样性得到增强,打破了我和威廉两人游戏的单调性,故而游戏的趣味性能够得到增强,但如此机械的组合毕竟也非常有限,故而也有潜在的让人感到乏味的可能。但是随后威廉和我在游戏后忙着“练习发球”,说明他们在下午的游戏中还是得到了乐趣;而“练习发球”也可以理解成一种幽默的措辞,其真实意义在于说明彼此接球和回球的技术很差,但即使如此两人依然乐此不疲,说明他们找到了一种抗拒无聊的新途径——这种乐此不疲可以从叙述者调用羽毛球的白色与天空的黑色的对比来说明,他们打球到那么晚才作罢;即便如此,这种趣味依旧十分有限,在停止游戏时,两人激情

① *PR*, pp. 59～60.

的退却之快，恰如“球拍击上羽毛球的橡胶头时那点微微的震颤”，说明了激情和趣味的飘忽易逝和无法恒久。这里值得注意的是，这里“白”与“黑”两种颜色由于是最单调的颜色，暗中与前面的“红”与“绿”形成了对比，表现出主人公心绪从有趣到无聊的渐变过程。

上述五项游戏，叙述者仅用一段的篇幅，其修辞技巧通过采用新奇和无聊的反复换位，在长短搭配中详略有致地叙述了自己对无聊的感受。这种无聊的感受基本上还是属于低层次的，是对具体事物的无聊感，但是却给出了游戏与无聊之间关系的丰富内涵：“游戏”作为一种娱乐形式，按照史文德森的看法，本身就是用来逃离无聊的尝试，是逃离现实和个人生活的虚无[①]。托马斯·曼的《魔山》中的成年人与克尔凯郭尔的《非此即彼》中的成年浪漫主义者，其生活方式就是不断地追求新的享乐以逃避无聊，他们在生活中唯一的雄心就是将无聊的事物转化为有趣的东西，从而以自己的想象重新创建世界[②]。但其结果又不可避免地最终再次陷入无聊。但是对于成年人而言，除非所谓“有闲阶级”，游戏和享乐都是生活中除去工作之后的寄托；而对于儿童来说，游戏则几乎意味着自己生活的绝大多数内容，如果当这种生活被无聊蛀空，那么无聊就在儿童生存论意义上凸显出来。

然后，《肖像》紧接着通过主人公和威廉购买游戏和玩具来进一步说明他们渴望以新的游戏或者娱乐来摆脱无聊。叙述者再次使用了自己对游戏的期待和最终落寞的反差来说明新的替代性游戏的无意义性。主人公在去购买时希望能买些谜类游戏，游戏能多到“两千条”“一万条”，甚至“一百万条”，“梦想着能够拥有一个谜中之谜的游戏，让它能够覆盖整个城镇，用草类谜来覆盖真实的草、用人行道谜覆盖人行道，用地毯谜和油地毡谜来铺满所有房屋、所有房间的地面，用公园谜覆盖公园，用山之谜覆盖群山……用海洋谜覆盖海洋之底……”[③]所谓谜类游戏或玩具，其功能是一种类似于文字的指代物（signifier），当主人公想要将玩具铺满世界时，其目的并不在于渴望着用表

① *PR*, p. 49.

② 史文德森：《无聊的哲学》，第 52 页。

③ *PR*, p. 61.

面的事物遮掩世界的本真状态;因为谜语游戏的规则正是猜测与揭晓,主人公希望通过猜测来揭晓世界的本真状态,这说明他拒绝接受日常世界的平淡,试图以游戏来使无聊变得有趣;而游戏的无限扩张,使之铺满地面和海洋之底,表现出主人公对无限超越性的憧憬,但可惜的是,商店里眼前的这个谜类游戏却"太小了,无法铺满一个小桌子"①。这凸显了主人公对生活和游戏的无限性的渴望与自己日常生活和游戏的有限性之间产生的反差:正是基于日常生活的有限性而产生无聊,故而渴望生活的无限性,而这种渴望只能存在梦想中,当回到现实时就不得不重新接纳这种有限性与无聊。

从第二十二章到二十七章,主人公对无聊的感知在两组人的对比中经历了不断地变化与深化。在第二十四章到第二十五章中,首先是主人公和威廉"带上梦幻般气氛"的无聊②与各自父母值得称颂的劳累和疲倦③的对比。与父母相比,主人公和威廉"无聊透顶,又精力充沛",这让我们感到羞耻④。这一对比揭示了工作和梦幻色彩的无聊的对立关系,通过工作和劳累填充时间,可以驱散无聊。这一逻辑进而导致第二十六章主人公和威廉在新学期中对无聊的不同感受进行对比。八年级开学时,面对着无聊,威廉通过疯狂学习来抗拒无聊,这是诉诸父母亲的抵制无聊的策略;而主人公则依旧无法驱散无聊的痛苦:"我躁动着、我躁动着,我感到无法忍受的躁动。难道你听不到躁动——这蜷曲的蛇发出的嗞嗞声吗?它等待着要伺机进攻……我感觉仿佛我的内心中背负着一只无可餍足的无聊的怪兽,饕餮着一切。"⑤主人公想象自己像疯狗一样,四处狂奔咬人;甚至有一天自己下意识地使劲咬自己的指头,以体会自己的存在,主人公的自我意识已产生严重危机:因为无聊掏空了自己的存在感,只有在无意中咬着自己的指头突然感到痛苦时才意识到自己的存在。当无聊如"蛇""怪兽"般饕餮着主人公的自我和一切,无聊让人

---

① *PR*,p. 61.
② 同上书,p. 81.
③ 同上书,p. 84.
④ 同上。
⑤ 同上。

“精疲力竭”“瘫痪了人的想象力”[①]。这里的无聊已然渐渐地靠近了“存在主义式的无聊”，终于在第三十九章中，无聊由个别一般的无聊被提升到前所未有的层次：

> 我对一切感到无聊得要死！而且一切都如此无聊，如此无聊！蓝色的天空让我无聊，还有绿草，黄色的太阳。月亮让我无聊，所有闪烁的星星和星星间的黑色的空间。风让我无聊，雨让我无聊，我的无聊让我无聊，这一切让我无聊，我渴望躺下来，闭上我倦怠的双眼，但我还是如此地躁动……我开始感到永远不会有任何事情发生，所有的事情都已经发生，整个宇宙已经变成陈腔滥调，而我渴望，我渴望，我渴望，我渴望……而这忧郁的太阳，这白热的月亮……还有我的痛苦，我的梦想，我的突发性的僵硬，在冰冷的床单里的夜裸(night-nakedness)……我感觉我只是在等待：等待着高中，等待着夏天的结束，等待着历险，等待着死亡——啊，任何事情都行。[②]

主人公对于无聊的体认在复变中累进，主人公的无聊并不仅仅源于外在的某物，当任何外物都会造成自己的无聊时，对主人公而言，无聊，已经从外在特定的某物本身具有使人无聊的特点(something is boring)，从即使某物本没有这一使人感到无聊之处但是由于主体本身的原因而感到这个物无聊(someone is bored with something)，上升到自己对自我的整个无聊存在状态的判断，因为任何事物都可以引发自我的无聊，到最后上升到认为无聊恰是整个宇宙的性质，因为整个宇宙就是个“陈词滥调”，这种逻辑的演变基本上与海德格尔对无聊的级差式的分析同步。海德格尔就指出，某物的无聊与感到某物无聊是不同的，正如“这本书无聊”是说明书的无聊的性质，而“对这本书，我感到无聊”则说明主体的无聊未必是由这本书的无聊的性质导致的，这句话把无聊的原因转移到主体的经验和感受上；而从“对于某物，我感到无聊”到“我感到无聊”的转变过程，人的无聊层次再次上升，因为后者并非因为

---

① *PR*, p. 89.

② 同上书，pp. 136～137.

某个特定的物而感到无聊，这种无聊是内生的，源自自我，甚至无须任何外在之物的引发；最后，当无聊上升到最高的层次，具备了一种形而上学的准超越的性质，它反映了人的此在的基本情绪特质，是对人的生存意义近乎完全的否定，标志着虚无主义的无限上升和蔓延。小说的主人公对无聊的感悟也经历了这种从最初级到最高层次的历程，无聊成为他否定人的存在的根本性意义的主导情绪，从而在哲学上给这本小说赋予了极其沉重的深刻性。

下面，再来看无聊的疗方及其不可能性。值得注意的是，主人公在体验从低层次到高层次的无聊状态时，其实是伴随着一系列的矫正措施来抗拒无聊的，如刻苦学习、从自然和音乐中寻找慰藉等，虽然有其奏效之处，但是最终都以失败告终。主人公抗拒无聊、治疗无聊的措施，是以不断反思无聊的来源为基础进行的，并不断地加深着他对无聊的认识。主人公对无聊的一点认识是，无聊是一种生命受限制的状况，故而要求人通过不断越界来改善这种受限制的状态。叙述者指出，主人公和威廉为了摆脱无聊之苦，骑车到很远的"未知的目的地去"，"每天都向一个新的地方出发"，"当我们向着某些熟悉的边界骑去时，我常常感到一丝历险的涟漪；当我们跨过这些边界，踏入未知的领地时，这丝涟漪也扩散开来，涨起滔天白浪，盖上去，砸下来"[①]。这里两位浪漫主义者从无聊中解脱出来的方法就是越界，通过越界来挣脱受限制的状况，并享受着越界的愉悦。史文德森在论述第一部以无聊为主题的浪漫主义小说《威廉·洛威尔》时指出，困顿于并致力于超越无聊的主人公威廉·洛威尔渴望着无聊的反面——愉悦；故而他"囚禁在一个越界的逻辑中，因为任何的愉悦只是一时的愉悦，故而愉悦必须被新的愉悦所替代……无聊与越界总是亲密地联系在一起。仿佛拯救无聊的唯一途径就是不停地用一种更激进的方式超越自己，因为通过越界方能使自己接触到更新的事物，接触到那些有别于相同的事物，正是这些相同的事物才是无聊的根源"[②]。主人公和威廉为摆脱室内的无聊，从室内走向户外，完成了一次越界，而且在骑行中屡屡越过边界，也就是在不停地越界，这样越界的目的正是史文德森所揭示

① *PR*, p. 67.

② 同上书，pp. 65～66.

的:通过越界来接触新鲜的事物,并获得愉悦,而愉悦永不恒久,故而需要更多的越界。

接下来,美又成为治愈无聊的一种有效方法。当主人公和威廉已经"不满足于"地理位置上的越界,他们从一对"渴望(越界)的爱好者变为大自然的疲惫的鉴赏家"①;并最终在一次踏入一片荒芜废弃的城镇时体会到一种前所未有的静谧和美好——"坐在这样的小伊甸园里,在静谧的荒野那秘密的中心,包裹在绿色的兄弟情义中;我若能够永远置身于此时此处,足矣!"②这时两人来到废弃物的小天地,融合在自然的景物和兄弟情谊中,仿佛找到了治疗无聊的良方,但是主人公希望时间能够静止——"能够永远置身于此时此地"——很快就被颠覆,因为:"不幸的是,我们无法永远待在那里……在我们离开之前,我就已经开始感到一些无聊了。"③这是处在更高层次上的无聊了,即使再有美景存在,但是无聊依然无法抗拒地来袭。究其原因,正是海德格尔观察到的,无聊这种现代人的基本情绪与人对时间的体验息息相关。只要探究无聊的根源和感受就会发现,无聊并不仅仅在于某个东西本身的性质无聊,或者在于某个主体主观上的无聊心绪;无聊的根源还与人对时间的感觉有关,是时间在拖拽着你向前走;你在时间的拖拽中要么感觉到生活的意义被掏空,要么感到生活的煎熬④。这里自然界的美激发了主人公的愉悦和他渴望时间静止的感想,但这种愉悦却又被时间的行走拖拽得粉碎:自然总是很美,足以怡人,但时间无法静止,在被时间拖拽的过程中,人需要寻求超越仅仅欣赏自然美景的目的和意义,而当这种寻求的情愫在时间中被激发,那么人就无法沉湎于眼前美景,无聊感必然在第一时间出现,并将美满的状态拖拽至不完满的无聊中。关于美感作为抗拒无聊的经验,我们在下一节中将会深入讨论。

最后,我们来看无聊的社会根源与无聊中的自我体验。小说的叙述者对于造成儿童无聊的社会根源的探讨主要体现在他和威廉购买玩具和游戏的

---

① *PR*, p. 67.

② 同上书, p. 70.

③ 同上书, p. 71.

④ Heidegger, *Die Grundbegriffe der Metaphysik*, p. 165.

过程中关于玩具和无聊之间联系所发表的看法。主人公的"购买"行为，揭示了消费经济下的游戏产业对青少年和儿童想象力的操纵，造成了青少年无聊情绪的蔓延和无可救药，从而这部作品借此指出了置身于资本生产的现代社会看似富足的"物体系"下的实质匮乏，进而构成了现代人无聊意识的根源。在叙述自己和威廉购买玩具的过程中，叙述者枚举了当时所见的店内的一系列游戏：有字谜游戏、问答游戏、三维画圈打叉游戏、电动足球游戏，等等。如此繁复的游戏品种，揭示了消费文化兴起下繁盛的美国游戏产业的一角，美国著名的儿童玩具史专家克露丝研究20世纪美国玩具业的发展时指出，战后美国这一产业的产品被赋予了各种功能和设计理念，其中虽然也包含了教育家对孩童的理想人格、教育思想、社会性别等各种社会意识的认识，但最终还是以消费品的形态出现在市场中。在消费社会无休止地推出新产品的表象下，游戏的类型依然极为有限，其内蕴的资本逻辑是要刺激儿童与成年人消费的冲动①。罗兰·巴特在《神话学》一书中批评当今的儿童玩具时同样指出，现当代工业生产出来的玩具，是成年人将自己的世界进行微缩，让儿童在玩具的模拟中做好进入成年的准备。因而，在面对由玩具构成的复杂的物品世界时，儿童只不过是被当成了"这些物品的拥有者和使用者而已，不是创作者；他们不创作物品世界，而是使用物品世界。替他们准备好的现成动作都毫无惊险、惊奇和惊喜可言"②。巴特的精辟论述反映在叙述者指出自己所枚举的繁多游戏给自己的感觉仅仅是："而这一切都是如此无聊，太无聊了"，"无聊得就像旁边的一个柜台上展览的带有隧道、树木和小桥的下穿道的玩具火车，无聊得就像在那无聊的体育用品店里成排摆放的高尔夫球杆和曲棍球球棍，无聊得就像模型汽车、玩具电话、无绳电话、套装的原木小屋、上发条载着红彤彤车体的过山车、附带蓝色锡泵和白色锡制斜坡的黄色锡制停车库"③。这里的各种玩具和游戏，对主人公而言，都毫无特色，无法激起他

① [美]加里·克罗丝：《小玩意：玩具与美国人儿童世界的变迁》，郭圣莉译，上海：上海译文出版社，2010年。

② Roland Barthes, *Mythologies*, trans. Annette Lavers (New York: Noonday Press, 1972), pp. 53～55.

③ *PR*, pp. 61～62.

的欲望。这说明，在消费社会下，儿童玩具并不能真正让孩子摆脱无聊的困境。主人公感慨道："我感到游戏的魅力也不过是这光亮、这灰尘而已。我用我的食指在一个游戏玩具的灰尘上写下了我光亮的名字的首字母。"[①]这里前一句中的"灰尘"和"光亮"说明玩具的肤浅，是比喻义。后一句中的"灰尘"和"光亮"既取其本意，也有其引申意："灰尘"说明商店里玩具因无人问津积上灰尘，而我"光亮的名字的首字母"的联想意则说明自己对自我的欣赏和憧憬、渴望能够拥有富有色彩的生活与自我；两者结合具有情境反讽式的意味。然后，主人公又想起有一次看过电视上的"猜谜游戏，游戏的获胜者可以在疯狂的三分钟内从耸立的纽约商店的玩具部里得到自己能扔进购物筐的所有东西"[②]。这个电视节目无疑是一起消费文化的事件，通过媒体中类似软广告性质的竞赛游戏来渲染获取玩具过程中的愉悦，以激发人的购买欲望，而非宣扬玩具固有的优点和它给人以教育或愉悦的功能。在这里，拥有它或者说购买它的行动成为人需要憧憬的事实。而主人公"鄙夷"自己当时的"羡慕"，因为他意识到消费社会的无聊与虚荣。主人公接着把眼前游戏联想成"一间散发着卫生球味的男厕所里白瓷釉质的纸巾器上的那块潮潮的红色糖果，那霜样的白色樟脑块上暗黄色的尿液"[③]。这里将游戏分别比喻成"樟脑丸"和"糖果"，其逻辑相同——樟脑丸本是卫生间里用来掩盖人类排泄物气味的用品，它对应着游戏被用来抗拒生活之无聊的功能；但樟脑丸虽然能够掩盖气味，却并不能让人们喜欢上卫生间的樟脑丸。同理，卫生间里白搪瓷送纸巾的机器上湿乎乎的红色糖果无法激发人食用的欲望，更不可能给人愉悦。因此，如果生活本身无聊到令人作呕，又如何能够沉溺于作为对现实生活和现实世界之模仿物的游戏之中？而消费社会中玩具的泛滥和推销的无聊把戏，更是加重了主人公对生活无聊和游戏无聊的抵触情绪。

不仅如此，如前所述，叙述者对无聊主体体验的认识不止一次地达到形而上学的高度。比如，叙述者言道："我感到自己迷失在无聊的迷宫中。而这

---

① *PR*, p. 62.

② 同上。

③ 同上。

很奇怪,真的,因为我从未受到明显的缺乏自由之苦。仿佛生活本身就是一种限制,一种怪异的乏味的形式,唯此,则无从逃遁。”[①]叙述者认为,自己饱受无聊之苦,却很奇怪,自己并没有“缺少自由”;其言下之意在于拥有自由与缺少自由同样是无聊的诱因。这正是无聊归因的两种解释:缺乏自由造成无聊,是因为主体处处受限,其能动性被剥夺,永远从事着狭隘的中规中矩的毫无创造力的重复性活动,显然无从逃避无聊的倦怠状态——这一点不难理解;但是叙述者所奇怪的是自己虽然拥有自由却依旧无聊——这一点可能还需要略加解释——因为这种对自由和无聊关系的认识同样与人的主体意识相联系。斯巴克斯就曾经从历史的角度来阐释现代社会的无聊与主体性的关系。她指出,无聊与主体性概念的产生和发展是相伴相生的,随着近代社会世俗化进程的加深,个人的主体意识得以强化,个人要求逃避现存的控制体制:自我为自我立法。但是现代人这种自以为获得了主体性和自由(用叙述者的话来说就是自己并不“缺乏自由”)、自以为可以拒斥外在世界约束的意识,其实只是一种虚妄而已[②]。因为获得了所谓主体性和自由的人在世界中寻找无聊的对立物“意义”时,却受到另外的种种无形的限制——用叙述者的话,正是“仿佛生活本身就是一种限制,一种怪异的乏味的形式”。在现代生活这样本身已经乏味的形式中,如何才能寻找到意义呢?而意义的缺失正导致了无聊的产生。史文德森说:“无聊的前提是主体性,也就是自我意识,主体性是无聊的必要而非充分条件。要有感知无聊的能力,主体必须能将自己看作单独的个体,能进入各种意义语境,并且追求自身与世界的意义。没有这种对意义的追求,便没有无聊。”[③]意义诞生的必要条件是“主体性”,那么其充分条件之一必然是生活和世界本身能够具有“意义”,而不是如叙述者所言的仅仅是一种“怪异的乏味的形式”。如此,在叙述者看来,主体性的缺失与主体性的强化,都会因为乏味的生活形式本身而造成主体的无聊。

本节主要从上述五个角度来论述无聊如何掏空浪漫主义主人公的主体

① *PR*, p. 70.

② Spacks, *Boredom: The Literary History of a State of Mind*, pp. 32～33.

③ 史文德森:《无聊的哲学》, 第 23 页。

性问题，下面笔者将转入美感分析，讨论美感如何构成了浪漫主义主体情感意识中相对于无聊的另一极。

第三节　美感经验与浪漫主义的自我救赎

正如前节所述，无聊构成了《肖像》中主人公意识最重要的一个侧面。无聊，作为现代生活无可逃逸的情绪状态和生存困境，在小说中展现为主人公浪漫主义自我意识的困顿和惶惑，甚至是重大的精神危机。如此深重的危机在浪漫主义者的意识世界中并不罕见，哈特曼就以华兹华斯和密尔为例，说明浪漫主义者从自我意识走向反自我意识的逻辑悖论。他指出，华兹华斯在无休止的自我分析中感到"大病一场"，密尔 12 岁时精神几近崩溃，这种现象常发生于青少年期，特别是即将迈入成年期的人群中，此时自我意识的觉醒会让心灵染上"热病"，"每个意识的增强都会伴随着自我意识的增强，而这种分析容易变成一种'为了解剖而杀戮'的热情"；浪漫主义者在经历这种危机后会换个角度，去抵制无限制的内省，并尝试着在外界中另寻生命的意义，寻求自我和外界新的和解，卡莱尔将这种拒斥无限制的内省称为浪漫主义者的"反自我意识"①。这部小说的主人公反复地叩问自我在这种无聊的生活和宇宙中的价值，分析无聊的自我与他者的同与异，使得自我被空前地孤立起来，主人公的精神疾病已深入骨髓。与之相对的是，小说主人公的感性经验和情感体验的另一面正是主人公为了摆脱这种自我意识的痛苦而诉诸种种美感体验：主人公屡屡在美感和与美感相联系的其他情感如愉悦、忧郁和颓废中寻求新的体验，与无聊构成了张力：美感往往一种成为与无聊共生并常常发挥平衡、治疗乃至拯救（表现为自我意识危机的）无聊的意识要素，在弱化自我意识痛苦的同时构成了主人公意识崭新的另一极。

① Geoffrey H. Hartman, "Romanticism and Anti-self-consciousness", *Romanticism: Critical Concepts in Literary and Cultural Studies*, eds. Michael O'Neil and Mark Sandy(New York: Routledge, 2006), pp. 136～137.

从一方面看,小说所展现的"作为救赎的审美"的逻辑不啻老调重弹。宗教在近代崩溃后,审美作为宗教的替代物,常被认为具有整合人的心理世界的作用,具有超越的意味。席勒指出:"美是精神和知觉之间协调的产物,它能同时适应人类的一切能力的需要,因为它只能在完全而自由地发挥其全部力量的前提下为人所感受,为人所赞赏。为此,人必须具备开放的器官、开阔的心胸和新鲜的充沛的精神,必须集中其全部与生俱来的条件,而绝不能走那些因抽象思维而导致内心四分五裂、让狭隘的生意经束缚了视野的、给吃力的聚精会神弄得疲惫不堪的人的老路。"[①]席勒认为培养自己的审美能力,能够使人避开抽象思维、经济活动(或曰实用理性)的老路。这一思维对后世影响巨大,对美感的强调在浪漫主义作品中更是得到集中的抒写,特别是在唯美主义运动中,或如露丝金强调寄托于自然景色的绘画艺术,或如瓦尔特·佩特崇尚音乐的艺术美,或如威廉·莫利斯等人在不同的地方崇尚的(消费资本生产下的)工艺美等,成为审美能够弥补现代人思维崩裂、拯救其精神异化的解药[②]。这也是这部小说所展现的近代浪漫主义的惯常逻辑。但是从另外一方面看,这部小说也在另一个层次上对这种逻辑进行了反讽式的抨击,要么以美感的难以持久、无聊的永恒回归为论据,要么以新的时代中美感的钝化和衰落相诘难。本节旨在揭示这部小说中审美逻辑的这种双重性。

本节通过细读《肖像》中自然美和音乐美的片段来看作品如何表现主人公浪漫主义的美感意识。浪漫主义文学的标志性主题之一是自然,关于自然的意象和思想普遍地存在于小说和诗歌中:自然或暴虐或柔媚,给诗人以启迪与哲思,可疗人心疾;而人对自然的向往和憧憬,代表着诗人的乡愁,表现为对现代工业社会的反抗[③]。自然与自然之美也在《肖像》中得到集中的表

① 参见张佳珏译:《论天真的诗和感伤的诗》,见张玉书选编《席勒文集》(第 6 卷),北京:人民文学出版社,2005 年,第 150 页。

② Graham Goulden Hough, *The Last Romantics* (London:Methuen, 1961).

③ 关于自然在欧洲浪漫主义文学中的表现的综述,参见 James C. McKusick, "Nature", in Michacl Ferberced. *A Companion to European Romanticism* (London:Blackwell Publishing,2005),pp. 413~432。

现,其典型的片段分布在小说的许多章节。这里在对自然之美的感受上,笔者主要截取小说第二十二章主人公夜游自家庭院的片段加以分析,此处主人公的美感意识主要来自自我对于“月夜”的感知,这同样是浪漫主义文学在描写自然时惯常调用的母题,并借此表现人物意识①。

该章以描写主人公的负面情绪开篇,为其后美景和美感作铺垫和对比:叙述者先叙述随着夏天气温升高,自己开始忍受“压抑感和窒息感”的煎熬,仿佛“夏天所有的光都沉重地挤压着自己”,“一阵恼人的懈怠抓住了我”,自己只能“疲惫地躺在自己漆黑的房间,无所事事地在黑暗中思索(darkly brooding over nothing in particular),厌恶着威廉的声音和院子中妈妈的修剪声”。“直到薄暮时分,我才感到些许的疏解,因为我狂喜于让人窒息的白昼的死亡”;然而“还有一丝躁动难安在那,甚至随着夜愈深而愈发强烈。我渴望着能挣脱自己的身体——这令自己难受的所有感觉的来源。我渴望逃脱、渴望消融、渴望死去,渴望感到我整个存在的奇迹般地膨胀——而只有我的身体才是阻止这一切的障碍。啊,我感到窒息、被压垮了”②。这一段高密度地集聚了许多表示负面情绪的词:主人公白天忍受着一种“压抑感和窒息感”、他感到“挤压”“懈怠”“疲惫”“厌恶”和“难堪”,最后是“窒息”“被压垮”,既说明主人公此时紧绷的情绪,也说明主人公如此强烈的负面情绪的诱因,仅在于夏日气温的升高,甚至光线都能“沉重地挤压”他——这里将“挤压”与光线相联系,是种较罕见的搭配,光线可以照射,甚至灼伤,但罕有“沉重地挤压”——“挤压”是个动词,它具有力度,甚至带有暴力,它给人危险性的感觉要远甚于其“照射”;而光线的灼伤也会有伤害,但显然只会造成皮肤上的浅层伤害;而挤压(“press”)甚至可以伤及身体内部。与主人公相比,母亲和威廉的正常活动,则反面说明实际上天气状况并不如叙述者所言的那么不堪、无法忍受,从而凸显了浪漫主义的主人公惯常敏感的精神气质。主人公接着描述其对“薄暮时分”的好感,说明昼夜转换之时是他自身情绪转折的临界

① Lilian R. Furst, “Lighting up Night”, *A Companion to European Romanticism*, ed. Michael Ferber (London: Blackewll Pubishing, 2005), pp. 505～521.

② *PR*, p. 71.

点，因为只有到此时他才感到“疏解”，对“让人窒息的白昼的死亡”感到“狂喜”。浪漫主义者的这种感知并不罕见。王尔德也对薄暮时分有着类似体验。他说：“黄昏时分，自然才发挥它神奇意蕴的效能，它不无可爱之处”，而此时自然的“主要功能正是说明诗人名句之美妙”。米勒高度重视王尔德的这句话，认为黄昏作为夜晚来临在时间上的标志，对于浪漫主义诗人关于夜晚的想象具有举足轻重的作用①。叙述者虽然在傍晚的感觉并没有米勒论其他诗人和艺术家的诗句之精妙，但其情感变化的节奏依然吻合。文中，随着时间的推进，到“夜愈深”的时候，主人公“躁动”的“渴望”爆发了，并表现为浪漫主义者的超越精神：他渴望“逃脱”、渴望“消融”、渴望“死去”，渴望“感到我整个存在的奇迹般地膨胀”，甚至是逃出“自己的身体”，这是对现实的抵抗和逃遁；很容易让人联想到济慈《夜莺颂》中描写自己在黑暗中谛听夜莺的歌声，希望自己能“隐入那幽深的林木”，甚至“几乎坠入了死神安谧的爱情”的意境。主人公白天受高度压抑的自我意识在黑夜里得到了疏解，并表现为他对死亡的神秘渴望，渴望着消融在这黑夜中，或者说放弃生命，也即放弃自我意识。

接着，叙述者叙述自己在某个夜晚，从床上坐起，推开窗帘，所看到的景象：

> 这是一个你在特艺彩色电影中才能看到的色度饱满的蓝色的夜，此时夜的世界宛若深度浸染的白昼。枫树直耸入蓝晃晃的天；空中，一轮白得刺眼的圆月，伴着薄蓝的淡影，仿佛已将一切的黑暗烧尽。懒洋洋的云彩自下午就逗留在此，仍在四处静谧地流淌着，被点染成亮丽的蓝灰色。月亮泻下一道蓝白色的强光，照入这谜样

① Christopher R. Miller, *The Invention of Evening: Perception and Time in Romantic Poetry* (Cambridge: Cambridge University Press, 2006), p. 1. 米勒的这部著作主要分析了英国文学中柯勒律治、华兹华斯、雪莱和济慈的“夜晚”的意象和母题，特别具有启发的意味。但是有一处问题是，虽然在前言中他标举出全书将讨论“晚上(evening)”这一傍晚和“夜(night)”之间的时间段的特殊性作为浪漫主义文学的母题，但在讨论雪莱和济慈时却屡屡集中讨论“夜(night)”的意味，与前言的主张发生矛盾；但是其对“夜”的讨论确有可观之处。与本书这里讨论的“夜”有进一步互相发挥的余地。

> 的庭院。一根横着的枫树枝条黑黑地直压蓝天，枝上干净地吊下两根秋千索，木座上月光闪烁，印烫着那叶荫斑驳的清晰图案。草坪成了一幅由油亮的绿草和黑色的叶影画出的棋盘，窸窣着。这个夜的世界看来是那么的凉，如此的蓝，仿佛它就是天堂里深蓝的叶荫下享受着蓝色荫凉的藏身地。在这带有蓝色阴影的月亮放射出的凉爽灼光下，我感到自己从黑色中融化出来，融入这深蓝色的光辉中……[1]

在上段中主人公抒发了自己渴望逃脱、渴望超越肉体的冲动后，此段描述主人公在某夜突然发现外面呈现出如此美丽的景致。这一美景，作为外在的客观物，其存在经由主人公的意识并由叙述者的表述而得以呈现，叙述者的描述以色彩为支撑点，具有极佳的视觉体验。画面有意过滤掉各种凌乱杂色，以蓝色为主调，将不同色度的蓝——艳蓝（“蓝晃晃”）、薄蓝、深蓝——与黑（的枝和叶影）、白（的云和月）、绿（的草）等辅色调进行混搭或融合（如蓝灰、蓝白），获得一种既在主色调上有色度的级差区分，又兼具辅色调的有机衬托，且能保持画面总体上高度纯净的构图效果。浪漫主义者认为，对于色彩的描写和调用很大程度上取决于调用者主观上的感受，而非对真实的模仿。艾迪生（Joseph Addison）在《现代的伟大发现》中说道：“想象力所捕捉到的光与色，只是思想中的概念，并非在物质中存在的特性。”[2]露丝金如此谈论艺术作品中的颜色：“颜色通过它所激发的情感具有象征性的作用”，颜色本身是直接的印象，唯有通过感情，或者说唯有通过对意义的主观经验，否则“无从翻译”[3]；艺术家对颜色的印象和感受虽然是由颜色激发的，但是其独有的对颜色的把握已经超越了客观存在的外在颜色本身，而这种主观把握主要受人物情感的支配[4]。这里叙述者描绘的是自己当时感受的如画的色彩，与其说反映了外在的真实状况，毋宁说反映了主人公作为浪漫主义者把

---

① *PR*, p. 72.

② 转引自 John Beer, *Romantic Consciousness*: *Blake to Mary Shelley* (New York: Palgrave Macmillan, 2003), p. 61.

③ Beer, *Romantic Consciousness*, p. 17.

④ 同上书, pp. 17～22.

握自然界的主观意识，正是这种意识使得外界的色彩呈现出如此纯净的、扣人心弦的美。同时，这幅画在线条的使用和动静的协调上也不无特色：空中月的静景与云的流动相对比，月光的照耀这一本是无形的动作被化作倾泻的有形动作，另外还有秋千的静止与木座上月光的闪烁、草坪作为棋盘的静止与草的窸窣的动态互相映衬。最后，主人公感到在这月光下自己"从黑色中融化出来，融入这深蓝色的光辉"，这里所用的"融化"本意指固体转化为液体，此处比喻自己脱开自己身体的固定形态，融入蓝色的美景中，事实上呼应了前一段结尾处自己渴望逃脱、渴望离开身体束缚的冲动。美景与美感成为救赎自己的可能。

接下来的这段中，主人公"哗啦一声放下帘子"，坐在床上，"突然生出一种由于渴望而生出的兴奋"；他"抱紧自己的膝盖""长时间地这样坐着""恐惧地听着，因为欲望竟然仿佛嘈杂得直闯入噤声的黑暗小天地(the very desire seemed a noisy intrusion into the hushed domesticity of the dark)。黑的墙壁、黑的窗户、沉睡的房屋那黑的沉寂，仿佛从四面压了过来，温柔地合谋，阻止我去历险"[1]。这里，主人公放下帘子后，"抱紧自己的膝盖"，开始从上段中恢复了对自我身体的感知。随后，主人公的心绪转入矛盾的状态："黑的墙壁""黑的窗户""黑的沉寂"代表着人在夜间室内的惯常体验，"黑"的重复具有象征意义，代表着日常、刻板、没有变化的夜间生活状态；让主人公感到"恐惧"的是"仿佛欲望嘈杂得直闯入噤声的黑暗小天地"，"闯入"是一种由外而内的活动过程；这里可以看作与上段中自我融化到外部的蓝色世界有关，仿佛刚刚脱去形体的欲望再次回到室内，并感知到自我的身体和室内的周遭环境；两者发生了冲突和矛盾。毕竟欲望只有依附于身体本身，才能作出行动，然后，主人公只有通过走出室外拥抱自然来满足欲望。

于是，主人公迅速披衣，接着在下一段中叙述者连用四个"轻柔地"领起四个分句，叙述自己如何最终走入"一个光辉夏夜里温暖的蓝色空气中"，并用自由话语感叹道："啊，这蓝的夏夜，雪的月……啊，这深蓝花园的月之华。"接下来，便是主人公夜游花园的一个小高潮——荡秋千的描写：当主人公"踮

① *PR*, p. 72.

着脚”走入庭院：

> 影子在我身上荡漾，当我在荡漾的影中穿行时，仿佛我自己也在荡漾着；仿佛我就要消融在这月色中。黑色的篱笆外，蟋蟀在喧闹。鬼影般，我滑行着——啊，不具身形地滑行着，滑到花团锦簇的秋千上，坐下。两边望去，我确信左邻右舍的房屋都是黑的。①

这一段描写，将外在的美景对主人公的感官冲击和个人的自我想象推向了小说中的一个高潮，极为精妙。叙述者先将“影子”比喻为水，影随风动，故而影子在“荡漾”；进而“影子”所代表的自然事物与自我合二为一：我也如影子，也具有水的个性，也在荡漾中（“仿佛我自己也在荡漾着”）；如此，叙述者在很短的几个字中用两个比喻（影子与水，“我”也随影荡漾）叠套使用，来形容他对自我置身于此景的感受；上承前面的小句中“水”的比喻，当叙述者说自我仿佛要“消融在月色中”时，给人以朗月照水波的联想：自我已融化在这月亮朗照的、荡漾的水波中，美景融化在自我里。然后，叙述者将叙述由视觉和动作转为听觉——“蟋蟀”的喧闹，这也是夏夜描写经常调用的意象；接着，叙述者转入对自我动作的描述：“鬼影般”“不具身形地”两个词，既呼应前两段渴望挣脱自己肉身摆脱此世界的冲动，也具有哥特式的超自然意味，同时说明自己动作之轻，与蟋蟀喧闹形成对照。然后，主人公在“确信左邻右舍的房屋都是黑的”后才肯荡秋千，其意识动机或则可能暗示希望自己的动作保持隐秘的状态，维持着上句中传达的神秘气息，希望自身的举动与周遭的氛围保持一致的情调；或则可能暗示自我与他人不同，自我对美景的享用此时完全是个人的私下体验，“我”对美景的欣赏，“我”在美景中荡秋千的享受，仅仅是为了我自己，无须或不用周围人的见证和欣赏。

接下来，叙述者描写的荡秋千的场景具有戏剧性的诗意：荡秋千这种童趣十足、活泼动感、摆动幅度大的游戏与本来就美好静谧的夜景形成了互为衬托的质感：

> 然后，轻轻地，轻轻地，我开始荡起来，脚蹬着这块光秃秃的木

① *PR*, p. 72.

板，悠过我儿时熟悉的弧线，后仰着，两腿向上奋力跷起，荡漾过叶荫和枝影，荡漾进月的空明，越荡越高，高而复高，还高，再高，高到那弧线的顶端；一刹那，时间羽化，我停下来；然后迅疾地、轻柔地、心醉地回落；再荡起来，越高，又高，还高，再高，突然间我松开手：就如同一个新闻短片中，某个动作突然停下，一位篮球运动员静止在空中，弓着背，胳膊奋力上举，指尖擒着一只沉甸甸的篮球，一瞬间，我也被孤悬着交付给了这个如画的夏夜的蓝色辉质：在我身后，空下的秋千尚未落回：月光中，我一动不动，在半空中慵懒着，化为一片仅仅唤作格尔穆的羽毛：但篮球依然要从活动的指间溢出，运动员依旧要落下；猛地我扑下来，一双运动鞋沉重地砸向地面，双膝弯曲以减轻落下的力度。我轻轻地向前跌去，两掌摊开，然后翻身躺下。秋千跃起，在沉寂中猛地划过一道弧线。我向上盯着明晃晃的月，仿佛它也在蓝灰色的云丝中疾驰，划过了一条硕大的弧线。[①]

叙述者描写荡秋千先以“轻轻地”修饰动词，然后以“荡漾过叶荫和枝影，荡漾进月的空明”，将幅度逐渐加大，并保持着刚开始的诗意心境；然后通过8次重复 higher，将荡秋千越来越紧凑的节奏凸显出来，而回落时仅以“迅疾”“轻柔”“心醉”3 个副词修饰，与秋千向上跃起的动作形成了一张一弛的对比——用语简洁、结构紧凑，仅用一个分句就起到非常好的表达效果。即便如此，这里荡秋千的写作可以称美、称简洁，但不可称奇称新。作者对主人公从秋千上跃下的安排，以及在跃下过程中篮球运动员扣篮动作在头脑中闪回的对比，使主人公的意识呈现出若干新鲜的元素：主人公从秋千上松手跃下的过程中，自我意识在当下的动态和新闻片静止的画面中切换，主人公松手的一刹那，头脑中将运动员和自我在空中的场景同时停滞下来：主人公“被孤悬着交付给了这个如画夏夜的蓝色辉质”，他“在半空中慵懒着，化作一片仅唤作格尔穆的羽毛”，这里叙述者将自我比喻为羽毛和给外在环境赋予如此饱满的色度，使得主人公身处的此情此景充满诗意，相较之下对篮球运动的描述则更为新闻化、现实化；主人公化作“羽毛”的比喻和空中“慵懒”的状

① *PR*, pp. 72～73.

态与运动员紧张的运动状态（“弓着背”“奋力上举”）形成对比。叙述者在叙述篮球运动员和自己回到地面时分别采用的不同用语：“落下（drops down）”和“扑下（plunged）”，显然是以篮球运动员的动作来衬托自己下跌动作的猛烈，而后一系列动作和副词的描写（“砸向”“减轻”“摊开”“轻轻地”“跌去”“翻身躺下”），说明自己化险为夷的干净和利索。与新闻片中运动员的投篮处于摄影镜头的监视或观众的注目之下不同，主人公此时的意识中则是将自我作为自我的观察者和欣赏者。及至最后跃下，叙述者对自己矫健动作的描写，不乏自恋般的炫耀。值得注意的是，主人公意识中闪现的篮球运动员的形象，具有强烈的时代特色。当代体育产业是属于消费经济形态下的行业，新闻业对篮球等项目运动员的报道不乏带上了英雄主义的色彩，在连篇累牍的渲染和宣传下，这些球星仿佛正是古时的骑士在现代社会的投胎转世，成为万众瞩目的焦点，主人公在如此美好的夜景里荡秋千时脑海中映出了篮球运动员的形象，其目的虽然不乏更加突出自己的敏捷，但是两者形象之所以能够发生关系，仍然是因为这个消费时代关于篮球运动产业的报道对主人公意识的引导。主人公具有当代人的自我意识和审美意识，或者说在享受美景时的自我意识依然无时无刻不受着大众传媒的影响和操纵。

弥尔豪泽所描写的这个当代的浪漫主义的自然美景，与 19 世纪的浪漫主义自然景物描写最根本的区别莫过于其“自然超自然主义”的完全隐匿与消退，亚伯拉姆斯在探讨浪漫主义哲学和文学表现的自然观时指出，这个时代的思想和文学中有许多最具特色、不断复现的要素都起源于基督教的概念、意象和情节模式，它们被翻译成“自然的伟力下自然的事物”，它们生活在“我们所有人的世界中，正是在这里，我们最终发现了快乐，或者什么也没发现”[①]。自然的神性是贯穿于华兹华斯、柯勒律治、雪莱等诗作的一根红线，用卡莱尔的话就是“自然的超自然主义”，也即这些浪漫主义诗人的作品“以不同的方式、在不同的程度上将超自然的东西自然化，将神性的东西人化”；这种思维甚至延续到了 20 世纪的大诗人斯蒂文斯，他认为现代诗歌的目的

① M. H. Abrams, *Natural Supernaturalism: Tradition and Revolution in Romantic Literature* (New York: W. W. Norton, 1971), p. 65

就是要将圣经的场景、事物和语言转化为"在寻找满足过程中的心灵的诗"[1]。自然的美景此时在弥尔豪泽笔下的主人公视野下，已然完全脱去了宗教意味；几乎只与主人公无宗教的主观心境构成了关联。可能有部分这方面的原因，弥尔豪泽笔下的这位浪漫主义者对自然之美的感受缺乏持续性，在该章这段夜景的描写后，主人公走出自家庭院夜游威廉家，黑暗中闯入他的房间；几天后威廉也夜里来游，此前主人公望着窗外，对夜晚的描写是："相同的老枫树耸入相同的蓝天，老云彩精疲力竭地飘着，同样的老秋千，疲倦得无法抱怨，无精打采地从无聊的枝条上挂下来。甚至蟋蟀还在疲乏地奏着琴，用口袋里的手绢擦着自己的额头。我长久地、专注地、毫无兴趣地打量着天地间的无尽的陈腐。"[2]景色依然相同，但由于主人公心境的变化，给每个事物所添加的负面修饰语都是主人公移情的结果。这说明了在当代如果外界的美很大程度上完全依靠浪漫主义者自我的心绪，那么如华兹华斯等那样的经典浪漫主义者从外寻求内心的永恒宁静的努力已不可能。

与第二十二章自然美相对，笔者接着挑选主人公与菲利普斯共同聆听音乐的片段，说明主人公对于音乐美或艺术美的感性认识，也说明浪漫主义美感体验和审美意识在当代的局限性。在此，笔者首先将焦点放在菲利普斯给主人公播放音乐片段描写上，采用细读法来看主人公对音乐美感体验的细腻和复杂，然后引用本雅明的技术复制时代有关艺术品的论述来看这种美感的时代局限性。

小说在叙述主人公听音乐的感受时，先是说明唱片沉寂一会，然后：

> 从这静默中涌起了一支横笛的曲调，黑暗、幽怨、孤独，仿佛自迥远处传来，给我注入了无法平静的痛楚。我渴望能在那永远地扼住这音乐，我渴望它的曲调能穿透我，就如同水流穿透林木，直到这个木头的每个鲜活的星星点点都化成石头的微粒；但几乎立刻，这曲调又梦幻般地向下荡漾开，短暂地休止，再向上攀援到第一处栖息地，只是为了再次向下荡漾开，而后能量慵懒地发力，颤悠悠上到

① Abrams, *Natural Supernaturalism*, pp. 67～69.

② *PR*, p. 78.

> 三个音符的拱门顶——一处更高的栖息地，然后猛然下沉，在此纠结了片刻后，又飞跃上另外三个音符的拱门顶，并瞬间融化在竖琴弦的震颤中；此时，远处，管乐的回音响起；尽管在这困倦、梦幻、消融的农牧神音乐世界里，确实也有着闪烁的热波和深绿的叶荫，它突发的暴力消融在倦怠中，但我聆听着，只为那黑暗、幽怨、孤独的笛音的归来，而它仿佛总要即将出现；但整个乐曲仿佛又只是池塘中一个不断破碎的影像，它扩散成一千个波光粼粼、颤颤巍巍的小点，又开始徐徐地、抖动着凝聚起来，只是为了被再次挣开；此时，我的太阳穴轻柔地鼓动着，我的神经紧绷着，我等待着，等待着那黑暗、幽怨、孤独的笛音，等待着、等待着那总在迫近的时刻；它总在那里创造着我的欲望，总在那儿增强着我的欲望，可又随着我的每次心跳，愈发地显得无从满足我的欲望，直到我的欲望的重压本身仿佛已经构成了阻止欲望实现的力量；等待着，等待着，我的太阳穴轻柔地鼓动着，我的神经紧绷着，带着耐心的兴奋，几近于苦痛，终于，乐器停奏，在那感官的静穆中，我再次听到那黑暗、幽怨、孤独的笛音；一种痛楚的甜蜜、一种销魂的哀愁、一种狂野的静谧、一种宁静的绝望扎进了我的身体。啊，焦躁不安地无精打采地渴望着不渴望，困倦的迷狂，发烧的遗忘……①

这一段把主人公对音乐的感受描写得极为细腻。曲调刚开始，一支横笛给"自己"注入了"无法平静的痛楚"，然后在表达主人公的渴望时，叙述者用了水流、木头和石头三者的关系来比拟自己的感受：水流比喻音乐，木头比喻自我，石头是希望沐浴在音乐之中能达到的状态。面对刚开始演奏的音乐，主人公就希望"遏止"它，希望它既能够将它唤起的那种痛苦的美永恒地充盈着自己的身体，并且如石头般的永恒固化；但这个比喻的含混处在于：由于石头是没有感情的，这个比喻另一种可能的言下之意是，渴望这种美的痛楚彻底地击穿自我，使自我的感情麻木，从而摆脱如痛苦和欢愉这样的任何感受，即能超越情感。如此，对主人公而言，这种美的感受一开始就出现了矛盾的

① *PR*, p. 105.

悖论：他渴望音乐的美带来的痛苦，又潜在地拒斥美的痛苦，希望它既能达到顶点，又能麻木感官。而这段音乐的精妙在于，仿佛它在刺激主人公这种悖论式的渴望后，故意无视他的渴望，继续沿着自己的路数来推进乐曲，用新的形式逗引主人公作为音乐倾听者的欲望。接下来的分句对音乐的描述从“几乎立刻”开始到“融化在竖琴弦的震颤中”，叙述者采用了水流（“荡漾”）和拱门的比喻来说明乐曲经历了三下三上的运动过程，水自然下流时荡漾的回旋和曲调攀援上升的逆向行动，构成了回环往复的动感；词语的重复与替换，在精确的修饰语和近义词细微差别的配合下显得毫不单调和累赘。竖琴音消退后管乐的响起，给读者明确点明这首曲目是多种乐器合奏的多层次乐章，管乐让主人公联想到“农牧神”“热波”和“绿荫”，说明主人公对于管弦乐器音色的体验和对乐曲结构（“热波”与“绿荫”）的把握之精准。管乐的热度熏染激发起主人公对横笛清凉音色的渴望（“我聆听着，只为那黑暗、幽怨、孤独的笛音的归来”）；但乐曲又仿佛有意与自我的期待游戏，保持若即若离、将至未至的悬疑。叙述者紧接着用了池塘中影像的比喻：把乐曲比作池塘中的一个和一千个影像之间的扩散和聚拢，通过其反复“聚集”再被“挣开”的描述，把音乐翻译成光与影各种图像的连接。这种影像运动的画面以光的聚散给人视觉上的刺激，让人陷入迷离朦胧的恍惚状态；光线的强烈与他所渴望笛音的黑暗形成对比，光线散发的热度与笛音的清凉（“黑暗的”）形成对照，光影在一与一千之间的变换、繁多、散乱和不稳定与笛音的纯粹和孤独形成反差。然后叙述者讲述主人公等待的焦灼（“太阳穴”“神经”），而且乐曲的进程和等待的焦灼使得自己的欲望在悖论式地成长：乐曲滋生、增强着欲望，仿佛又无法满足，甚至在阻止欲望。叙述者接着又从对自己欲望的反思再次转为对自己等待时焦灼感的描写（“太阳穴”“神经”），至此，叙述者已经使用三组六次的“等待”说明心情的迫切。最后，全段结束于横笛给自己带来的极为复杂的感官享受：“痛楚的甜蜜”“销魂的哀愁”“狂野的静谧”“宁静的绝望”“焦躁不安地、无精打采地渴望着不渴望”“困倦的迷狂”“发烧的遗忘”，从而将这段对音乐审美体验的描写推向高潮。值得注意的是，尽管主人公在这一段中表现出了对乐曲结构和层次的敏锐感知，但是其注意的焦点始终放在“等待”和最终享受那支笛音的美感享受上。这种对于笛音的迷恋，一方面当然可以从乐曲创作者的立场推想，这首乐曲本身就是为了激发或者操控听者的这种意识，为最终笛音的出现作铺垫，主人公也的确深受其影响，出现相应的反应和心境；但从另一方面理解，这或许不无反讽意味，主人公的审美过程主要以主观的享受为皈依，它近乎压倒对曲调的客观、完整、理性的理解。当主人公只为了求得那种“痛楚的甜蜜”“销魂的哀愁”“狂野的静谧”“宁静的绝望”和能“扎进”自己身体的感受时，那么这种只求感官刺激或愉悦的浪漫主义主体的审美体验，不可避免具有一定的狭隘性。

需要特别指出的是，弥尔豪泽这段对音乐的描写有其特定的情境框架，那就是本雅明所谓“技术可复制时代的艺术品”。小说在进入该段描写前，以留声机上的指针划过唱片发出的“短暂的大声的呲呲啦啦声”（“a brief loud scratchiness”）开始，曲罢又以“在两点不同的高音点上发出呲啦的回旋声”结束[①]，并在每次播放音乐中不忘重申这一特性[②]，这样的噪声无疑与乐曲悦耳的美妙形成极不和谐的对比，凸显了主人公艺术享受的技术条件和时代背景。本雅明说：“正如整个人类的集体生存方式随着历史时期的变化而变化，人的感知方式也发生变化。”[③]在这样一个传统艺术灵韵凋零的时代，大量的复制品代替了原件的独一无二的存在，原作的独特个性被抽取出来大量复制，从而丧失了传统艺术的神圣，改变了艺术在社会中的功能，以及艺术与人的关系[④]。唯美主义者佩特所崇尚的音乐在审美形式中所拥有的独一无二的至上性，因为音乐欣赏在消费时代的今天被普及，也被剥除了它以往的崇高性，在千篇一律的产品中人的美感体验也同样被批量地生产着。但也不应该忽略这种机械复制时代的艺术传播者具有民主化的特点，使得以往为贵族或中产阶级享受的美感被迅速普及到社会各个阶层，甚至只要技术条件允许几乎不受时间和地点制约。这一特性也有利于它熏陶着小说中的小主人公

① *PR*, pp. 105～106.

② 同上书，p. 119.

③ Walter Benjamin, “The Work of Art in the Age of Its Technological Reproductivity(3rd Edition)”, *Walter Benjamin: Selected Writings, Vol. 4, 1938～1940*, trans. Edmund Jephcott and others, ed. Howard Eiland and Michale W. Jennings(Cambridge: Harvard University Press, 2003), p. 255.

④ 同上书，pp. 251～283.

和其挚友等浪漫主义者的审美感受。值得一提的是，这里主人公从音乐中享受到的美感与济慈的《夜莺颂》中的美感有相似之处，但又不可相提并论：前者是技术复制时代下，人在欣赏音乐中体验着美感，而济慈的诗歌中聆听到的夜莺歌唱则属天籁，全赖机缘，无从索取。但小说这一段中主人公所经历的各种审美体验和情感状态：焦灼、疏解、迷离、渴望、困倦、孤独、幽怨、痛楚、梦幻、热度、清凉、欲求、耐心、静穆、喜悦，乃至最后“扎进”自己身体的“痛楚的甜蜜”“销魂的哀愁”“狂野的静谧”“宁静的绝望”在济慈的诗中也都有不同程度的表现。济慈在这首诗的开篇就言道“我的心疼痛，困倦和麻木使神经痛楚”（第1至2行），因为夜莺歌唱的欢乐使得他“过分地欣喜”（第6行），使他在“隐遁”中“忘却疲倦、病热和烦躁”（第23行），使他憧憬着能离开这个世界的“哀愁、伤悲和绝望”（第27至28行）。诗人甚至在谛听中感受到了“几乎要跌入死神安谧的爱情”中（第52行），感到“心醉神迷”（第58行），渴望着自己“停止呼吸”（第55行），夜莺离去时自己又回复到的“孤寂的自我”（第72行），陷于自己究竟是“醒着”还是“酣眠”的疑惑（第80行）中[①]。两者在审美中都同样感受到那种如痴如醉的情感状态，在欣赏中感受物中有我、我中有物、物我两忘的境界，这些情感的糅合正是由施莱格尔提出的，并由尼采发扬光大的西方酒神精神的写照。虽然叙述者在这里对自己美感经验的叙述确实无法与济慈的这首名诗相比——读者在后者中读到的是济慈将自然界那种不可凑合的天然之美转化为类似于人类音乐艺术之极致的美，感受到的是诗人的想象力在自然和神话世界中尽情驰骋的无限宽广的自由度，体验到诗人徘徊在生死之间时情感的深刻，并同情诗人因为遭遇这天籁而特别感受到的生命的局促和企图超越之的呐喊——但是毕竟小说中这种技术复制时代的产物给主人公这位当代主体还是提供了暂时摆脱枯燥、乏味、无聊的一点点出路，只是主体在欣赏时关注的只是感官上的愉悦，而欠缺了理念上的自

① 译文选自屠岸译，《夜莺与古瓮：济慈诗歌精粹》，北京：人民文学出版社，2008年，有改动。

觉,故而其愉悦的持久性非常短暂[①]。

从上面的分析可以看出,无论是在自然美中还是艺术美中,小说中浪漫主义的主人公都获得了完全不同于无聊的情感体验和意识内容。在无聊的体验中,个体和外界产生了强烈的对峙,主体感到焦虑、痛苦、虚空;而在美感的享受中,个体和外界处于融洽的状态,个体在经历了各种与美感相关的情感体验时,甚至能感到自身和外在世界完全融合在一起,感受到那不尽的圆满、幸福和愉悦。美感和无聊形成了对立的两极。无聊所激起的主体的感受正是克里斯特瓦的所谓"卑贱"(abject),是当外在的卑贱物"既乞求主体,又碾压主体时",主体则在"疲倦于认同外在的某物而无果的同时,感受到内在的无法忍受",感受到自我"不过正是这卑贱物而已"的心理状态。而"自我的卑贱是经验主体的最高形式,在这一过程中揭示出所有的客体都是基于原初的缺失,正是这种缺失构成主体存在的基础"[②]。主人公在其人生历程中反复感受到无聊给主体带来的从厌倦到麻木、到作呕乃至最后疯癫失智的感受,主体呈现出空洞、无意义、卑贱的境地。而与之相应的是,有时处于浪漫主义的审美立场和审美感受的主人公,一方面借由艺术和自然之美,给主体的自我注入了充实、有意义的内涵;另一方面则宣泄、净化了其原本的卑贱感,使得主体在纯净又神秘的领地中,审美感受使得主体意识屡屡升华净化,为主体获得了肯定意义。但是小说叙事所展现的悖论在于,这种美感体验从来都是无法持久的,总归要结束:正如济慈诗歌的结尾中夜莺的飞去和隐遁毁灭了诗人的期望和幸福,小说中主人公在聆听到音乐的终结时,对美感虽然心怀眷恋但却无法挽留、停驻,且不得不去重新体验日常生活中更深层次的无聊,甚至最后在游戏中目睹自己的伙伴因生活中不能承受的无聊而自

① 当然对这里主体的审美感受的短暂、不持久性的分析也可以反过来援引阿多诺对于现代音乐工业的生产及其消费的批判的观点,即认为现代的音乐生产对于作为欣赏者的主体产生的作用:虽然从单个个体来看仿佛能起到解放性的作用,但是从总体来看,个体对音乐的反应事实上呈现千篇一律的特点,主体实质上被现代音乐工业痴呆化。参见杨小滨:《否定的美学:法兰克福学派的文艺理论和文化批评》,上海:上海三联书店,1999 年,第 120～130 页。

② Julia Kristeva, *The Power of Horror: An Essay on Abjection*, trans. Leon S. Roudiez (New York: Columbia University Press, 1982), p. 6.

杀。弥尔豪泽的《肖像》就是通过叙述这样一位浪漫主义主体的意识历程展现出当代主体普适性的困顿。

本章主要讨论《肖像》中的主体意识，从无聊和美感这两种情感形式出发，看小说中的浪漫主义主体在后现代社会现实下如何走向解体和空洞的历程。下一章将转入主体和意识形态的关系问题。

第四章 《马丁·德赛勒》中意识形态作用下的主体寓言

学界现有 4 篇论文，从不同的角度讨论了《马丁·德赛勒：一位美国梦想家的传说》(以下简称《马丁·德赛勒》)的若干主题。尤多·赫伯尔挖掘作品中技术革新作为美国文化特性的主题，将主人公建造的"大宇宙城"(Grand Cosmo)视为 19 世纪和 20 世纪之交美国人在技术和展馆两方面兴趣的融合，前者表现为大规模的建筑和交通建设，后者则特别表现为以芝加哥世博会为代表的展览馆产业；技术与展馆的融合产生了建筑物奇幻的艺术效果[①]。阿瑟·萨尔兹曼分析了德赛勒"大宇宙城"的建筑特征，挖掘其空间中的各种二元关系，将小说界定为用后现代手法叙述美国文化如何实现技术崇高的寓言[②]。阿里希塔·罗得居从小说中描述"大宇宙城"的语言入手，借鉴弗洛伊德关于"怪诞"(uncanny)的研究来说明"大宇宙城"的建筑特征；以托多洛夫的奇幻文学论说明小说的奇幻色彩[③]。南希·巴瑞诺聚焦于小说中的若干片段，如旅馆的管理等，与德莱塞小说中的相似场景进行互文阅读，

---

① Hebel, "Performing the Spectacle of Technology at the Begining of the American Century", pp. 192～211.

② Salzman, "A Wilderness of Size", pp. 589～616.

③ Rodriguez, "Architecture and Structure in Steven Millhauser's, *Martin Dressler*", pp. 110～126.

挖掘两者之间的联系[①]。这些论文对这部小说的若干侧面进行的主题阐释，对于我们理解这部小说的寓意和思想有着重要的意义。但遗憾的是，这些解读并未建立在对小说总体叙事结构的把握上，而是从文本的局部片段生发开来。四位批评家都没有注意到作品中空间的变化、建筑生产和技术的宰制所隐含的资本逻辑和作为意识形态的“美国梦”对主人公潜移默化的控制。对于尤多·赫伯尔而言，马丁·德赛勒的事迹标志着美利坚民族在技术崇高方面达到的诗学高度，对作品结尾处作者反讽式笔法的寓意重视不足；阿瑟·萨尔兹曼基本上抵制了政治经济学角度的阅读，从小说中的空间，特别是将旅馆体积的不断庞大解读为表现美国人民的“出生权和命运”[②]的隐喻；阿里希塔·罗得居完全漠视小说的史实基础，单纯从托多罗夫关于奇幻文学的界定和弗洛伊德的若干论述出发，单向度地强调作品的奇幻色彩，而漠视了作品的写实与梦幻的平衡，特别是梦幻的现实象征意义与批判意义。南希·巴瑞诺对这部小说与德莱塞小说相似场景的解读非常具有启发意义，但是两者的差异性，特别是形式上的差异，还有待进一步挖掘。

笔者认为，《马丁·德赛勒》最核心的本质在于它展现出了“美国梦”意识形态操纵下的主体命运。一方面，它继承了“美国梦”的叙事传统，其关注的中心回到了“美国梦”所牵涉的意识形态和主体关系这一问题，而这是触及美国文化内核的文学-政治-文化命题；另一方面，作者巧妙地利用时空体的叙事，用一种新的方式解构“美国梦”的逻辑，在强烈批判这一意识形态的同时，表达了对个人主体命运的深刻关怀。本章在解读中，从形式和主题两方面入手，以“美国梦”的叙事传统为背景，借鉴关于主体性的意识形态理论，探讨这部小说所参与的文学与政治互动。研究中，以詹明信“叙事作为社会象征行为”的基本立场来考察“美国梦”的文学表现，特别考察这一传统与美国主流的意识形态所呈现的既同构又对抗的二元关系，看这一关乎主体的叙事如何先是维护而后又去解构“美国梦”意识形态。本章重点分析小说如何将美国梦的母题在文本中具象化为资本增殖这一主题，挖掘其中内隐的叙事逻辑并

---

① Barrineau, “Theodore Dreiser and Martin Dressler”, pp. 39～40.
② Salzman, “A Wilderness of Size”, p. 590.

与传统文本进行对比。这部小说通过资本和梦想互为交织所展现的内在逻辑:即使以主人公为代表的美国个人主体,其职场行动完全符合资本的逻辑,其人格完全符合美国文化的理想人格;即使能够长期在商业上取得成功,但最终依然会跌入资本恋物的陷阱,从而导致其梦幻的破灭。

本章第一节为引论,首先阐释作为意识形态的“美国梦”及其与主体的关系,并以“重复”为切入口考察《马丁·德赛勒》的情节与“美国梦”叙事传统几个文本的对比,以凸显小说表现的意识形态与从事资本生产的主体之间的关系。第二节诉诸叙事理论中人物和人物塑造的概念,以富兰克林和爱默生的相关论述为标尺,通过与传统叙事文本片段的对话,揭示小说在主人公性格的层次上展现出承认“美国梦”真实性的叙事逻辑。第三节讨论小说中的时空体,说明主人公梦想的破灭,根源在于跌入空间的恋物这一陷阱,从而展现出该小说反“美国梦”的叙事逻辑。

第一节　作为意识形态的“美国梦”、事件的重复与资本的逻辑

本节首先将“美国梦”定义为一种意识形态,指出其在美国文化、社会和文学中发挥着意识统和的功能;然后考察《马丁·德赛勒》中的情节叙事的特征,认为小说中单调的重复循环构成了资本增殖的寓言,呼应了“美国梦”叙事传统的惯常模式。在分析小说的重复时,将这部作品与德莱塞的《欲望三部曲》等几部作品进行对比,指出这些作品在各自使用“重复”的写法上造成的主题变异,并构成对“美国梦”理想的不同解构策略;然后重点解读《马丁·德赛勒》中广告环节的循环重复,看其如何在重复中实现变化,以象征“美国梦”的实现如何以服从资本的逻辑为根本依据。

本书对作为文化现象的“美国梦”的本质认识,认同阿尔都塞、詹明信等

马克思主义者的观点:将它定位于一种意识形态①。保罗·利柯在综合思想史上关于意识形态的各家论述后,总结出对意识形态的几种典型定义:意识形态是一种虚假意识,是用以扭曲或掩盖真实状况的修辞;意识形态是一种用来维护社会形态和政治统治合法性的论证手段,大众处在被召唤的状态下认为自己是历史的主体,并奉之为信念;意识形态具有整合的功能,通过仪式、国家的教育机构和各种机器去强化国民对社会、国家的认同和归属感,故而意识形态也是一种文化体系。意识形态的这三个方面或者说三种功能在其陈述上具有一定的矛盾之处,但又互为呼应:"一方面,幻想或虚幻并不是意识形态最基本的现象,而是正当化的一个腐蚀性的环节,而正当化的功能又扎根于统合化的过程之中;另一方面,一切观念化的过程又不可避免地被转化为扭曲、掩饰和欺骗。"②换言之,"美国梦"在美国文化中更多的是扮演着扭曲或掩盖美国的种种不平等、不公正的真实状况的修辞;通过对美国民众在意识形态层面的允诺,如上升的社会地位、公平、正义、平等来召唤美国国民的主体意识,特别是通过个人主义的理念召唤他们的主体精神来实现这一切,并且宣扬为之提供了一切制度保障;而且这种意识形态的宣传渗透到各种国家机器和社会机构中,整合社会各个阶级。

文学作品的生产当然要受制于意识形态和国家机器的操控,反映其意识形态的诉求,故而在"美国梦"的叙事中,总是表现为作品中的主体不同程度地受到这种意识形态的召唤和捏塑;但是文学作品又具有双重性,叙述者和作家对于意识形态操纵的意识程度和抵制策略,也通过文本的叙事结构和叙事进程微妙地传递给阅读中的读者,召唤读者的另外一种主体意识,破除意识形态的欺骗性。这在 19 世纪末之后的(反)"美国梦"小说中的表现尤为明显。卡特林·休谟考察了 1960 年之后美国最具代表性的 100 多部小说后指

① Lois Tyson, *Psychological Politics of the American Dream: The Commodification of Subjectivity in Twentieth Century American Literature* (Columbus: Ohio State University Press, 1994), p. 1.

② Paul Ricoeur, *Lectures on Ideology and Utopia* (New York: Columbia University Press, 1996), pp. 4~15。这里采用保罗·利科对意识形态观的梳理,他的"三大功能"的归纳涵盖力很强,包括甚至超越了马克思主义的经典论述。

出，美国作家越来越倾向于将“美国梦”视为一种虚幻的意识，更倾向于将美国的现实描述成梦魇般的世界[①]。休谟的这一观察表明，“美国梦”作为一种意识形态，其虚假性已经更多地在虚构类作品中以各种方式被质疑。在此，本书要特别提到罗伊斯·泰森关于“美国梦”小说的研究。泰森首先回顾了两种批评模式：在后结构主义的话语中“美国梦”的主人公都是“文化决定的人”，而在伦理批评中他则倾向于以“完全自主的人”的主体理论来评判“美国梦”的主人公。然后，泰森在吸取了各家观点特别是马克思主义的观点后，认同将“美国梦”视为一种国家的意识形态的立场，并综合性地提出将“美国梦”作品中的人物看作“历史情境下的（马克思主义的）个体，具有（心理分析上的）欲望，被迫赋予了（存在论意义上）的自由，有意识或无意识地与各种社会力量进行合谋，或是抵制这些社会力量”[②]，以此来解读“美国梦”的叙事作品，这是研究“美国梦”文学最具开拓性意义的著作。本章在研讨《马丁·德赛勒》这部小说的“美国梦”主题时，首先认同泰森将“美国梦”解读为一种意识形态的立场，从情节、人物和时空体三个角度入手来考察作品和传统的对话关系，以丰富对不同叙述形式如何表现这一主题的认识。

回顾美国文学史，其中以事业成败为主题的小说，对于“美国梦”的意识形态具有或维护或解构的分歧立场。据此，可以将之分为拥护“美国梦”和反对“美国梦”两大派别：前者最主要的作家是镀金时代的通俗小说家霍拉旭·阿尔杰（Horatio Alger），他从自己的第三部小说《衣衫褴褛的迪克》（*Ragged Dick*，1867）起到 1899 年离世，以“美国梦”“从衣衫褴褛到富裕”的故事为套路，创作了 40 多部小说，指出任何贫穷的孩子，在美国，只要能够勤奋、勇敢、诚实、节俭，就能克服各种逆境，上升为稳定、富裕、值得尊敬的中产阶级。这一高度程式化的小说系列在他有生之年，在美国本土共卖出 2000 多万册，是这一类型小说中肯定“美国梦”对主体的真实性和可行性的最典型代

① Kathryn Hume, *American Dream, American Nightmare: Fiction Since 1960* (Beijing: *Beijing Foreign Language and Teaching Press*, 2006).

② Tyson, *Psychological Politics of the American Dream*, p. 4.

表[①]。与之相对,历史上一些反“美国梦”的作家,对这一故事逻辑通过种种形式进行逆转,以主体命运的沉浮来打破这种叙事套路:比如杰克·伦敦笔下的马丁·伊登,在偶然“成功”之后,意识到美国社会的虚伪而形成自我认识的危机并自沉于海底(《马丁·伊登》),德莱塞笔下的克莱德不择手段攀爬社会阶梯而受到法律的惩罚,展现美国梦对成功的虚伪允诺和对人性的泯灭(《美国的悲剧》)[②],考柏伍德虽然在金融、实业与政治界纵横捭阖,干尽种种无耻、贪婪、狡诈、虚伪之事来换取的所谓“成功”,说明诚实等品质作为成功要素的虚幻性(《欲望三部曲》),豪威尔斯的塞拉斯·拉帕姆在道德抉择前宁愿打破自己成功的美梦也要选择高扬起伦理的旗帜(《塞拉斯·拉帕姆的崛起》),盖茨比以不义之财而变得富有(《了不起的盖茨比》),阿瑟·米勒的小推销员在年老时被踢出公司,说明美国社会中主体的工具性价值的减少和消失导致其遭受非人道的待遇,从而证明意识形态的虚幻性(《推销员之死》)等。

显然,《马丁·德赛勒》对“美国梦”的意识形态的解构策略,并不同于上述在历史上具有“左”倾特点的作家的叙事策略,其目的旨在揭露作为意识形态的“美国梦”的虚假性和欺骗性;事实上,《马丁·德赛勒》在某种意义上承认“美国梦”,作为意识形态和一种文化信念,具有一定的正当性和真实性,并不总是虚幻性和欺骗性的。但是小说在另一个方面又构成了对“美国梦”的解构,其策略主要以资本对主体自我意识的戕害为突破口,为反“美国梦”的叙事传统提供了新鲜的叙事-政治逻辑。

在这里,本书引入叙事理论中情节的概念来看各位作家如何处理各自的叙事进程,以及主体在叙事中的命运。亚里士多德在《诗学》中将情节定义为“对事件的安排”。E·M·福斯特在《小说面面观》中指出,情节必须反映出

① “Alger Horatio”, *Britannica Online Encyclopedia*, http://www.britannica.com/EBchecked/topic/14993/Horatio-Alger.

② 关于《美国的悲剧》作为“最伟大的‘美国梦’小说”的主题分析和研究现状,特别是作品中展现的“美国梦”作为一种意识形态对主人公自我意识的戕害研究,参见 Paul A. Orlov, *An American Tragedy: Perils of Self Seeking “Success”*(Lewisburg: Bucknell University Press, 1998)。

事件之间按照时间顺序所形成的因果关系。俄国形式主义者将“情节”与“故事”区分开来，认为“故事”是指作品所叙述的，按照实际时间和因果关系为序排列的所有事件，而“情节”则指对这些素材进行的艺术处理或在形式上的加工，尤指在时间上对故事时间的重新安排[①]。这种“故事”与“情节”的区分直接影响了结构主义叙事学中“故事”与“话语”的区分。在这种区分中，两者在时间上，尤其是时序上的差异，是两者最重要的标志性区分。当然，两者未必在时序上具有差异，在寓言、神话传说、圣经故事、笑话、口头传说的小故事，甚至传统的传记中，两者之间经常保持完全一致的时序。纵观小说的发展史，在叙述形式上，时间在话语层的重新安排上对小说的艺术效果起着重要的作用，特别表现在事件顺序的排列上，通过倒叙、预叙、省叙等手法打乱故事中事件的顺序，叙述者可以实现制造悬念、激发读者的好奇心、制造惊奇等效果。

上述几部最经典的反“美国梦”传统的作品，在叙述的手法上，特别是在情节推进中，对事件的时间排序处理各不相同，进而说明主体成败的不同轨迹及其政治寓意。早期的以伦敦和德莱塞为代表，不在情节的层面对故事的时序作大幅的变换，是一种传统的传记型写法，其焦点在于主人公的沉浮，写作路数中规中矩；而豪威尔斯的《赛拉斯·拉帕姆的崛起》在小说的开头，就是主人公与记者侃侃而谈自己的成功经历时，开篇就宣称自己作为主体已经实现了自我的“美国梦”，其实却是一部专讲“美国梦”破灭的故事，在故事中主人公成功时，曾经被他抛弃的合伙人不断出现，形成对过去事件的追问和追叙的叙事动力，局部地形成了倒叙的格局，而过去与现在交织并指向主人公对未来的抉择。这种倒叙的手法在盖茨比的故事中特别明显——在小说的开始部分，叙述者讲述父亲所讲述的故事时第一次提到盖茨比，他已在大摆宴席、延揽宾朋了。此时的他已然成功，在这样的叙述手法中，时间对叙事结构的影响其实与《赛拉斯·拉帕姆的崛起》的路数相似，故事中反复出现他

① 申丹：《叙述学与小说文体学研究》，北京：北京大学出版社，2001年，第30页。

如何得以成功的追问，客观上形成了对过去的事件要求追叙的叙事动力[①]。而倒叙型叙事所造成的时间张力，在《推销员之死》的故事中被推向高潮，主干故事的时间被压缩在 24 小时之内，通过舞台的特别设置来实现过去与现在的场景梦幻般的反复并置。这几部作品的叙事通过时间的调整，有意在话语层面上渐次疏远故事本身的顺序，逗引读者/观众的好奇心，引发读者的阅读期待，在效果上大致依次增加，特别是在最后这部戏剧作品中，将时间碎片化，造成了主人公梦幻的形成与沉迷、享受和破灭在话语层上同时错乱地交织起来，给读者/观众以别样的感受。与之对照，发表于 1996 年的《马丁·德赛勒》总体上没有以打乱时序来表现故事的梦幻性，反而通过使用传记体小说的叙事套路，在事件的安排上严格按照故事本来的时间顺序进行叙述，这与前面述及的伦敦和德莱塞的几部"美国梦"小说的套路是一致的，而这几位撰述的故事所反映的年代都处于 19 世纪后半叶至 20 世纪初。有学者指出，此一时代（19 世纪后半叶直至 20 世纪初）是美国传记业发展的鼎盛时期，涌现出大量的励志类报纸专栏、杂志、虚构或非虚构类的传记书籍，爱迪生、豪威尔、卡耐基等众多名人需要借传记来宣扬自己，也培养了一大批的新闻特写的写手和日后的小说家，如德莱塞和伦敦等。这一类传记与其他各种传记相同，其写作套路较为单一，基本上都是按照历史的进程追溯其成功的轨迹，归纳其成功的秘诀，或者说利用各自实现"美国梦"的经历为读者提供案例式的样板[②]。而传记文学本身具有的研究传主、教育读者的内在要求，使得这一文类一般不求叙事技巧的眩目，而是尽可能清晰无误地展现作为案例的主体之成败的前因后果。《马丁·德塞勒》这部小说也是通过按部就班地叙述主人公事业成败的历程，展示故事各环节的因果关系，以彰显作品的主题。小说从主人公马丁·德赛勒 9 岁时在父亲的烟草店做帮工开始，按照时间的顺序叙述他在旅馆中任行李员、前台伙计至经理秘书，同时在旅馆中租赁烟

① 当然，《了不起的盖茨比》的叙事动力还有相当大的因素归于叙述者的父亲既置身故事之内又置身故事之外的边缘性角色特征，事件的来龙去脉很多来自他道听途说，缺乏明确的渠道加以证实，有力地造就了故事的曲折性。

② Thomas P. Riggio, "Dreiser and the uses of the biography", *The Cambridge Companion to Theodore Dreiser* (Cambridge: Cambridge University Press, 2006), pp. 30～46.

草摊位任老板到自己开办餐馆;在被提升为助理经理的职位并被允诺数年后接替总经理职位时,他反而辞职,专心发展连锁餐饮店;其后他又卖掉餐馆,重新进入旅馆业,直至最后在建造"大宇宙城"中遭遇失败。从总体上看,这一叙事线索中规中矩,波澜不惊;在失败的结局之前,除了几次重大决定可能稍微超出读者的预期之外,其叙事的套路基本符合(反)"美国梦"中由穷变富、由低变高(并最终失败)的叙事格局。

再看事件安排的频率。通过对《马丁·德赛勒》文本的细读,可以得出结论:小说的叙事涉及主人公经商的整个过程,是以高频度的重复作为总体的首要特征:即首先租赁或购买场地,然后吸纳资金,进行空间的设计、整修、装潢,进行广告宣传和产品包装,正式运营,然后成功。本书认为,正是这种高度循环重复的格局构成了这部小说的最显著的叙事特征之一,其运营步骤的高度一致,在文本中达到了极为规整的形式。主人公经历了从开烟草摊位,到都市餐厅和台球馆、都市餐厅市郊店、都市餐厅第三处店,到新范德林/范德林集市,到德赛勒、新德赛勒,到最后"大宇宙城"的商业历程。每个过程都经历了选址、募集资金、空间设计、整修与装潢、招人与用人、广告与宣传、开业、运营与成功的环节叙述。当然,在各个环节之中会随着自己商业的发展采用不同的新形式。但是小说这一整体的单调的重复和循环的结构非常值得注意。

正如J·希里斯·米勒指出的,对一部小说的阐释,很大程度上要依靠对小说文本中重复现象的解读,"从中推衍出意义",也应防止评论者在故事发展的基础上,仅仅从某些局部环节出发,过于轻易地确定文本总体上的某种意义[①]。本书认为,对《马丁·德赛勒》的解读只有首先对这部小说宏观上高频度的重复格局进行把握,方能知晓小说的总体寓意,这就是这部"美国梦"小说所内隐的资本逻辑与主体之间的关系:资本催生主体的梦幻,主体的梦幻催生资本;如此进一步表现为资本随着主体的梦幻不断膨胀进行永不停息的增殖,而主体梦想的幻灭正存在于资本的失败中。

---

① J. Hillis Miller, *Fiction and Repetition: Seven English Novels* (Cambridge: Harvard University Press, 1985), p. 3.

不妨将小说中的重复循环结构与马克思关于资本循环的论述进行一番比较。马克思在《资本论》第二卷中分析资本主义生产中资本的形态变化和循环时指出,资本主义的生产过程包含三种循环:货币资本的循环、生产资本的循环和商品资本的循环。马克思认为,资本循环的过程首先是资本家将货币资本转换为生产资本,购买人力、原材料等生产必需品,以完成资本循环的第一个阶段;而后作为资本的产品A经过资本主义生产的环节,经由人力加工而成为B产品,转化为商品资本在市场上流通;当其被购买时,其商品资本价值的实现,表现为剩余价值再次被货币化,进入下一个流通环节,转变为新的货币资本,从而进入下一轮资本循环的过程①。这里要指出的是,小说主人公马丁·德赛勒并不是从事商品生产的资本家,他以经营餐馆和旅馆服务业,特别是以旅馆空间作为自己的资本运营模式,其内在的资本逻辑仍然与马克思对资本主义商品生产中资本循环的观点是一致的。这也正是大卫·哈维在空间研究中拓展马克思剩余价值学说所强调的,城市建筑、城市空间与服务业一样,其资本的生产和循环模式与马克思关于商品生产循环的模式和逻辑基本上完全相同②。马丁·德赛勒在实现"美国梦"过程中也是如此进行资本循环的:首先是募集资金、选址、雇人和进行空间装修或空间的建造,以及广告的宣传等,这涵盖了资本循环中货币资本向实物资本和人力资本转化的过程,而在雇佣员工为顾客服务的过程也正是将服务和空间资本不断地转化为货币资本的过程。小说主人公从经营烟草摊位、到饭馆、连锁饭馆、旅店、连锁旅店,乃至最后的"大宇宙城",正象征着资本随着循环不断增殖。本书认为,这部小说宏观上如此规整地高密度重复循环,其最核心的寓意正是资本的不断循环和不断增殖,马丁·德赛勒成功的历程正是走着资本循环与增殖的路程。

这种情节上的高密度重复,其内涵正符合詹明信引述阿多诺的论述,即资本主义的生产方式,其主要特征就是高度"规范化"或"同一化",以至于在

① 马克思:《资本论》(第二卷),中共中央马克思恩格斯列宁斯大林著作编译局译,北京:人民出版社,2004年。

② 安东尼·奥罗姆、陈向明:《城市的世界》,第46～48页。

这样的社会中同一性的物完全凌驾于人的个体性差异。詹明信指出,这种资本主义生产的同一性反映在日常生活和工作程序上,就是重复,“相同的事物反反复复回归”[①]。这部小说在事件上的反复循环:选址、募集资金、雇人、空间整修、广告、开业与运营,多次复现了资本主义生产过程的同一化特征。这种复制式的生产与生活方式多处反映在主人公的意识层面:小说第八章,德赛勒面对城市,回忆自己儿时和母亲逛百货商店时的感觉:百货商店正是城市的缩影,百货商店不断地“复制自己”,就成了城市[②]。这其实是说明,资本主义城市的形成依赖于高度规范化的商业复制。在德赛勒要开办都市餐饮连锁饭馆时就认为,连锁店的复制,不仅可以节约广告费用,而且旧的饭店可以给新的饭店带来旧的客户[③]。这正说明作为行动主体的主人公十分清楚,标准化和同一化的复制在资本生产中具备的优势。而在餐饮连锁取得巨大成功后,德赛勒感到的是“一阵躁动袭来,想到所有这些蓝色的咖啡店,在平原和群山中复制自身”[④],这里的复制是主体对自己的资本能够永无止境地繁殖的一种想象。

有必要指出的是,在“美国梦”叙事文本中,重复的手法虽然相同,但是与其他叙事要素结合,构成不同的叙事动力,进而与“美国梦”的个人主体形成不同的联系。任何小说中总会以重复作为其文本的特征;重复本身就是人类共通的生存状态,不仅仅是资本主义生产规律宰制的结果。但在以追求个人成功为主题的“美国梦”叙事中,由于每个主人公身份的不同与对自身成功的设计路线不同,所遭遇到的生产与生活状态也有着各不相同的重复内容。比如,伦敦笔下的马丁·伊登,作为作家,必然要经历不停地阅读、写作、与文友讨论、投稿、寻找编辑的帮助和被拒等循环;米勒笔下的小推销员不停地回忆自己如何上门推销、如何获得骄人业绩、又是如何被前老板看重而一次次加薪的经历——这两位主人公在资本的市场中处于一种(寻求)被雇佣的境

① Fredric Jameson, *Late Marxism: Adorno, or, the Persistence of the Dialectic* (London: Verso, 1990), p. 16.

② *MD*, p. 58.

③ 同上书,p. 123.

④ 同上书,p. 171.

地，当他们从事的这种重复性活动终结之时，也就是他们的梦幻破灭之日，这正是小说各自悲剧性的结局：前者通过主人公自沉水底，部分地表现出主人公作为被雇佣的文人对市场漠视真正有价值的文学的一种愤忌；而后者则通过主人公在被解雇后，面对人生与家庭的困境而选择自杀，部分地表现了主人公意识到自己作为物化的人力资本被资本市场所抛弃时的悲哀。与这两位在市场上处于被雇佣者地位相对的是《马丁·德赛勒》中的主人公和德莱塞笔下《欲望三部曲》的考柏伍德，他们都是资本利用的主导者。和《马丁·德赛勒》一样，德莱塞在描写金融兼实业资本家考柏伍德时，其发家、挫折并建立最后的金融实业帝国的过程中牵涉一系列内隐的重复结构。以第一部《金融家》为例，金融活动中低买高卖的实践原则在叙事的不同阶段被重复：先是考柏伍德在少年时期参与的七箱肥皂的拍卖活动[①]，后是他进入金融圈后对股票买卖各种原则的宏观把握[②]，然后是主人公在南北战争期间积极购买国家债券以图战后高价赎回等[③]，在考柏伍德进入金融高层之后，多次参加各种酒会、舞会或密会，周旋于各个政客、金融或商业巨头间，以操纵证券与金融市场等，这同样是高密度重复的场景。这种重复结构与《马丁·德赛勒》中主人公从事商业活动的重复结构一样，都饱含着资本逐利的动机，但其写作手法与其他叙事要素合并与联合后，形成不同的修辞策略，以各自的方式解构着"美国梦"作为一种意识形态的空洞允诺。德莱塞在《欲望三部曲》中的自然主义写作方法，要求他对美国社会进行社会学式的科学分析，故而采用全知型的叙述形式，对主人公成功的勾勒更多地放在更宽广的社会背景的呈现上，特别是反复地描写种种官商勾结的黑幕，这就直接颠覆了传统"美国梦"的信念，即认为美国作为一个自由平等的新国家，能够保证每个人依靠勤奋诚实取得成功。而《马丁·德赛勒》利用重复来解构"美国梦"的手法却与之不同，它采取的套路可以说是一种结构加解构（de-con-struction），或曰"欲擒故纵"的手法。与《欲望三部曲》不同，《马丁·德赛勒》的叙述者将焦点

① [美]西奥多·德莱塞：《欲望三部曲》，如月等译，北京：光明日报出版社，1997年，第15～20页。

② 同上书，第41～42页。

③ 同上书，第67、74页。

永远放在主人公身上，将美国的政治或经济制度作为决定个人商业成败的外在因素基本完全过滤或排除。主人公不停地重复着他选址、投资、建设、雇人、开业到成功的过程，表面上仿佛说明了“美国梦”允诺的真实性，即美国的政治、经济制度能够保证，只要主人公具有美国文化中理想的个性，那么通过这样一种符合资本逻辑的重复性活动，必然能铸就他的成功。但这一切只是作为小说结尾主人公失败的“伏笔”而存在。在笔者看来，弥尔豪泽叙事的逻辑是，纵然作为主体的主人公具有这些成功的个性要素，即使他依照资本的逻辑来进行重复性的活动，甚至哪怕真的有着“美国梦”所谓理想的制度保障，他依然难免在最后要跌入资本的陷阱，导致梦幻的破灭。在随后的两节，本书将分别讨论作为主体的主人公的个性和资本陷阱这两个问题，看其如何与事件的重复共同作用。在此，本书还是先回到本节的论题：看作者在描写事件的周期性循环中，如何配之以局部的变化来表现主人公在努力实现梦想时必须以遵循资本的逻辑为前提这一主题。这里，笔者以小说中广告环节的重复为标本，同时关注在循环中作者如何调用种种叙事技巧加以表现。

首先笔者要说明的是，仅仅以高度标准化和同一性的重复来定义资本主义生产的特点，依然略失简略。资本主义生产的周期性循环虽然以高密度的重复为特征，但在重复中依然有着种种细微的变化。马克思在说明 A 产品到 B 产品的周期性重复之后，对于资本主义的技术改造等提高生产效率的手段，也作了论述，指出这种技术性的变革或变更是维持这种生产模式继续前进的前提。相应地，《马丁·德赛勒》的叙事结构在总体上保持周期性重复的同时，必须辅以局部的变化，这样，首先能够表现作为主体的主人公随着资本的壮大需要进行更为复杂的资本活动。同时，能摆脱较为僵化的叙事格局，引发读者继续阅读的兴趣。关于后面这点，如果观察下多斯·帕索斯在《美国三部曲》中对几位美国大亨，如汽车大王福特[①]、钢铁巨头摩根[②]和加勒比

① [美]约翰·多斯·帕索斯：《赚大钱》，姚永彩、左宜译，上海：上海译文出版社，1991 年，第 50～60 页。

② John Dos Passos, *1919* (New York: Harcourt, Brace and Company, 1932), pp. 335～340.

皇帝迈纳·库·基思[1]、发明家艾迪生[2]等人素描式的小传,就可以看出两者的差异。帕索斯笔下的这几位人物的小传也都具有典型的高密度重复叙述格局:以福特和艾迪生为例,前者反复提及这位大亨的投资活动,如投资汽车、新的生产线、坦克并带来利润等,后者也反复以艾迪生做实验从事发明创造开始,转而叙述他进行投资,将其转化为产品并投放于市场,这其实就形成了如《马丁·德赛勒》这样较为规整的重复格局。由于帕索斯笔下的人物素描篇章很短,且采用新闻记者式的写作风格,形成了铿然有力的文体特色。但毋庸置疑的是,如果采用这种单一的新闻记者式的叙述来完全垄断整部长篇小说,并反复重复着周期性循环的事件而缺乏变化,必然会产生枯燥乏味的阅读体验。在此,本书先对《马丁·德赛勒》中广告的循环进行细读,来看广告在故事发展中如何被重复和翻新,在广告环节中主体如何与"美国梦"的资本主题发生关联。

在这部小说中,广告的重复与循环经历了一系列的过程。最初,马丁在旅馆租赁的烟草摊位刚开张时,他花钱请了一位印第安酋长,一手持战斧,一手持雪茄以吸引顾客[3],他还特别以女性为受众,用种种形象来吸引她们购买和享用烟草[4];到后来,在改造"天堂展馆"中,马丁设计的广告以马拉街车(horse car)的乘客为对象,利用他们在车上无事可做而东张西望的时间,将广告强行切入他们的眼帘[5];在收购范德林并大刀阔斧地改造时,马丁开始利用各种报纸、杂志和画册进行宣传,开张日放一万只气球、请乐队、招待记者用餐,并以抽奖方式派发理发的免费赠票[6];在建立德赛勒之后,小说专辟一章《哈文顿》来写德赛勒与广告商洽谈广告业务。这些广告形式的拓展,是19世纪中晚期美国资本主义逻辑发展的必然,德赛勒的商业要发展,必须以服从这一规律为前提。在广告环节的复沓上,如果说作为主体的主人公通过

---

① John Dos Passos, *The 42nd Parallel* (New York: Harper & Brothers Publishers, 1930), pp. 248～252.

② 同上书, pp. 293～296.

③ *MD*, pp. 43～44.

④ 同上书, pp. 59～60.

⑤ 同上书, pp. 68～69.

⑥ 同上书, p. 183.

就近雇佣一位与烟草起源相联系的印第安人手持巨斧，柄上挂烟，作为一种文化符号给自己的烟草摊位做广告，这还是一种比较原始、初级的广告形式；那么，在马拉街车狭窄的空间里，广告无孔不入地置入百无聊赖的人们的上下班时，广告所代表的商业资本精神，正通过种种形象和渠道强行占据人的精神意识。小说在各个重复的叙事环节中释放出这样的信息，说明了广告在不断地壮大，其代表的资本逻辑和资本精神也在不断膨胀、积聚，这一叙事线条在《哈文顿》一章中达到了戏剧的高潮。这一章对广告的描写，文笔精湛，笔者在此稍加阐释，来看作者如何说明主体在实现自己梦想时，必须以服从广告所代表的资本逻辑为前提。

《哈文顿》这章聚焦于德赛勒在广告公司买广告服务的事件。与之相映成趣的是，这也是广告公司为自己的广告作广告宣传的过程。作者通过这一场景的安排、广告商的修辞、广告商和顾客的互动，生动地表现了广告作为资本的逻辑产物，如何渗透入现代的学科建设，并将现代科学驯化成资本的佣人，广告又是如何规训、主导那些渴望成功的商人的意识和欲望，说明商人要想实现梦想，获得成功，就必须以服从科学化、学科化和职业化的广告所代表的资本逻辑为前提①。

这里依据文本中的叙事进程来分析。该章一开篇，哈文顿就向德赛勒解释何为“广告”。所谓“广告”，按照他的喻说，就好比两块“灰色、光滑”“毫无趣处”的石头，拣出任何一块，任由他描述将它握在手心的“美好感觉”，然后将其颜色比喻成某种“珍奇动物”的颜色，再赞叹其“可圈可点的形状”；接着总结道，这块石头给予我无尽的福祉和自信。最后问观众，两块石头，你会选哪个?② 这一简短的解释概括了广告作为一种劝说艺术的修辞套路：先描写物品的性状和功能，然后通过广告人物的感受说明宣传品对人的价值，最后以诱导式或鼓动式的说辞引导受众按照广告中的宣传进行选择。哈文顿特别指出，两者中“任何一块”都可以拿来作宣传；甚至在被马丁问及如果两块

---

① 当然，广告商哈文顿与旅馆老板德赛勒作为一对镜像人物在各自成功的轨迹上形成了呼应关联，在小说中共同展现出角逐资本的两代美国梦幻者的形象之异同。这里不再赘述。

② *MD*, p. 203.

中确有好坏之差会怎样时，他答道：这种差别可能会“有趣”“有用”，能够被“利用起来”，“但这一事实与广告的艺术本身没有任何关系”——这就间接指出，广告并不关乎物品或服务的实际价值；它只是一种修辞，为了达到劝诱的目的，完全可以罔顾事实，以求达到资本对受众主体的行为操控。

随后，哈文顿介绍自己的经历：生于印第安纳，毕业于米尼苏达大学，受教于某广告心理学教授，求学间读过威廉·詹姆斯的《心理学原理》和各种广告心理学的实验报告，深深地懂得，“广告是一门科学，是系统地测量、研究如何唤起和保持购买者注意力的种种策略的学问”①。哈文顿的履历表明，19世纪晚期的美国大学中，以实验心理学为代表的现代高度理性化、技术化和科学化的学科，是如何与资本主义的发展相嫁接，并进而在资本市场上以广告的形式奴役大众的心理；人们每天面对的无孔不入的广告，其背后蕴涵的是商品的逻辑、资本的召唤和科学的计算；大学中的学科已经被高度资本化。

然后，哈文顿介绍自己的创业经历：在毕业后先是如何为别人的广告公司做策划，然后又是如何自己开办广告公司，期间又雇佣了各个工种（“艺术家、复写员，特别是发问卷、做有控制的科学测验和研究特定广告对特定社会经济人群的有效性研究队伍”）；并以自己为某品牌肥皂作宣传为例，强化德赛勒对自己能力的认识。这里，广告工种的复杂，说明在资本的需求下广告业内部分工的细密和专业化程度之高。需稍作说明的是，作者仿佛信手拈来的“肥皂广告”的素材，在故事发生的时代颇为重要。有研究广告史的专家考证：远在19世纪中叶，肥皂还是生活的奢侈品，普通人很少洗澡、洗头；直至19世纪晚期和20世纪初由于技术的改良和产品的过剩，导致肥皂大量滞销，生产商不得不发起现代广告史上第一次大规模的攻势，大力宣传肥皂对皮肤清洁的益处，声称肥皂是个人卫生的保证、肥皂事关求职的成败、肥皂是社会身份的象征。当时针对美国大众进行的问卷调查表明，肥皂这一本来的

---

① *MD*, p. 204.

社会奢侈品一跃成为当时所有阶层中仅次于“面包”的第二生活必需品①。哈文顿这里所引的“肥皂”的案例，在今天的读者看起来是轻描淡写，其实是他拿出了当时最受瞩目的案例来说服自己潜在的客户德赛勒。

当被问及为肥皂与为18层高的旅馆作广告的差异时，哈文顿的修辞也更为花哨：“两者差异并不大……世界端坐在那。它可能具有意义。私下里，作为一个公民，我有权相信它有它的意义。但作为广告商，我要训练自己把世界当作一片空白来经验。我的任务就是赋予这片空白以意义。”他进而解释说，“我的任务就是让这白色的方块，除了在最有限和实用的意义之外，这毫无意义的东西，具备在这个世界上最重大的意义。我为它创造意义。我创造欲望。拥有这块肥皂就是拥有亚里士多德所说的所有（男）人都渴望的东西：幸福”。而当他的身体语言被德赛勒敏锐地认定连他自己都不相信自己所说的话时，他辩护道：“广告与信仰毫无关系。我展现商品。我创造幻象。我们用的是艺术……你相信戏台上的演员真的就是恶棍？让我再这么问你吧：如果他不是恶棍，他就一定在撒谎吗？”②

两位人物的这轮对话，将哈文顿作为广告商的口才表现得淋漓尽致，而又充满反讽式的意味。美国的广告文化史学者杰克逊·李尔斯在《丰裕的寓言》一书中追踪广告的起源时认为，19世纪后半期特别是世纪末所兴起的广告人和广告公司，其鼻祖应该追溯到前几个世纪中在集市广场、大街小巷兜售产品的商贩，特别是那些卖狗皮膏药的骗子，这些人主要靠着舌灿莲花般的口才混饭吃，而这门技艺竟在19世纪中后期被专门化、职业化，在平面性的媒体上，与文字工作、绘画艺术等联姻，形成了这个新的行当。西方的文学和艺术（文字与绘画）有遵循事实的传统，以忠实地模仿现实为圭臬；但从一开始，这一行当就因夸张的描述、有意误导受众而官司缠身，于是他们转而托

---

① ［美］詹姆斯·特威切尔：《美国的广告》，屈晓丽译，南京：江苏人民出版社，2006年，第185～188页。这个调查是广告学史上最负盛名的调查之一，其规模之大、调查面之广创造了用问卷形式进行广告的科学研究和广告作为强力干预消费者行为和思想的途径的最典型的案例。只不过最具反讽式意味的是，肥皂能够在广告的干预下，凌驾于衣服之上成为第二生活必需品，这虽于调查的科学性和客观性值得商榷，但的确体现出肥皂广告在彼时庞大的造势活动给消费大众带来的心理冲击。

② *MD*, p. 206.

词说艺术是欺骗、是以扭曲地反映世界的文艺观来为自己开脱罪责。李尔斯还特别引证了麦尔维尔的《避雷针推销员》(*The Lightning-Rod Man*),看作家如何表现这一新兴职业骗子的大众形象,他们如何信誓旦旦、大言不惭甚至能就自己的谎言在哲学层次上作系统化的辩护[①]。这里,弥尔豪泽笔下的这位大学科班出身的广告商在探讨广告时竟然上升到语言、事物与意义之间关系的语言哲学论、援引亚里士多德的幸福观和人生观、摆出艺术与事实间是该"信"还是"悖"的模仿论和表现论之争,或者说戏剧世界的虚构本质以区别于真实世界来为广告的不实之词辩护。其辩护的焦点在于广告对于分别作为各自主体的广告商、受众和资本家的意义,其中包含着各种自我认同的内在逻辑,并以资本的逻辑为中心贯穿其中。这里要注意他如何偷换概念、转移视线的诡辩术:虽然广告的确是种意指(signification)现象,在一定程度上具有意指对象的游移性和不确定性的特征,但这位广告商在语言、事物(世界)和意义之间关系的问题上,把自己拔高到事物意义的缔造者的高度,放大到事物的命名者的境界来吹捧自我。

最后,德赛勒看到哈文顿的桌上有一份自来水笔的广告案例。案例中的自来水笔和市场上其他自来水笔毫无二致。广告中:

> 一个皱着眉头的员工坐在卷盖式的书桌(rollback desk)边,上面堆积着钢笔头,他的脸和手布满了黑色的墨水印,头发散乱。他的身旁,另一张桌子的边上,一位留着胡须的帅气员工,面带微笑,手握自来水笔,端坐着。他正与一位端庄的女子交谈,此女头发浓黑,向上盘起,戴着一顶帽子,上缠丝带;她站在此男士的身旁,俯下身来,肘部撑在他书桌高高的后背上。此时最吸引马丁的是此女的紧身胸衣、她崇拜的迷离眼神、她丰满的胸和修饰的臀,以及这位拿着自来水笔的员工那轻微浪荡的神情。[②]

鲍德里亚指出,在广告中,"产品是以被观看、被操纵的形式呈现:它被情

---

① [美]杰克逊·李尔斯:《丰裕的寓言》,任海龙译,上海:上海人民出版社,2005年,第37~64页。

② *MD*, pp. 206~207.

欲化”了，一方面，“性主题”在广告中被大肆渲染；另一方面，“购买的行为，本来是单纯的获取，在此被转变为一种手腕、一出戏剧、一场复杂的舞蹈，如此便在一个原来以为实用的步骤中，加入了爱情的所有成分：主动接近、竞争、猥亵、调情、卖淫（甚至是反讽式的）。”[①]这个自来水笔的广告正是采取了这样俗滥的套路：通过男性成败的反差或者说竞争，说明如何才能获取女性青睐的眼光，而女性的身体作为男性广告读者欲望的客体，吸引着男性读者的视线，而当男性读者的视线随着女性的眼光而飘浮时，进一步产生了要获得成功男性认同的渴望或需求，想象着如何能取而代之获取女性的青睐。这个广告的逻辑是：如需认同该成功男性，其方法正是购买该男性手中的自来水笔。正是在这样的对广告的识解过程中，各种情欲的视线（眼光）相互纵横，形成了一张情欲之网，由人对人的欲望进而煽动着人对物的冲动[②]，或者说，通过性挑逗来达到广告对受众主体的推销作用。

看到这个广告的效果时，马丁“笑着指向这个女的”说：“我就要订一个这样的妞（one of these）”，却突然意识到“他说出这些话过于粗浅”，而“哈文顿轻微的笑，正是那大人给予一位小朋友的笑，因为后者说出了错误的但是可

---

① [法]尚·布希亚：《物体系》，林志明译，上海：上海人民出版社，2001年，第194页。

② 笔者这里关于眼光的阐释，借鉴了拉康关于婴儿与母亲的关系的论述。在婴儿的早期，孩子看母亲时并不是单纯的主客体关系，婴儿会随着母亲的眼光追踪母亲眼光的客体或母亲欲望的客体，希望通过扮演或认同母亲的眼光或欲望中的客体来获取母亲的眼光或欲望，如此通过欲望着欲望和欲望着被欲望，组成了一张视线的欲望之网。参见Sean Homer，pp. 56～57。值得注意的是，这里的解读主要基于广告设计者的修辞策略，他们期望读者能以这种方式来阅读。当然笔者的解读可能更多地基于一种理想化的男性读者立场，实际中男性读者的解读策略具体如何也可因人而异。同时，在实际中，女性读者对这个广告的解读感受也可能稍有不同，比如女性读者对广告中作为性诱惑代表的女性认同与排斥强度必然会与男性读者有所差异。但要特别注意的是，拉康这一观点的核心启示在于，主体能够越过自身性别，试着用异性的眼光去理解和解读世界。纵然实际中的女性读者在解读这个广告时，其感受可能会明显异于男性读者，但她们依然需要借用男性人物的视角来看广告中的女性人物并且分析其中三个人的关系，她们依然需要而且能够借用广告商和男性读者的眼光来阅读这个广告，唯此才能理解这个广告的含义。因此，她们对这个广告核心的修辞策略的认知大体上不会偏离笔者的解读。这里广告对人的欲望的煽动，充分说明拉康的“人的欲望就是他者欲望的欲望”的观点，参见吴琼：《雅克·拉康》，北京：中国人民大学出版社，2011年，第388～389页。

以原谅的话”[①]。在这里双方的认知出现了反讽性的差别：马丁在欣赏广告中的女人形象时，正是按照哈文顿利用调情、刺激幻想的劝说套路跌入了感官的陷阱，反讽的是，马丁身入陷阱而不自知，完全忘记了广告的最终目的和意义，非“得意而忘言”，而是得言而忘意，故而受到哈文顿的嘲笑。当然，由于语义的含混，文中“one of these”也可能是指像这样有着求爱或猎艳色彩的广告，这样的马丁则比前面所理解的那个马丁要聪明些，能够完全明白这个广告的意义和目的。他被哈文顿嘲笑的原因依旧相同：他作为广告设计的外行这么快地决定，显得过于轻率[②]。这场为广告做广告的戏剧，以哈文顿的彻底胜利而告终。从后面哈文顿对德赛勒旅馆服务对象，即中产阶级的市场分析及其宣传小说，证明了广告宣传在资本主义商业体系中的有效性，它代表了资本的逻辑，有助于德赛勒作为主体的梦想的实现。而马丁·德赛勒屈从于哈文顿的修辞攻势，并不是完全相信哈文顿的种种说辞，而是因为他明白，为了实现自己进一步的成功，必须以服从广告所代表的资本的逻辑为前提。

在上文中，笔者援引广告发展史的文献和鲍德里亚等人对广告的经典论述，对小说中“哈文顿”所作的解读，可以推出如下结论：广告这一由销售产品

---

① *MD*, p. 207.

② 弥尔豪泽在对话的凝练性上下足功夫，以至于其语义不确定性激发起读者很多想象的空间，这点在本章表现尤甚。这里马丁的话的本意到底如何，叙述者未作交代，所以产生这两种甚至可能更多种的解读(比如将马丁“定购一个这样的妞”作为对哈文顿这种俗滥的广告套路的反讽——如此的马丁则是个聪明依旧的马丁，但是这种解读显然要受制于后来马丁意识到对方笑的轻蔑和自己的“肤浅”，所以这种理解基本不太能站住脚)。同样，在本章末马丁与艾莫琳对话，马丁问哈文顿的家乡“印第安纳州在哪儿?”艾莫琳说：“阿拉斯加附近。”这一如此离谱的常识性错误，让人不明白艾莫琳是真的不知道，还是虽然知道但记忆错误，或者知道但有意犯错来逗引马丁或是讽刺马丁缺乏常识。但总体来说，《哈文顿》一章是整部小说的一个转捩点，作家在先前的章节从来不曾像这章这样采用精致的对话和种种语义上的含混将马丁描写地如此得有欠精明。这种有欠精明，与作者开始展现他的“老”有关，这与小说中第九章天堂展馆中那个“老”经理和范德林的“老”韦斯特哈文相呼应，说明他终将在美国社会中被淘汰。这种有欠精明，也说明他的欠缺知识和教育，呼应小说开篇的几章他早年放弃教育在旅馆工作，主要凭着自己的个性和见闻来建立事业这一事实，也间接说明随着时代发展，资本主义生产的各个环节也越来越知识化、专业化、科学化，单凭经验、个性和见闻很难跟上时代，必然会被淘汰。

的推销环节或职业性的骗子所细化、分化出来的行业是资本主义发展的必然结果，尽管它常常采用粉饰乃至欺骗的手法，但毕竟凝聚了多种艺术形式、涵盖多种科学的研究成果，采用各种修辞手段，甚至动用求爱乃至情色的场景去渗透、规训、占领广告受众的欲望层面；广告业，作为资本主义发展的必然结果，内含着无法动摇的资本逻辑性，必然要求在实现梦想中逐渐壮大的企业或个人去服从而非抵制它，利用广告培养、操纵更多的受众来购买自己的产品或服务；这是德赛勒实现主体的"美国梦"的必由之路。

本节通过《马丁·德赛勒》文本和"美国梦"传统中几部经典文本的对话，说明了这部小说所强调的主题：服从资本的逻辑是作为主体的主人公能够实现成功的最重要的因素。在下一节中笔者将转入新的层次的对话，看这部小说的主人公和本书所关注的(反)"美国梦"小说传统的主人公在性格描写上的异同，以说明《马丁·德赛勒》在这个层次上具有维护"美国梦"的真实特征。

第二节　人物、人物塑造与作为意识形态的美国理想人格

与故事在事件的排列上呈现较为单一的重复性布局相对，《马丁·德赛勒》在主人公性格塑造上倾注了大量的心血。在此，笔者首先对叙事理论中人物和人物塑造的相关论述进行简单梳理，然后阐明小说主人公的性格如何经由人物塑造的技巧在叙事中得以实现，而这种人物的性格又是如何呼应本杰明·富兰克林和拉尔夫·爱默生关于理想人格的论述，在阐述过程中联系上述几部(反)"美国梦"小说中的主人公，说明《马丁·德赛勒》的主人公在人物塑造的层面呈现出"美国梦"小说传统中主人公的共性，从而为下一节论述这部小说的反"美国梦"的逻辑和本质作铺垫。

叙事理论中，人物(character)和人物塑造(characterization)被区分开：前

者指故事世界中的人,或类似于人的个体[①],后者则是进行人物塑造的具体方法和技巧[②]。传统叙事理论中的人物观,有功能性人物观与心理性人物观之分。前者将人物视为从属于情节或行动的"行动者";后者认为叙事中的"人物"应该是具有心理的可信性或在心理层次上是(逼真的)"人",如此人物被抽象为人物的特性或性格特征。这两种人物观有时具有相当的互补性[③]。叙事理论提出的人物塑造的概念,是用以归纳故事层的人物性格或特征在话语层被实现的方式,斯洛米斯·里门-凯南依据以往的论述,将之分类为直接点明和间接呈现两种。所谓直接点明,是权威的中立的叙述者直接使用形容词或相似的结构对人物的特性进行概括或使之概念化;而间接表现,则反映为人物的行动、言语(包括口头的言语和心理活动等)、外貌、环境,以及通过姓名、环境与人物之间的类比来进行[④]。

马丁·德赛勒商业上的成功,总体上看,很大程度要取决于他的性格与心理,这种将敢于梦想、执着梦想的理想主义和实用主义的实践精神相结合是其成功的重要因素,而最后梦想压倒经济理性则是其失败的诱因之一。弥尔豪泽在塑造这个主人公的个性特征时,与富兰克林和爱默生对美国文化中理想人格的论述息息相关。

作为开国之父,富兰克林一直被视为第一个实现"美国梦"的人。他的自传宣扬自己的道德准则和行事习惯,认为自己从一个印刷厂的学徒起家,到拥有如此巨大的成就,主要原因在于自传第二部分所归纳的十三点美德:节制、慎言、秩序、决心、节俭、勤劳、诚实、正直、中庸、整洁、宁静、贞洁、谦虚[⑤]。在富兰克林看来,美德,或者说美德被内化而形成的性格,是决定成功与否,

---

① Fotis Jannidis, "Character", *Handbook of Narratology* (Berlin: Walter de Gruyter, 2009), p. 14.

② Remon-Kenan, *Narrative Fiction*, p. 61.

③ 关于两种人物观的理论谱系和详尽辨析,参见申丹,第60~70页。较之传统的人物观,近年来有从认知叙事学、可能世界理论的角度对人物本质进行新的探索的文献,详参上述 Fotis Jannidis, "Character"。

④ Remon-Kenan, *Narrative Fiction*, pp. 61~72.

⑤ Benjamin Franklin, *The Autobiography of Benjamin Franklin* (New York: Manor Books, 2008).

或者说能否实现梦想的主要原因。理查德·韦斯指出，以富兰克林为代表的清教精神传统，以及他在《通往财富之路》（*The Way to Wealth*）中所宣扬的依靠品德走出一条“从穷到富”成功之路的思想，决定性地影响了美国人对于成功的看法。特别是在19世纪，美国以富兰克林的这一思想为蓝本，涌现出众多的品行书（books of conduct），旨在传承、教导人们遵守这些清教品德并走向成功，这些书籍直接影响了镀金时代的美国民众，并出现了美国历史上最著名的“美国梦”作家赫拉旭·阿尔杰。他在40多部小说中，反复强调富兰克林所规定的这些美德是通往财富和成功的唯一捷径，可以说奠定了“美国梦”小说中标准的叙事套路和写作格局①。

但是，富兰克林以清教思想为基本内涵的美德观对成功的效力，在美国文学史上被不断解构。与阿尔杰小说所展现的“美国梦”标准叙事格局相对，反“美国梦”叙事的传统常常会用主人公的性格与命运的反差来反讽性地说明，富兰克林所订立的美德标准和成功逻辑并不可靠，甚至完全是无稽之谈：如马丁·伊登虽然有着决心、节俭、勤劳、正直、诚实的美德，却并未直接推动他的成功，而他在公共集会上发表噱头式演讲的不“慎言”，反而得到了舆论界的关注，促进了他的“成功”②；盖茨比虽然有决心、肯坚持，却不诚实（可能从事私酒贩卖）、不节俭，也照样能成功，成为大家钦羡的理想人物；小推销员一辈子勤劳、诚实、正直，却只被当作赚钱的工具，在年老无用时被强行踢出公司；德莱塞的考柏伍德贪婪、狡诈、无耻、夸夸其谈，虽然也曾身陷囹圄，但最终得到庞大的金融帝国等。

与这几部反“美国梦”传统的小说形成对照，《马丁·德赛勒》的主人公的成功在很大程度上服从于富兰克林所谓性格决定论。叙述者对马丁·德赛勒种种优良品性的叙述，从他儿时在父亲的烟草店时就被凸显出来，在他担

① Richard Weiss, *The American Myth of Success: From Horatio Alger to Vincent Peale* (New York: Basic Books, 1969).

② 见小说第三十八章和第三十九章，马丁在一个工人阶级的集会上发表了斯宾塞和马尔萨斯式的演讲，违逆讲台下绝大多数人的心意，甚至暗示场下这些工人都是奴隶。他的讲话被一个半吊子的记者听到，刊登在报纸的头版头条上，从而引起了注意，并改变了自己四处碰壁的投稿命运。

任范德林的门童直至助理经理时得到充分展现，再到后来他创立连锁型的饭店、重新收购范德林，乃至最后建立"大宇宙城"的过程中，虽然他的性格也在成长，从门童到大资本家所需要的个性和气质也在不断蜕变，但除了"贞洁"之外[①]，富兰克林所要求的节制、慎言、秩序、决心、节俭、勤劳、诚实、正直、中庸、整洁、宁静、谦虚，很大程度上被马丁·德赛勒所服从，即使不能完全一致，也至少不甚相违。

在此，笔者以德赛勒任门童时若干片段来说明他性格的若干侧面。小说第四章开始，查理找到德赛勒去做旅馆行李员时的出发点就是，经理要找一个"性格上靠得住的人"（"someone whose character they could rely on"）[②]。这就说明，德赛勒的性格或品质是他能在旅馆中谋得职业的决定性要素。

在德赛勒担任范德林的行李员时，叙述者铺张地描绘他为客人从前台提包至客房的过程中，如何通过空间标志物来界定他服务的节奏和要领，这种超乎寻常的悟性又如何转化为他的收入。叙述者采用人物对比的方法烘托他的性格。通常而言，客人到店，他们的职责要领仅是"让他们立刻从压抑的负担中解脱出来，但不可过于坚持"。而马丁将提行李的过程按照他所走过

① 值得一提的是，富兰克林的这十三大标准中唯独"贞洁"的标准在其自传中出现了较为矛盾的境遇。富兰克林此处提到自己早年欲望强烈，曾多次找下层女人泄欲，可见成功并不与"贞洁"发生必然的因果联系。综观以"美国梦"为主题的小说，男性主人公与女性人物的情欲纠葛是小说叙事线索中最重要的一条副线，男性人物对资本、对成功的渴望经常与对女性人物的攫取相伴相生，如马丁·伊登对露西、盖茨比对黛西的迷恋都催动并置换为男性人物对资本和成功的渴望，这点在德莱塞一系列小说的男性主人公身上表现得尤为明显。本章讨论的《马丁·德赛勒》部分片段也展现了这一逻辑，但是作者的写作手法却稍有不同，值得从精神分析和资本等多视角切入讨论。当然，在这一副线的编织中，也有将对资本和对女人的掠取处理成较为松散的关联，甚至毫无联系的叙事作品，如《推销员之死》等。在这样的叙事传统所展现出的主辅线交织套路中，最值得称道的是《塞拉斯·拉帕姆的崛起》，小说中拉帕姆夫人对拉帕姆在"贞洁"问题上起先心生狐疑与前述的套路形成一定呼应，但到最后事件真相得以揭示，拉帕姆是出于对战友的友谊才对其生前的女人和女儿有意照顾，形成对这一套路的背离。这一叙事轨迹，与拉帕姆坚守道德绝不以他人损失为自己的损失买单的失败结局共同呼应，充分体现了小说家豪威尔斯作为美国文学卫道士的典型特征。这是一部绝对"道德的"小说，其主人公几乎是这一题材经典小说中最"贞洁"的主人公之一。但他的失败与富兰克林为成功所订立的道德标准又形成一种反讽式的关联。囿于篇幅，本章不再深入讨论这一问题。

② *MD*, p. 18.

空间,进行细化分解:自签到台至电梯处,需“细心,不可走得过快”,又不可与客人显得“过于熟热”,提物时不可“显出费力状”;在电梯里,需“沉静”;“除去[保持]制服的尊严外”,需要“抹掉自我的个性”,“不冷淡”“不漠然”,“对客人的无助要予以足够的警觉”;门口处,先放包,再开门,然后按客人的指定位置放下箱包;房内,需稍事打点;最后于门口处安插钥匙,要“稍做犹豫状,提醒对方支付小费”①。

叙述者在此采用间接表现法,细微地描述了马丁动作的要领,虽然叙述者对主人公制定如此要领的缘由语焉不详,但依然可看出马丁在空间地点的转换中都恰到好处地调试自己与对方在物理空间和心理空间上的距离。不妨在此由笔者冒昧推测这些要领的用意:马丁在领客人至电梯处时认为,“不可走得过快”,一是因为对方旅途劳累,让对方紧趋于后,有失周到体贴;二是为新的客人熟悉地点环境和行走路线提供时间;三是因为如果行动过快,势必拉开两者距离,引起客人的警觉和对箱包财物的担心。因此,在“领”客人前行至客房时,要按照后面客人的步伐来控制速度。不可“过于熟热”,主要控制心理空间的距离,避免过度亲密给对方造成不安全感,而且客人与行李员之间身份的悬殊也使得双方应该保持较大的心理距离。电梯空间狭小,身体距离的接近,如不静默可能会给对方造成心理压迫感;但如果由静默而“冷淡”甚至“冷漠”,完全形同木偶,也不能给客人以舒适感;马丁的态度和表情正是要将这种亲疏远近调整到恰到好处,给客人以随时召唤、恭候服务的机灵印象。而入房时按指定位置放包,则省去客人自己移动的麻烦。最后分离时的犹豫,则是为了这些努力不会白费,周到地给对方作出提示。作者以行动为手段,间接地展现出马丁超出常人的性格特点,而这种特征与以富兰克林等人为代表的勤奋工作的清教主义的要求是一致的,尽管抛却了后者的宗教内涵。

德赛勒的性格,在第五章为房客汉密尔顿夫人的服务中得到充分展现。此时尚为门童的他表现出罕见的勤勉、认真、执着、敬业、待人彬彬有礼、善于自省和反思的性格特征。叙述者表现此点时主要将汉密尔顿夫人与德赛勒

① *MD*, pp. 21～22.

和旅馆中的其他员工进行对比：以汉密尔顿夫人的挑剔来印证德赛勒的敬业，以其他员工的拖沓、不耐烦来对比德赛勒的不俗见解。文中汉密尔顿夫人甫一出场就非常戏剧化。叙述者不直接描述夫人如何，而首先以员工对她的怨气作铺垫，甚至助理经理这位“面不改色的大师”都大发脾气，以此引发读者的强烈兴趣；旋即叙述者采用直接点明的手法对夫人的形象和性格作漫画式的白描：“汉密尔顿夫人，是位胸部丰满、忙忙碌碌、漂漂亮亮的黑发女士，她那又大又黑的眸子精于表现鄙视、愤怒、不满的情绪，表现她无法相信哪怕她最简单的要求竟被人办得如此不力时的震惊。”①然后叙述者通过关注她的行动来间接呈现她的性格：送来食物，退回；壁炉有灰，不悦；大堂有声，抱怨；少了条毛巾，打铃；抽屉拉不开，打铃；要喝冰水，打铃。夫君在时，脾气恶劣；夫君不在，更是变本加厉，周遭环境无不让她揪心，甚至痛恨床底那块老鼠大的灰，讥笑送来的食物是无法下咽的糊粥，竟被饭店冒充新鲜的鳕鱼。对如此挑刺之客人，其他员工或则怨声载道或则不胜其烦②。但马丁不仅“知沉着、性恭敬”(reserved and respectful)，不参与别人的嘲笑，甚至“同情”这位女士；更是“善思辨、懂自省”：鳕鱼确实不烫，除尘不够细致，服务总体需改进③。

同为旅馆低等级的服务员，德莱塞《美国的悲剧》中的主人公克莱德的境遇与德赛勒在很大程度上相似。笔者以为，不妨将视线转入德莱塞笔下的克莱德，来看两者的差别。虽然已有学者注意到这两部小说在旅馆服务生这一段情境构造上的相似④，但在人物的性格和人物塑造的方法上，还缺乏更为仔细的比较。德莱塞笔下的克莱德虽然与德赛勒一样，有着实现梦想的抱负，但在性格上缺乏富兰克林式的成功要素。从对人物的评价刻画上说，弥尔豪泽的叙述者对人物的价值评判保持高度节制，少有直接出场评价人物是非曲直或分析事情的前因后果，基本上主要倚重间接的展现；而德莱塞笔下的叙述者，典型具有自然主义叙事传统的权威，这种叙述者致力于对人物的

① *MD*, pp. 26～27.

② 同上书，p. 27.

③ 同上书，pp. 27～28.

④ Barrineau, “Theodore Dreiser and Martin Dressler”, pp. 39～40.

性格作科学式的精确解剖，对外在的环境进行细致的观察，对环境如何主导人物的命运有着冷峻的分析。在《美国的悲剧》中，叙述者对克莱德性格的弱点总是直接点明并加以间接呈现。比如，在找工作时就指出他“很虚荣，很骄傲”，害怕在工作中吃苦[①]；当他在格林·戴维森大饭店谋到职位时，同样是担任行李员的职务，他初上班替客人取纸笔时就六神无主[②]，刚被要求代买丝袜带就手忙脚乱[③]，买完后谎报价格显现出贪图便宜的小人之心[④]，看到饭店种种纸醉金迷的情景后就欲望着能陶醉其中[⑤]等，这就初步勾勒出他性格的缺陷。在其后第七章开始，叙述者评论道：“拿克莱德的气质来说，当时对他最有影响的事，不论是对他的前途有利的也好，有害的也好，其中危害性最大的，也许就要算这家格林·戴维森大饭店了。”[⑥]然后叙述者叙述了这家高档饭店中糜烂的生活对性格上本有缺陷的克莱德的腐蚀，他如何与恶俗的同事打成一片，缺乏待人接物时的灵气和成功的潜质，在自私与享乐中堕落，并最终酿成车祸的惨剧。同是刚入旅馆穿上制服，克莱德看到的只是衣服的“漂亮”[⑦]，而对于德赛勒来说，制服则意味着工作人员身份的确定，当他穿上时就需要全身心地投入工作之中[⑧]，这就展现了他的敬业精神和职业素养。

除了富兰克林的性格决定成功说之外，本书认为，爱默生的某些核心思想和论述可以被视为弥尔豪泽塑造德赛勒性格的核心要件。作为美国史上最伟大的思想家和文学家之一，爱默生影响了美国小说中许多具有文化特性的人物的性格描写，最典型的有詹姆斯笔下的伊萨贝尔·阿切尔(《一位女士的画像》)和埃利森笔下的看不见的人(《看不见的人》)：前者为了追求自由永不停息地探索自我的冲动和直觉，后者在爱默生式的探索自我中，由于与社

① [美]西奥多·德莱塞：《美国的悲剧》，许汝祉译，北京：人民文学出版社，1999年，第15页。

② 同上书，第46页。

③ 同上书，第50页。

④ 同上书，第51页。

⑤ 同上书，第51～52页。

⑥ 同上书，第52页。

⑦ 同上书，第53页。

⑧ *MD*, p. 24.

会不断冲突最后走向爱默生的反面。笔者认为,马丁·德赛勒同样是一位爱默生式的人物。下面笔者首先回顾爱默生的若干最具代表性的文章,按照自力说、梦幻说和革新论三点与小说主人公的性格进行互文阐释。上述这三个方面在小说塑造德赛勒的人格特征时被反复强调,形成了鲜明的特色。

首先,爱默生的自力说在他《论自力》[①]的演讲中得以系统地阐发,其核心的观点就是"相信你自己"[②]。他强调人应该克服对自己"负面个性"的被动认识,更多地相信本能(instinct),更少地相信"理性的判断"。爱默生指出,一个人在成长中,总会遭遇社会上的障碍、阻隔、纠缠,常常消磨了他的个性;只有用意志和行动来对抗这些外在的阻碍,人才能在奋斗中实现自我,"你的善必须有其锋芒,否则它就一无是处……当我的天才要求我时,我避开父母、妻子和兄弟。我会在门楣上写下:闪念(WHIM)"。这种对社会规训的蔑视、对坍塌的自我意识的解放,在他的笔下时时变成自我中心主义的宣言:"我必须做的全部是与我有关的事,而不是人们认为要做的事。"[③]爱默生强调对直观和冲动乃至闪念的正视,强调要将之付诸实践,这是他认为的人能够认识自我、实现自我的前提。当然,为了避免绝对化,爱默生在别处也强调友谊和审慎的重要性,认为人在依靠自我、听从直觉时既要抗拒外在的压力,也要抗拒自我的肤浅冲动,但他依然认为,"自力"在人的价值观体系中是至高无上的[④]。

在《马丁·德赛勒》中,作为主体的主人公依靠自我、相信自我的精神,特别表现在他与别人冲突时依然保持着自己的理想,具有坚强的意志。比如,

---

① self-reliance,国内通译为"自助"。笔者在此采用了高健先生的译法,参见高健编译:《美国散文精选》,上海译文出版社,2010年。本书所引的爱默生散文的版本是 Ralph Waldo Emerson, *The Complete Writings of Ralph Waldo Emerson: Containing All of His Inspiring Essays, Lectures, Poems, Addresses, Studies, Biographical Sketches and Miscellaneous Works* (New York: Wm. H. Wise & Co, 1929). 译文由笔者所译,同时参照赵一凡等译:《爱默生集:散文和演讲录》,北京:生活·读书·新知三联书店,1993年。

② 同上书,p. 284.

③ 同上书,p. 288.

④ 关于爱默生自力说思想的渊源、其在其思想体系中的位置及表现以及抗拒肤浅的冲动等,可参见 Lawrence Buell, *Emerson* (Cambridge: Harvard University Press, 2003), pp. 59~106。

他儿时在父亲的烟草店中设计出“雪茄树”，用来展示店中的烟草，尽管父亲不屑此道，但他仍然认定自己的想法是正确的[①]；比如，在他计划租赁“天堂展馆”被要求得到父亲的担保时，他表现出极度的不满，渴望独立，渴望自我被人承认[②]；如他在被提升至助理经理并被许诺在韦斯特哈文卸任后任总经理时，仍然执意辞职走人，哪怕旅馆总工程师兼自己的合伙人唐第都无法认同[③]；如在范德林遭遇困境待价而沽时，他不顾艾莫琳等人的反对，毅然卖掉手头六家都市餐饮的股份，以收购范德林[④]；再后来他建设德赛勒旅馆、新德赛勒旅馆和“大宇宙城”时，由于规划浩大、投资庞大、想象奇特，即使有阻力与不被理解，他也毅然决然要排除种种困难，甚至我行我素。德赛勒后来对自己人生的历次重大转折作过思索，认为每次转折都是由于服从于自己最初那一刹那的冲动所致，特别是在他准备辞去范德林的职务、专心从事餐饮时，他总结自己心路历程，认为当初开第一家饭店只是“一时兴起、一个冲动”(an impulse, a whim)，开第二家饭店凭的只是“直觉”[⑤]，这恰恰是爱默生所主张的人需要正视自我当下的冲动，并付诸行动的主张。

其次，爱默生特别强调，幻想(illusion)在人的生命体验、在人认识世界改造自我的过程中具有重要的作用。在中晚期思想转折时所发表的《经验》(“Experience”)一文中，爱默生首先问道：“我们此时到底置身于何处?”然后转而描述人们日常生活中麻木于现实的景象，感觉的迟钝使得日常生活欠缺真实——“我们的眼里终其一生都晃动睡意，正如整个白昼中杉树的枝条依然为黑夜笼罩。所有的一切都在浮沉中，闪着微光”[⑥]。而当我们执着地在这如幻梦般的世界去抓取什么时，“万物的幻灭和无常使得它们轻易地从我们指间溜过”，这正是他视为“人生境遇中最不堪的部分”[⑦]。于爱默生而言，我们总是从此梦走入彼梦，“幻象(illusion)永无尽头”。作为人生的主宰之

① *MD*, p. 4.

② 同上书，p. 63.

③ 同上书，pp. 121～122.

④ 同上书，p. 173.

⑤ 同上书，p. 123.

⑥ Emerson, *The Complete Writings of Ralph Waldo Emerson*, p. 252.

⑦ 同上书，p. 253.

一,幻象还与另一主宰"性情"相协作:性情一经进入"幻象的系统",便"将我们关闭在我们看不见的玻璃牢狱中"。我们看到的每个人都存在一个视觉的幻象(optical illusion)[①]。人生虚幻的神秘性就表现在情绪或物体的接续中。我们热爱真实,真实使得我们永恒,但是人却永无餍于求新、求变,正如读者永无餍足地从蒙田、莎士比亚、普鲁塔克读到普罗迪乌斯、培根、歌德等一样。爱默生关于"幻想"的言说在《生活的准则》的压轴篇《幻想》中得到进一步申说。由于幻想的存在,人们难以正确地观察经验;唯有接受幻想,承认幻想中所包含的认识论上的相对主义,才能证明幻想具有教育意义;人需要以幻想为手段实现自身的发展,但又不能仅仅止于幻想,需要通过行动来加以证明或证伪,以此不停地修正人的直观(perception)。换言之,人又需要拥抱幻想,在行动中去求证幻象;幻象激发人的希望和创造性,"以幻想来包裹生活的法则可以鼓舞意志"[②]。

弥尔豪泽笔下德赛勒迷梦般的心理世界,对人生、事业、城市乃至宇宙的感知和想象,都充满了爱默生式的对幻觉、幻象的细致描写和爱默生式的对幻想的歌颂。比如,作者在描写德赛勒少年时随父母去西布莱顿度假时头脑中浮现出的破碎意象互相连缀,将他的此在与世界经由波涛和海浪相连成片[③],已经初步展现出他后来事业发展时常有的那种宽阔的想象空间。其后在小说中,表现幻想、想象等词语或意识流在故事的发展中不断复现,凸显了主人公的这一特质:如查理找上门来询问德赛勒及其父母能否让德赛勒去范德林做行李员时,德赛勒只觉得这一想法之"奇幻疯狂(fantastical and crack-brained)"如同"参加马戏团",让他"滑入"往日在宾馆所见到"梦境"[④];德赛勒初任行李员后,在每天下班时脱下制服换上自己日常装束时,他总会惊眩于旅馆的"景观",只觉得自己处在"正午的恍惚"(noon revery)中,是"跌入了奇幻的梦里",感到自己的"内心在摇头,强迫着自己瞪眼瞧着"眼前这一

---

① Emerson, *The Complete Writings of Raph. Waldo Emerson*, p. 254.

② 同上书,p. 156.

③ *MD*, pp. 16~17.

④ 同上书,p. 19.

切[①]；当主人公被提升到白班职员时，他又陷入恍思，直到晚上才意识到"他在旅馆的生活是种梦幻般的生活，是一段插曲，一段他终将醒来面对真实世界的生活，无论这个真实的生活是怎样的"[②]；其后他在从白班职员被提升至经理秘书时，同样陷入恍思，在最初就任此职时一系列的意象纷沓至来，凸显他对大厅工作迷梦般的思念[③]；而有传言称他可能又要被晋职时，他感到"那种梦幻般的感觉压上来，仿佛他真实的生活恍若就在此处，又不在此处，而是在那里，那一边过去的那一点点地方，就在那里"[④]，展现出他身处人生与命运的迷宫中的不真实感等。大卫·罗宾逊指出，爱默生关于幻象和幻想的言论，目的在于为其实用主义的人生哲学奠定基础，他更要求人们去接受幻想，去创造世界，成就自我[⑤]。这种指向实践的充满实用主义精神的幻想，在小说中比比皆是，正如他在接受了被提升为白班职员时所领悟的，既然"承认了生活的梦幻本质"，那就"完全地沉入梦想之中，不用恼人的渴望醒来"[⑥]。幻想和梦想与他的欲望紧密相连，他永无餍足，面对着飞速发展的城市空间，他的体内总是洋溢着躁动不安的情愫：还是旅馆职员时他就常常夜游于城市的各个角落(第八章)，也就是探索着自己的欲望；躺在床上时血液里的躁动让他感觉自己就像"一列蒸汽火车，向着黑色的夜空吐着火红的浓烟行驶在现代的都市中"[⑦]；三家餐馆成功后依然不满现状，体内"涌现出一阵尖锐的躁动、不满，仿佛他应该去做别的什么事情，更宏伟的、更高的、更艰难的、更危险的、更有魄力的事情"[⑧]；六家餐饮连锁店成功后，依然不满，感觉"躁动"，因为以后无外乎"所有这些蓝色的咖啡店，在平原和群山中复制自身"而

① *MD*, pp. 24～25.
② 同上书, p. 36.
③ 同上书,p. 56.
④ 同上书,p. 59.
⑤ David Robinson, *Emerson and the Conduct of Life: Pragmatism and Ethical Purposes in the Later Works* (Cambridge, UK: Cambridge University Press, 1993), pp. 54～70.
⑥ *MD*, p. 36.
⑦ 同上书,p. 71.
⑧ 同上书, p. 129.

已[①];初次回到范德林,陷入重造这家旅馆的迷梦中,甚至想象自己的身体就是这个建筑物,在壮大着,醒后感到自己的“心快速地搏动——而从他的心中搏动而出的是一浪高过一浪的粗犷的、甜美的兴奋”[②];直至最后,德赛勒宾馆成功后,他又梦想着能够建造出具有“更丰富的场景和具有冒险精神”的东西,甚至扪心自问“是不是他这个人有点毛病,让他不能消停下来?他为何偏偏总要梦想着做些什么,改善些什么?马丁觉得,仿佛只有当他能够想象出别的什么东西,伟大的东西,更伟大的东西,伟大到和整个世界相当的东西,他才能够消停一会。”[③]而这就是他生涯的顶点,建造出无所不包、无所不容的“大宇宙城”。

再次,爱默生革新说中的要求不停地变革世界,与德赛勒性格塑造深相契合。爱默生指出,一个自力的人应该是随着自己的冲动和理想,不停地改革与变革现存世界的人。爱默生在《人即改革者》的演说中痛陈革新此一时代之弊病的迫切需要时说:“一个人如果不是为要做一个改革的人,一个重新创造前人所创造过的东西的人,一个批判谎言的人,一个恢复真理与善的人,一个模仿那拥我们在怀的大自然的人,一个模仿着大自然她那未曾有过一刻沉睡在古老过去的人,一个模仿着大自然每时每刻都在修复着自己、在每个新的一天中都赐予我们一个清晨,乃至随着每个悸动都赐予我们新的生活的人,那么这个人到底又为何而生呢?”[④]相应的,在小说《马丁·德赛勒》的开篇,叙述者在介绍美国当时所处时代背景时,就谈道:“在美国的任何一个街道的拐角,你都会看到某些相貌平平之人,命中注定要发明新的”各种东西,这就呼应了爱默生所呼唤的美国的尚新文化氛围。而德赛勒以维新为务的性格描写在小说中贯穿始终。第一章中,作者介绍德赛勒儿时在父亲店里卖烟草时发明的“雪茄树”,即“在一个圆形的底盘上固定一根树干”“上面卷折出 16 根铜线”“铜线的末端各挂一只雪茄”[⑤],说明了主人公在展览宣传上的

---

① *MD*,p. 171.

② 同上书,p. 174.

③ 同上书,pp. 242~243.

④ Emerson, *The Complete Writings of Ralph Waldo Emerson*, pp. 76~77.

⑤ *MD*, p. 3.

创新意识;这一特性由于与其父奥托·德赛勒的对比而更显鲜明,后者讨厌任何"花里胡哨(frivolous and extravagant)"的事物(暗指清教精神的遗传),但在德赛勒不事张扬的数字理性的劝说下,父亲态度终得逆转[①]。在强调德赛勒的改革和尚新的精神时,作者特别将范德林旅店的总经理韦斯特哈文与德赛勒进行对比,主要聚焦于两人就范德林是否要与时俱进地进行现代化装修等一系列关于旅馆管理的辩论。叙述者在这段描写中,首先点明韦斯特哈文的性格:他对旅馆业了解透彻,以范德林为傲,且对每个下属严谨公正,唯一的缺陷就是"爱他的旅馆现在的样子,对豪华装修犹豫不决"[②]。尽管世界在变,他"也相当僵硬地向无可阻拦之事物弯腰",他依然"质疑如此变化的必要性"[③]。然后作者以间接引语与自由直接引语交替的形式总结两人辩论的要点,特别是德赛勒的看法,加强读者对德赛勒的创新意识和开放精神的认识。争论中的德赛勒认为,如果不与时俱进,范德林则有"古董化之虞",现代化的设施"非奢侈品,是必需品"[④]。固然,旅馆之精神绝非仅限于"技术"之一端[⑤],所以改革要注重章法,要依据人的心理,将"美国的效率和技术"与旧物结合起来,就像把爱迪生的电能和欧洲王室的风格结合起来所发明的蜡烛台灯一样,如此则使人既不"失去最新的发展",又能感到"什么都没变",如此则藏新于旧,旧中出新,方能使范德林生生不已、持续发展[⑥]。

本节以富兰克林和爱默生关于理想人格的陈述为框架,将马丁·德赛勒和"美国梦"叙事传统中的其他主人公在性格上加以对比,进行互文解读。历史表明,富兰克林和爱默生的著作对美国文化中理想人格的塑造影响深远,两位思想家的思想由于美国的国家体制和文化体制的宣传,事实上带上了该国意识形态的色彩,并在以之为标杆的"美国梦"叙事传统中得到了有力的肯定。这里之所以将两位思想家的理想人格作为标准来进行互文分析,其中最

---

① *MD*, p. 4.
② 同上书,p. 69.
③ 同上。
④ 同上。
⑤ 同上书,p. 70.
⑥ 同上。

重要的原因在于吉尔茨对“人”所作的定义,即在他看来,“人”是要受到“文化这一套符号装置控制其行为的”,是文化赋予了人以“形式、秩序、意义、方向”,是文化赋予了人的主体性和能动性,并使人的自我认同在普遍和特殊的两个维度上展开[①]。显然,富兰克林和爱默生的思想也融入了美国的意识形态系统,而作为文化体系的意识形态始终在塑造主体的意识和行动。本节的细读表明,作者在塑造《马丁·德赛勒》的主人公时,倾向于维护“美国梦”意识形态的写作逻辑,即充分肯定德赛勒的人格由于美国文化对主体的理想人格的预期,对主人公的成功起到了决定性的作用。但这只是这部小说作为反“美国梦”作品的铺垫性写作策略之一,在下一节中笔者将讨论它如何着眼于主体的命运,从而在新的层次上转入反“美国梦”的逻辑。

第三节 时空体、主体困境与反意识形态的抒写

本节关注小说中的空间问题。如前所述,笔者认为,正是因为小说的主人公最后痴迷于制造空间而导致了其梦想失败,从而说明了本书作者对于美国梦意识形态的独特批判视角。也正如本章前言所引,这部小说的空间形式作为整部小说最突出的侧面,也受到了前文所提到的四位评论者中前三位的高度重视。但笔者认为,这些论者提到的小说中空间所表现的主题或寓意并没有深入整篇叙事的核心——“美国梦”。他们或者注意了空间的奇幻色彩,或者将之视为美国的奇迹而讴歌,但没有将它与小说的整体叙事结构加以联系,作总体上的把握与解读。本书认为,这部小说中的空间形式与小说的人物和情节紧密关联,共同表现主人公如何沿着资本增殖的轨迹来实现自己的“美国梦”,这是作者在驾驭“美国梦”这一传统时最具创造性的一面,是对这一传统叙事的丰富和发展。具体而言,作品的空间形式,在宏观上表现为城市的兴起,在微观上表现为旅馆空间。由于本书所关注的“美国梦”小说并非一定以这两种形式作为自己的时空体,或者即使在小说文本的局部作为自己

① Geertz, *Interpretation of Culture*, p. 52.

的时空体形式，但在小说中占据的位置也无法与它们在《马丁·德赛勒》中的作用相比，而仅仅作为故事发生的背景予以呈现；故而本书在下文中更多地将《马丁·德赛勒》的时空体与美国城市小说的传统和美国文学中有关旅馆的叙事联系起来。本书认为，这部小说在叙事中给予这两种时空体形式以突出的地位，用来表现其“美国梦”的主题；在论及城市兴起的主题时，笔者也会将其与德莱塞《欲望三部曲》中“城市空间的兴起”的部分加以比较。

本节首先以巴赫金的“时空体”为楔子领起整节的论述。然后回顾 19 世纪后半期至 20 世纪初美国小说中“城市空间的兴起”这一主题，将小说《马丁·德赛勒》的空间叙事看作这一时空体传统的继承与再造；再然后转为分析小说中“城市空间的兴起”如何由作为观察者和感受者的主人公来表现，或者说“城市空间的兴起”如何强化了主体的梦幻意识和资本精神。与总体宏观上的“城市的兴起”这个时空体相对，本书随后转入微观上的“19 世纪末 20 世纪初的旅馆”这一时空体的分析，通过引证列斐伏尔等人空间生产的理论作为论据，指出旅馆这种空间形式在小说文本中如何被赋予内在的资本逻辑，而资本对主人公心智的扭曲则是造成他“美国梦”破灭的实质原因。需要指出的是，这两种时空体具有内在的因果关系：在共同的时间维度下，宏观的空间体形成依赖于微观的建造，而微观的空间体也是宏观时空体的切面，两者间的联系是以小说主人公为代表的人物为了实现梦想而操纵资本从事空间生产为前提的。

巴赫金提出的时空体概念，是借鉴爱因斯坦相对论中时间和空间不可分割的基本思想，对小说的时空关系所作的创造性思考。他指出，文学中的时空体(chronotope)形式是用来“把握时间和空间相互联系”的方法，特别反映在“各种体裁上”[①]，是一个“形式兼内容的文学范畴”[②]；在文学的时空体中，空间与时间相互融合，“时间在这里浓缩、凝聚，变成艺术上可见的东西；空间则趋向紧张，被卷入时间、情节、历史之中。时间的标志展现在空间里，而空

① 我国俄语学者此处翻成中文的“体裁”，大体相当于英语学者译为中文时采用的“文类”一词。

② 《小说的时间形式和时空体形式》，见《巴赫金全集》(第三卷)，白春仁、晓河译，石家庄：河北教育出版社，1998 年，第 274 页。

间则要通过时间来理解和衡量。这种不同系列的交叉和不同标志的融合,正是艺术时空体的特征所在"[①]。巴赫金特别指出,时空体在文学中重大的体裁意义:"体裁和体裁类别恰是由时空体决定的,而且在文学中,时空体的主导因素是时间。作为形式兼内容的范畴,时空体还决定着(在颇大程度上)文学中人的形象。这个人的形象很大程度上被时空化了。"[②]值得注意的是,巴赫金在这部专著中以上自希腊小说下迄拉伯雷等几种前现代的小说类型为依托,分析了时空体的运作。迈克尔·霍尔奎斯特在细读巴赫金著作的基础上提炼出时空体分析的几种维度[③],并结合他本人对《超人》《了不起的盖茨比》和《疯人笔记》的文本解读进行拓展性发挥。这种将时空体用于单篇作品的分析实践,与巴赫金针对文类对时空体的讨论相映照,正好为本节中分析《马丁·德赛勒》中时空问题与相关小说传统之间的关联提供了很好的参照。

笔者认为,《马丁·德赛勒》的时空体形式,在宏观上突出表现为 19 世纪后半叶及至 20 世纪初现代城市的兴起,在微观上表现为 19 世纪末到 20 世纪初的旅馆业发展。这就分别呼应了表现这两个时空体形式的小说传统。这部小说通过主人公德赛勒对城市兴起的感知和旅馆等空间形式的建造将宏观与微观的空间主题巧妙地结合起来,突出地表现了这部小说的核心主题:主体的资本活动是与其所处的历史语境联系在一起的,由社会历史语境决定主体的发展,并由主体来参与社会-历史的建构,而建构的中介正是"美国梦"的意识形态和主人公的空间实践。

首先笔者约略回顾一下城市的兴起在美国小说中的表现。城市作为美国小说传统的主题,肇始于库柏、霍桑、麦尔维尔和坡[④],19 世纪后半叶在马

---

① 巴赫金,第 275 页。

② 同上。

③ Michael Holquist, *Dialogism: Bakhin and His World* (London: Routledge, 2002), pp. 109～145.

④ 参见 Heather Roberts, "The Problem of the City", *A Companion to American Fiction, 1780～1865*, ed. Shirley Samuels(Malden: Blackwell, 2004), pp. 287～300。该文对美国战前小说中城市现象的分析,十分清晰地反映了内战后美国现代城市的迅速崛起在文学中的表现。

克·吐温、豪威尔斯、诺里斯、沃顿、克莱恩、伦敦等作家笔下得到初步展现[①]，在德莱塞笔下发展壮大[②]，后由安德森、帕索斯、品钦等人延续至今[③]。小说《马丁·德赛勒》所反映的时间是19世纪后半叶到20世纪初，是现代城市兴起最重要的阶段。当时，随着工业化进程的加快与资本繁殖的提速，空间被迅速地城市化，城市空间的样式也愈发多样化，出现了街道、广场、工厂、商店、超市、咖啡馆、酒吧、歌剧院、影剧院、公园、车站、码头、旅馆、医院、写字楼、博物馆、图书馆、市政厅、菜市场、股票证券期货的交易厅齐聚一地的场景，这些空间形式的变迁，对置身于其中的人的感官，造成了新的强烈冲击，并组织起新的社会结构和经济政治秩序，规范城市人在公共和私人区域的各种规则等[④]。

《马丁·德赛勒》所反映的"现代城市的兴起"这一时空体形式主要是通过德赛勒作为空间的感受者和思考者的主体形象来间接表现的。以街道为例，小说开篇描写1881年9岁的德赛勒站在父亲的烟草店门口观看街道时，眼前的路还是由"碎石"铺就，货物由挽马(dray horse)驮载，潮湿的马粪在太阳下冒着蒸汽[⑤]，这还是19世纪现代化尚未开始的小城镇的格局。而德赛勒

---

① Sidney H. Bremer, "Fiction's Many Cities", *A Companion to American Fiction: 1865～1914*, ed. Robert Paul Lamb and G. R. Thompson(Malden:Blackwell, 2005), pp. 296～297。该文主要研究美国内战至20世纪初美国小说中的城市问题。

② 参见 Blanche Housman Gelfant, *The American City Novel* (Norman: University of Oklahoma Press, 1954. 布兰奇将德莱塞称为第一个真正意义上的美国城市小说家。在美国城市小说传统的研究中，布兰奇的这部著作堪称定义之作。她从形式、布景和语言三个方面考察，将美国城市小说分成三种次类型："肖像"研究，通过单一的人物来揭示城市，而且通常是某个乡间的青年将城市作为他的新的生活地点和方式来提示城市；"全景式"研究，也即此类没有主人公，而是将城市作为一个人格加以全方位地揭示；"生态"研究，其立足点在于某个小型的空间单元，如邻里、社区，细致地探究与这个地方相等同的生活方式。这种分类依据对后来的研究具有重要的启发意义。

③ 参见上述布兰奇的著作。对于"二战"后美国城市小说的后续发展，可参见 Ted Clontz, *Wilderness City: The Post World War Ⅱ American Urban Novel from Nelson Algren to John Edger Wideman*(New York:Routledge, 2005).

④ 关于城市兴起的研究在当代堪称显学，跨越了哲学、人类学、建筑学、政治学、经济学、历史学、社会学、文学、环境学、地理学等众多学科，其著述举不胜举。可参见安东尼-奥罗姆、陈向明:《城市的世界:对地点的比较分析和历史分析》，第74～78页。

⑤ *MD*, p. 2.

将天堂展馆改造为他的第一家餐馆时，街上已经专门设有马拉街车的线路(horse railway lines)了[1]，用以载运人们上下班，标志着城市内较大规模的运送人力的开始。而到主人公要开张第三家都市餐饮店时，“传言蜂起：城市要进入地下，火车要奔驰在大道之下，沿线设有各个站点”，这让马丁想象到：未来城市中“火车上可入天，下可入地”，沿着火车道的两边耸立起“一个凌厉的、魔幻般的、游走的、铁块般的城市”，“沿着震颤的道路的两边，耸立起静止的大厦，空气与之激荡，而大厦则愈来愈高”[2]，这是地铁(“入地”)和高架桥(“入天”)开始被设想与设计，并通过较为惊悚的语言，展现这些新生事物对当时人们造成的感官上的震撼(火车的上天、入地)，也间接折射出城市兴起造成的空间资源的紧张和资本逻辑操纵下逼生出的空间景观(街道边的大厦)；而到小说后面的部分，地铁的兴建已经处于实施之中[3]，成为事实。小说中街道的变迁典型地反映了城市的变迁，因为街道作为城市最为重要的空间形式，维系着人、物、信息的流转，对城市中资本的运转意义重大。列斐伏尔在城市研究中提出了“律动分析”的概念，以一天中巴黎街景的变化为例，指出街道是城市人组织和整合其“城市体验的坐标”[4]。这一概念有助于我们理解这部小说横跨20多年街景变迁的时空寓意。小说反映的街景变迁，与列斐伏尔的观察相比，在时间跨度上更长，其面貌变化更为显著，对人物感官的冲击更强；更重要的是，这些变化始终在启发主人公不断探究城市变迁内含的资本逻辑，并通过自己的资本活动来引领城市的变迁。

城市面貌的发展和变化不仅表现在马丁·德赛勒所看、所听、所想的街道变化和交通工具上，小说中主人公对城市兴起的领悟也呈现出一种从无意识遐想到有意识思索的变化过程，反映出主人公人物形象的变迁。小说的第八章《进身》(*Advancement*)将主人公作为一个“游荡者”的形象加以塑造。这里所谓“游荡者”的概念，是由本雅明论述波德莱尔时提出的，在城市空间

① *MD*, p. 68.

② 同上书，p. 115.

③ 同上书，p. 199.

④ Henri Lefebvre, *Writings on Cities*, trans. and eds. E. Kofman and E. Lebas (London: Blackwell, 1996), p. 221.

的文化理论中影响深远。在本雅明看来，波德莱尔笔下第二帝国时期巴黎的游荡者可以归结为几种类型：一种是寻找“买主”的文人，他们在逡巡于城市这幅“全景画”时，感受着现代城市给人的新奇体验，置身于人潮时思忖着大众的命运，并且每日“测量”自己“失败时的深度”①；另一种是同样逡巡游荡的侦探，他们看似懒散、游手好闲，背后却有着观察者的精明和警觉②；还有在拱廊中闲游的其他城市人群，他们“将悠闲表现为一种个性”，以抗议“劳动分工把人变成片面的技工”等③。但“游荡者”的形象不单单出现于波德莱尔的笔下，“游荡者”作为文学的母题(motif)已屡见不鲜④。这里弥尔豪泽笔下的马丁·德赛勒也可以被看作城市“游荡者”的一种次类型。小说中描写了他在性意识觉醒后喜欢夜游(“night strolls”)于城市的各个角落，并在繁重的三种工作之余有着“探索城市”的习性。在游荡中，让他印象最深刻的是“哈德逊河”与“中央公园”之间“那耸立四层的房屋、杂草丛生石头嶙峋的荒地、与世隔绝的城堡、乱搭乱建的棚区、未经铺平的道路、大片的地基下沉的峡谷般的农场”。他“特别关注”这块区域的原因是：“有很多关于这块荒凉而又崭新的地段的说法，说投机家正持地不动，以求暴富。”⑤这里主人公在游荡时，对于毗邻城市并即将升格为城市的空地的“特别关注”，让读者窥视到

① [德]瓦尔特·本雅明：《巴黎，十九世纪的首都》，刘北成译，上海：上海人民出版社，2006年，第88～96页。译文稍有改动。

② 同上书，第101页。

③ 同上书，第116页。

④ 本雅明在此引述波德莱尔的话：“漫游是许多想象力强的民族都喜欢做的事情。”但可以说，闲逛、漫游作为人的天然习性，普遍表现在文学中，其类别举不胜举，比如诗人，中世纪的行吟诗人，近代的如华兹华斯等人漫游于山川林泽间寻求慰藉和天启等；比如儿童也是喜欢游荡的特殊人群，阿尔弗雷德·卡津在的自传中回忆自己儿时在犹太区的街道和教堂中游荡，余华在《兄弟》中记述了宋钢和李光头儿时身处“文化大革命”中夜晚漫游刘镇街道的情景等，再如王尔德和于斯曼笔下的纨绔子弟在灯红酒绿之后游荡城市有家不归的形象，乔伊斯的《尤利西斯》中布鲁姆夜晚穿行于都柏林的街道思索着民族、人类、哲学和现代生活的意义等。由于学科视角的不同，在现代空间理论中，本雅明对城市游荡者形象的论述，主要关注的是城市发展、城市景观、城市新的生活方式对彼时闲荡者的感官冲击和行为塑造等方面，多忽略这里提到的“侦探”和“探查”这些关于当时政治状况的论述。

⑤ *MD*, pp. 53～54.

主人公在闲游之时不忘品味空间的资本价值的本性，展现出主人公目光中内隐的资本精神。在同一章的结尾处，马丁·德赛勒在范德林被提升为总经理秘书，有了钱之后，依然有着在城市四处游荡的喜好，文中写道："他到处游走着""游走在高架铁路下阳光斑驳的林荫大道上，游走到东河码头上，穿过挂满毯子接通消防管的防火通道，再游走于城区中正对着杂草丛生的空地所建起的新的排房。行走间，他四处张望，将所有景致尽收眼底，他感觉到自己的小腿和大腿中洋溢着幸福的紧绷感，他感到了一种能量的涌动、一种静谧的躁动、一种要干出一番事业、考验一下自己、创造出一个更伟大的自我的欲望"。文中这里充分说明主人公早年游走、探索城市的过程，其实就是他探索自己欲望的过程；是城市的兴起启发了他要获取成功、实现自我的抱负或梦想，而这种梦想正在他后来所建造的一个又一个连锁饭馆及旅馆中得以实现。

特别是在小说的后半部分中，弥尔豪泽多次使用精细的笔法，以成功后的马丁更为老到的眼睛来观察、思考城市的面貌发生变化的原因，与主人公青年时代看待城市的懵懂眼光形成对照。如新德赛勒于 1902 年被建立之前的城市形象：

> 有时，他仿佛听到了在城市整个西区的上上下下回荡着撕裂声或破裂声，那是地上的基岩被挣开即将生育出新的楼房来。在大道(the Boulevard)上，在阿姆斯特丹和哥伦布区，在面对中央公园的空地上，在 16 号和 110 号大道之间的辅路上，一夜之间拉起了围栏。很多新的楼房都是七层以下小的公寓楼，法律对这些楼房没有防火方面的要求，但是十层和十二层的公寓楼也在拔地而起；相应地，这里或那里还有个要建旅馆的人，他有着更大的雄心，他要建造一个声若洪钟的大东西。从他的德赛勒的顶层花园上往下看，马丁看到的这个世界有着许许多多的空旷的地坑和被炸开的岩石，有着被脚手架的尖刺包裹着的尚未完工的公寓楼，有着蒸汽制动的起重机，在棕黄色的石头和砖块上沿着黑色的对角线挥动。仿佛西区早就被一个庞大无比的耙子给刨开，播上钢铁与石头的种子；而到这个世纪转折处，这些道路都已经开始迸发出来，奇怪地茁壮成长：从

基岩涌出，长出这带有钢铁脉管的现代之花。这阵建筑的热潮有着自己清晰的逻辑，以未来的地铁为依据，正如市中心建造得越来越高的写字楼正是城市房地产价值飙升和电梯发明的直接结果——但是马丁，从他的德赛勒的楼顶花园往下看时在想，是否所有的这些解释只不过是伪装，其用意正在掩藏一种隐秘的力量。因为让他感触最深的是城市这种可怕的不安分，它要颠覆自己的欲望，它要将自己敲得粉碎再迸发成新的形式的欲望。城市就是医院里的一个发烧的病人，在沉睡中不停地翻身，在现代的梦想中喷发。①

这段话只是小说中随处可见的用来描写城市兴起的段落之一，全段首先从马丁的听觉（“听到”）着手，以想象（“仿佛”“整个西区的上上下下”）来构筑听觉的画面；然后描述各条大路（从“大道”到“辅路”）被拉起围栏，从空间上给人以立体的地图般的视觉感，表现出城区被改造的速度和力度。“七层以下”“十层”和“十二层”公寓楼的兴建，说明城市人口的急剧扩张，而关于公寓楼“防火”规格的法律规定，说明空间的改造或城区的规划处于法律或者国家机器的管控之下。从“公寓楼”到“旅馆”，说明一种关注点的递换，因为公寓楼为城市常住人口所用，而旅馆则为暂住的流动人口服务，两者中特别是后者以交通工具的便捷和人口的流动性作为其存在的先决条件，这也是马丁所关注的事实，实现马丁的思路从相近的行业向自身的行业跳转。然后作者采用马丁站在德赛勒旅馆的顶层花园向下看的视角，全景展现了正在被改造的城市空间的景象。值得注意的是，这里将城市的兴起比喻成种植作物（从“耙子”到“现代之花”），从主人公的视角看，体现了一种用旧有的或较为熟悉的事物来理解新的较为陌生的事物的思维，也隐含着城市化初期人的认识心态，而对那些今天已经熟悉城市生活而对前现代的城镇或乡村生活不甚熟悉的读者而言，这段比喻反而格外新颖。然后，作者通过马丁的认识来诘问，是否这一切仅仅是市场或科技发展的结果使然（“城市的房地产”和“电梯”）。而马丁感受到的城市兴起的动力，更多的是来自一种“隐秘的力量”或是城市本身的“欲望”。而笔者认为，这种催动城市建设的“欲望”正是像马丁·德赛

① *MD*, pp. 234～235.

勒这样的城市建造者的“梦想”或“欲望”，是这些主体通过驾驭资本的逻辑，并将精力倾注于空间的建造，将梦想转化为现实而创造了现代城市。这一段表明宏观的城市空间兴起促使主人公进行微观上的旅馆空间（新德赛勒）建设，同时，微观上的建设也造成宏观上城市的发展。

在此，笔者引用德勒兹关于作为欲望机器的人与资本主义生产关系的论述来进一步阐明这一段的寓意。德勒兹和伽塔里认为，人的欲望就是一台机器，它是生产之源，是一台生产的机器。人，这一台欲望机器兼生产机器与其他机器相匹配，在资本主义的生产体系下，从事着生产的生产。机器，以群体性的幻想或梦想为中介，在欲望生产和社会生产的衔接和正反双向操作中，欲望生产出社会现实，社会现实生产出欲望。而整个资本主义就是一台巨大的欲望的生产机器，它将每一台小机器联合起来从事生产，机器与机器之间必须匹配，欲望与欲望必须结合，只有这样才能形成各个层次欲望与机器的正常运转。如果单个的欲望机器发生故障，则会被整个资本主义的机器体系所抛弃①。与之相应，著名的空间学者哈维·莫勒奇将城市定义为一台“增长的机器”，城市存在的目标就是增长、发展与扩张，它集合了食利阶层、房产开发、政府管控、资本投资乃至媒体部门的参与，浸透着这些人逐利的资本欲望，因为这些欲望和活动，城市本身就变成了这样一架渴望无尽增长的机器②。这里完全可以将莫勒奇的论述看作德勒兹的思想在城市空间领域的发挥，也完全可以将这两段论述拿来作为小说中此处主人公对城市空间感悟的注解。在此处，马丁一方面看到的是城市大规模的改造和建设，他“感触最深的是城市这种可怕的不安分，它要颠覆自己的欲望，它要将自己敲得粉碎再迸发成新的形式的欲望”。这是城市这台欲望的机器给主人公这台欲望机器施加的影响，而马丁自己则“有着更大的雄心，他要建造一个声若洪钟的大东西”，这又是在单个人欲望的这台小机器上呼应城市这台欲望的大机器，呼应的中介正是他建造旅馆的梦想和实践。小说中在旅馆空间的环节不断重

---

① 汪民安、陈永国、马海良主编：《后现代性的哲学话语：从福柯到赛义德语》，杭州：浙江人民出版社，2001年，第36～55页。

② 安东尼·奥罗姆、陈向明：《城市的世界》，第49～51页。

复，表明催生主人公梦想不断壮大的正是他不竭的欲望，欲望生产着欲望，并转化为社会现实。这在叙事中就表现为旅馆等空间形式的不断更迭，它与“城市”这台资本主义体制的欲望大机器相衔接；后者又从反向作用于欲望并生产着主人公的欲望，主人公的欲望又再次反向以更大的梦想形式转化为更宏大的空间组织现实，如此相互推宕，在资本不断膨胀的条件下，最终生产出“大宇宙城”的空间形式。

回顾本书所提及的这几部“美国梦”小说，也只有德莱塞笔下《欲望三部曲》中的考柏伍德在“城市兴起”的时空线上扮演的角色与德赛勒最为相近。在三部曲中，德莱塞分别精细地描写了费城、芝加哥和伦敦这三个城市给主人公的感受，主人公在参与城市的建设时也一直致力于能够进行资本运作、改造城市的活动，以便攫取利润；这特别表现在后两部作品中，考柏伍德参与建设铁路的一系列事件中。但是他对铁路和其他城市空间样式的规划、建设和管理更多的是通过寻求代理人为之打点的途径，而对空间具体的管理和操作在小说中常常被忽略。另外，如前所述，作者的叙述中更着力于描写考柏伍德如何与官商勾结，操控资金并进而操纵铁路和地铁招标这样的活动。他完全缺乏《马丁·德赛勒》的主人公在空间的设计、建设、管理、使用中这样亲力亲为的作风，这也是弥尔豪泽在旅馆空间的描写中最为着力的环节，也是整部小说中最具个性的部分。笔者下面将讨论旅馆空间这一微观层面如何表现其“美国梦”的主题。

如前所述，这部小说宏观上的时空体表现为19世纪的城市兴起，微观上的时空体表现为当时的旅馆空间，两者互为依托，成功地统合了小说中人物塑造和事件发展这两个叙事范畴。就城市的时空体而言，主要表现为主人公作为城市兴起的感受者与思考者的形象；就旅馆时空而言，主要是通过德赛勒如何建造和管理旅馆空间来体现，或者说旅馆空间如何服务于德赛勒作为空间的设计者、建造者、所有者和管理者的形象要求，表现为人物之间就空间的设计、建造、占有和管理所产生的冲突性事件，并最终反映出资本增殖作为梦想的载体这一主题。

在此首先需要指出的是，19世纪末20世纪初的美国旅馆业处于历史上发展的黄金期，是当时的美国人特别引以为傲的服务业的楷模，也是反映该时期美国文学作品中较常碰见的时空题材。桑多傲-施特劳慈在《旅馆：一部美国史》中枚举了一系列的事实说明，在19世纪中晚期及至20世纪早期的美国，旅馆的形态和功能发生了重大的变化，这与商业的发展、交通工具的进步、人口流动的增加密不可分[①]。以此时的旅馆为背景的小说比比皆是，如克莱恩(Stephen Crane)的著名中篇小说《蓝色的旅馆》和德莱塞的《美国的悲剧》中的第一部分，还有亨利·詹姆斯小说中的许多场景等。在阔别多年回到故国时，詹姆斯甚至在自己的散文中对当时的美国旅馆业发出这样的感慨："在'欧洲'，旅馆之后与旅馆之外，你目之所及尚有无穷无尽的事物，万紫千红般繁复的生活；而在美国，你将旅馆自身看作生活，它为广阔的人群提供了最为富丽的生存形式。你无须远行就能为之倾倒。"他认为，美国的旅馆就如同"载运的即使不是凯撒和他的财富，至少也是美国生活所有事实"的普尔门式(pullman)火车，两者都是"表达社会的最高形式"[②]，对于彼时美国旅馆业之发达给予了相当高的评价。但据笔者所知，在反映那个时段的小说中，能像《马丁·德赛勒》这样将旅馆这一时空体置于整个叙事结构如此核心的环节，与故事的情节和人物发生如此紧密的关联，并如此有力地表现出资本增殖的主题，实属罕见。下面笔者分三点，主要以亨利·列斐伏尔的空间理论为依托，同时援引马克思的商品拜物教论述，在解剖故事中旅馆时空体与小说的事件和人物塑造结合的同时，展现它是如何表现小说的主题："美国梦"作为资本逻辑的寓言。正如前文所述，尽管《马丁·德赛勒》在情节和人物上都出现了维护"美国梦"小说传统的相关特点，但其实质上依旧是一部反"美国梦"的小说，而其解构"美国梦"的途径与德莱塞、伦敦、米勒等人截然不同；他的解构手法是先描写主人公的步步成功，然后叙述他最终陷入资本的陷阱而惨遭失败，这一历程说明：即使主人公的成功之路有着各种制度性的保障(与德莱塞的自然主义解构法相比)，即使主人公服从着资本的规律，即使主人公的性格符合美国文化的理想人格，但是由于资本本身的陷阱，他的

---

① A. K. Sandoval-Strausz, *Hotel*: *An American History* (New Haven: Yale University Press, 2007), pp. 110～141.

② Henry James, *The American Scene* (New York: Charles Scribner's Sons, 1946), p. 406.

“美国梦”仍然会不可避免地失败——这是这部小说对于“美国梦”小说传统最具特色的解构方式。在此笔者希望能对之详加探讨——具体而言,从论述旅馆空间的资本性质和逻辑开始,到以论述空间的拜物所导致的资本陷阱而结束。

小说中的旅馆空间并非仅仅是种空间,它代表的是资本主义的生产关系,这是界定小说中的人物与旅馆、人物与人物之间的关系,并考察其变化的核心线索。小说中主人公梦想的实现和不断壮大,是以他能够占有的空间资本和人力资本为前提的。列斐伏尔指出,空间是一种社会关系。“它内涵于财产关系(特别是土地的拥有)之中,也关联于形塑这块土地的生产力。空间里弥漫着社会关系;它不仅被社会关系支持,也生产社会关系和被社会关系生产”[①]。旅馆这一空间形态,深深地嵌入19世纪和20世纪之交美国资本主义经济体系中;旅馆作为生产资料的归属,或者说生产资料与人的占有关系的变化,覆盖了这部小说的整个叙事进程。德赛勒从一个最底层的行李员开始,到担任旅馆的中层管理工作,再到寻求合伙人和利用金融杠杆收购破产的旅馆成为老板,再到对旅馆空间的翻新与再生产,旅馆得以逐渐壮大,雇佣人员不断增多,最后因为旅馆经营失败而丧失了所有权并酿成悲剧,这种人与空间所有关系的变化直接主导着小说中人与人之间社会关系的变化。小说中人与人之间的关系,主要表现为资本宰制下的关系,其中特别表现在开始时主人公与其雇主的关系,表现在他成为资本家之后反复地雇佣和解雇其他人的各个环节。小说中被雇佣者的各种行动也由这种资本关系直接决定,哪怕是建筑师这样常常自认为具有创作自由的专业人士也不例外。列斐伏尔指出,建筑师通常认为“自己具有任意编码的能力,能轻易地将自己的思想和理解放到规划图纸上,并通过投射的方式,让某些(欲望、功能、对象)直观化”。在列斐伏尔看来,这在资本主义的空间生产中,只不过是神话[②]。建筑师必须牢牢地服从雇主的安排,这对于理解小说中建筑师鲁道夫·阿林与德

---

① [法]昂希·列斐伏尔:《空间:社会产物与使用价值》,见《空间的文化形式与社会理论读本》,王志宏译,台北:明文书局,1977年,第3页。

② [法]亨利·勒菲弗:《空间与政治》,李春译,上海:上海人民出版社,2008年,第10页。译文有改动。

赛勒之间的关系至为重要。在两人初次见面时，前者以“内在的兼收并蓄主义”[①]理念和奔放的建筑想象打动了德赛勒，也让德赛勒觉得难以驾驭，当时马丁的想法是：“管它怎样，反正只要他不按我的计划来，我就炒他鱿鱼。”[②]这也进一步说明了资本的所有权通过控制其雇佣关系，能够进而控制着空间生产的所有样式和成果，所谓建筑师经常自以为拥有的艺术自由或自律（autonomy）无不在资本的挟制之下进行。其实这一主题在弥尔豪泽的中篇小说《奥古斯特·艾兴布尔格》（*August Eschenburg*）中就有所反映。在这部小说中，机器人艺术家奥古斯特·艾兴布尔格在发明机器人剧场后，醉心于自己的创作和技术，未能听从老板的吩咐而被解雇，从而彻底被剥夺了继续创作和研究的基础，不得不卷起铺盖回家。其中，故事急转直下的转折点就发生在老板要挟艾兴布尔格未果[③]的部分。这两者充分说明，在追求资本的成功中，资本家占据着主动的地位，他们只是将被雇佣者作为实现自己的目标、理想的手段和条件之一，故而在资本家的“梦想”和成功与被雇佣者的“梦想”和成功产生冲突时，必然是前者居于绝对的主导地位凌驾于后者之上。

小说中用有效地组织各种人物和事件来描写如何调度、分配、使用和管理旅馆空间，表明了资本的逻辑贯穿于旅馆的建设、管理和使用中。小说中主人公在实现自己梦想的过程中，以空间的资本逻辑为依托来展开。列斐伏尔指出，资本主义是“按照（资本主义的）生产方式的要求，对空间进行的管理；也就是按照生产关系再生产的要求，来对空间进行的管理。这一实践的一个重要的、或许是最根本的方面就出现了：将空间进行分割，以便用来买卖（交易）……人们分别地（一点一点地）把一个被设想为中立的、与利益无关的、客观的（纯洁的）空间中的那些欲望、功能、地点、社会目的联系在一起：人们在它们的背后建立起了很多联系”[④]。弥尔豪泽在小说中对旅馆管理的描写十分详尽。比如，在第八章德赛勒出任范德林总经理的秘书时，作者用很

---

① *MD*, p. 193.

② 同上书，p. 194.

③ Steven Millhauser, “August Eschenburg”, *In the Penny Arcade* (Champaign-Urbana: Dalkey Archive Press, 1998), pp. 58～61.

④ 亨利·勒菲弗：《空间与政治》，第 5～6 页。

长的篇幅说明，身为管理者的德赛勒如何认识和管理旅馆，以期最大限度地实现旅馆空间的资本价值。他身为经理秘书后认识的第一件事情就是“管理旅馆的工作，分工要比他以前想象得更为细致与精确”，仅仅以两个部门的工种和职责来看，其中行李员、白班职员、夜班职员、电梯员构成前台，并在助理经理的直接监管之下，但电梯的维护和保养则由总工程师的助理负责；而工程部则负责管道维修、电铃、电气设施、新的日光灯等，并由总工程师负责120马力的发电机[①]。另外，还有餐厅的服务生、炊事员、大厨，客房的服务员、会计[②]，乃至裁缝[③]等。这些雇员在层级上都有所设定，从总经理到助理经理，再到中层，直至最普通的员工。这种复杂的分工和森严的等级，正如列斐伏尔所说，主要是服从于资本主义生产方式对于空间管理的需求。同样可以看到的是，在小说的后半部分，旅馆空间的分配和使用，也是按照这样的规则来进行的。当德赛勒重新杀回旅馆业时，他对范德林旅馆空间功能的设计，不仅仅吸收了他在餐饮业中的经验，还特别容纳了美容店和理发店[④]、药店和杂货店[⑤]，其目的是让旅馆中容纳整个百货商场，让人不用离开旅馆，能在这拥有一切他所欲求的东西[⑥]。而在建立德赛勒和新德赛勒与最后的“大宇宙城”时，其设计就要求要包含几乎可以容纳一切资本主义服务业和娱乐业的内容，特别是“大宇宙城”已达到“无所不包、让人倾倒”的地步[⑦]。这其实就是利用空间功能的最大化，以达到资本利用的最大化。

这里笔者把焦点放在“大宇宙城”这一“无所不包”的空间形式上，来剖析“大宇宙城”的失败，也即主人公梦想破灭与资本的陷阱之间的关联。如前所述，“大宇宙城”作为主人公旅馆建筑形式的顶峰之作和小说重复叙事的最高潮，以其想象的瑰丽、叙述的精细、语气的含混、篇章的铺排、语言的华美等，

① *MD*, p. 57.
② 同上书，p. 58.
③ 同上书，p. 57.
④ 同上书，p. 179.
⑤ 同上书，p. 180.
⑥ 同上书，p. 181.
⑦ 同上书，p. 263.

吸引着众多评论者的论述[①]：有人从历史事实出发，认为主人公虽然失败，但仍然不失其技术崇高的历史意义；也有人挖掘其奇幻文学的特性——如此则构成了阐释中现实主义与奇幻主义认知的冲突。本书认为，这一冲突部分的原因来自作者写作的技巧，也展现出论者各自对故事中某些侧面阐释视角的差别。这里应该从作者的写作技巧出发来剖析“大宇宙城”“集大成的”空间形式的性质，以及它作为资本象征物与全篇的关联。由于“大宇宙城”的空间形式对于理解小说中资本的陷阱这一主题极为重要，笔者在这里先用较长的篇幅回顾这一空间形式的描写过程，为其后从马克思“商品拜物教”理论的角度剖析小说主人公失败的本质奠定基础。

让我们首先来看作者对“大宇宙城”描写的步骤、技巧和内容，分析其如何造成阐释的两极对峙。读者应该注意到的是，小说在描写大宇宙城时的写法极有特色：它总是避免以叙述者的视角来直接报告，或者从主人公的视角直接描述旅馆建筑的方方面面，而是采用了一种极为迂回的路径，分步骤展现“大宇宙城”的壮观与奇幻：通过一系列的中介（mediators）来间接地加以描述。首先，在“工程开工”后，叙述者不将叙述焦点对准开工的情景和建造的过程，而是只提主人公流连于“艺术博物馆、蜡像博物馆、展览四只腿的鸡和长着胡子的女人的一美元博物馆（dime museums）、装配成排的手动曲柄的新的五美分（nickelodeon）戏院、摄影工作室、科学展览会、算命台、夹楼……”[②]，然后是重游人生早期工作过的旅馆[③]，如此大幅度的迂回，逗引读者的好奇。这一过程其实是说明“大宇宙城”的设计与展馆经济、消费文化的关联。1851 年伦敦的“万国博览会”展出的 10 万多件展品，前所未有地展现出现代工业的发达和消费的可能；展览本身成为巨大的消费事件[④]。从此，展馆承担着与新兴的百货公司同样的消费功能，以丰富的展品来满足人的猎

---

① 这里不仅指论文，也指书评，见 Alexander, Ponce and Rodriguez, pp. 20～23。

② *MD*, p. 258.

③ 同上书，pp. 260～261.

④ Russel W. Belk, *Collecting in a Consumer Society* (New York: Routledge, 1995), pp. 12～15.

奇心态并为展览举办者提供资本收入[1]。“大宇宙城”收纳各种展品和建筑形式，正是展馆经济启发下的资本运营。接着，叙述者叙述主人公如何与广告商讨论为这个建筑物做广告，通过他们对建筑物名字的推敲和他们的广告策划，同样避免正面直接描述“大宇宙城”的景观。如此小心翼翼地准备工作，同时释放出建筑物“无所不包、惊天动地”的信息，让“大宇宙城”的真实场景保持一种神秘感。直至“大宇宙城”被推迟了五天开张时，叙述者仍然不给“大宇宙城”以直接正面的描写，再次迂回，将叙述的重心放到人们的震惊和惶惑上，他们无法区分这是“旅馆”还是“城市”。然后叙述者进一步特别叙述新的广告中在描述“大宇宙城”时强化了人们的这种认识：“大宇宙城”“本身就是个世界，是城市中的城市”[2]，是“世界第八大奇迹”[3]，“大宇宙城”作为旅馆的特性和作为城市的特性，竟然派生出它的第三种形象，“大宇宙城”使得城市“毫无必要”，“大宇宙城”作为一个世界是“完整的”“自给自足的”，与之相比，真实的城市反倒“不仅次要（inferior），而且多余（superfluous）”[4]——如此，进一步强化“大宇宙城”的神奇和神秘。然后，叙述者转入新闻报道，看记者如何争执“大宇宙城”的性质，依然还在卖关子，并终于通过这些报道，让读者第一次窥探到“大宇宙城”内的若干场景：

> 在第十八层，你下了电梯后，步入的是丛林密布的乡野之地，点缀着星星点点的村庄，每个庄子都建有一个小花园。第二十四层上，乱石筑墙，上留空洞，供人穿行；设施完备，配有最先进的管道输送、喷射出蒸汽和寒气。那些钦羡旧时旅馆的人可以住在地下第四层与第五层，这两层（levels）合并，共用一个地平面（floor），这里完完全全是维多利亚风的疗养旅馆，建有墙垛，插有飘舞的旗帜；还有一个宏伟的回廊，摆放 600 只藤制的摇椅；另有一条小径从白蜡树的丛林中引出，直至一汪湖水边用真沙铺就的沙滩。而其他楼层则

① Russel W. Belk, pp. 48～50.

② *MD*, p. 264.

③ 同上书，p. 265.

④ 同上。

提供了各式各样的居住区：庭院式居住区（以院落作为中心，以树木和池塘为布景，四周建有4～6间不规则的房屋），屏风区隔区（大的起居区，屏风可收可展，依照不同时间的需求随时进行变化多端的空间区隔）和观景平台区〔房间大小的区域，设有窗户，能够三维地观察如同博物馆里西洋景（diorama）中的细节，并有现场表演，故事的场景则涵盖由狮子的标本所出没的丛林、新英格兰的铁匠村、一棵硕大无朋的橡树、一条城市大道〕。任何地方都要打破单调、废除陈规、变化无穷。①

如此繁复的造景已让读者惊叹。其后，叙述者再次使用很多记者的"报道"指出，"大宇宙城"工种繁多，每天都在不停地翻修、改建、重造，使得"大宇宙城""变化无穷"②，以此作为一个短暂的过度。再然后，叙述者依然依靠"许多观察者"的"评述"来叙说"大宇宙城"里"与旅馆不甚关联的东西"，其中就有"许多公园、池塘、花园"，包括：

谐趣园：里面有人工的月光在小径上照出斑驳的影像，有机械夜莺在枝上啼唱，还有幽怨的小湖与废弃的避暑别墅；鬼窟：有鬼魂从后面森然的钟乳石中飞出，在灯笼提照的黑暗中扑向参观者；摩尔人的街市：包括弯弯曲曲灰蒙蒙的胡同，穿着如阿拉伯人的、深谙讲价艺术的商贩，迷宫般的摊位贩卖着从铜盆到活鸡的所有东西；地下纽约的重建景观：包括"桑葚弯道"的盗贼胡同、一家鸦片烟馆、河流赌场区云雾缭绕的街道（血桶、猫胡同、色约翰之家）、波尔瑞男儿帮与死兔子派血拼的现场，附近有家商店名叫地狱猫咪玛吉，在这人们可以买到铜指甲，甚至把自己的牙齿挫尖……

弥尔豪泽在此展现了他一贯擅长的枚举法，用4页长的篇幅接着枚举并详述了其中的万神剧场、降神厅（séance parlor）、颅相学展示沙龙、疯人院、诗坛、奇迹宫殿、蜡像复活博物馆、"大宇宙城"烟草店、展览太阳系诸文明的精

① *MD*, p. 267.
② 同上。

美布景馆、光学发明厅、依据100多种神话重建的天堂城市、用种种空间形式打破传统单调布局的新的百货商场、心学实验室、电影剧场、幻影室、童话世界珍迹馆等种种奇观，最后是环球剧院，“里面是地球形状的房间，这个地球上每个所知角落的影像都以黑白两色投射到永远变化的电影蒙太奇中”，记述世界上各种珍奇物种和事件。[①] 值得一提的是，弥尔豪泽在4页多长的篇幅中叙述如此光怪陆离的场所，仅用了一个句号，全部以分号和冒号进行勾连，给人以目不暇接之叹。在此之后，叙述者仍不罢休，仍然以接近3页的篇幅叙述“新闻记者”的叙述，全部以“有传闻”“据传说”“据报道”等词语领起句型，将种种传闻、谣言说得扑朔迷离、玄奇古怪，“大宇宙城”在这些话语中被高度神秘化，甚至有传闻说在建筑物里，“深受人类的渴望折磨着的塑像竟然活起来，在黑暗中逡巡，眼睛中满怀着情愫，他们扑向爱人，然后拖沓着步伐行走，最后又摆出新的恼人的姿势”，乃至“在黑悦园中，硕大的黑玉乳房散发出危险的香气，展现出狂喜的幻境，看后让人丧失活下去的欲念”[②]等。

综上所述，可以看出弥尔豪泽描写“大宇宙城”的策略，主要采用迂回式的叙述手法，拒绝采用权威叙述者的报道和较为可信的主人公视角的直接描述，而是采用报道、流言、传说等手段作为媒介进行描写。而描写的内容以脱离实际的瑰丽奇想为内容，故而引发了现有评论对于这个建筑的“写实”与“奇幻”性质认定的歧异[③]。从新闻报道的内容看，“大宇宙城”展现的景观的确以奇幻为特征，但是不应忽视的是作者以新闻记者的报道和人们的传说为中介，对这种奇幻色彩的真实可能性，事实上产生了一定的限定作用。因为毕竟报道、传说，特别是谣言，常与事实有出入，虽然叙述者没有着力去证实报道、传说和谣言内容的真实性，但至少保证了这些报道、传说和谣言本身存在的真实性。值得一提的是，叙述者在先前叙述时对新闻报道中各种景象的枚举比后来所叙述的口头传说和谣言的信度高一级。如果稍加查考历史，正如尤多·赫伯尔的论文指出，作者在用枚举法叙述的场景和实物，其风格特

---

① *MD*, pp. 267～271.

② 同上书，p. 273.

③ Danielle, Ponce and Rodriguez, pp. 21～22.

征典型的与19世纪末20世纪初以芝加哥世博会为代表的展馆经济有莫大的关联[①]。但本书所要指出的是,这种展馆经济的渊源并不仅与世博会有关,而且与19世纪后半叶美国史上的第一位传媒大亨P·O·巴勒姆有很大关联。在当时的美国,这位美国经济史上的大亨以融合各种魔术、展览等表演形式,将作为欺骗的艺术形式发挥得淋漓尽致,建造了会下棋的机器人、捕获的美人鱼的展览、新的以光影为手段的魔术形式、唤起恐怖情绪的法术表演,在全球范围内搜集珍稀动物并在全球范围内巡演等,对当时美国的表演业影响巨大。当时新的技术变革,如光电等,也为制造新的感官印象提供了新的可能途径,故而读者对作品所反映的20世纪初制造出这些幻景的可能性也不应低估[②]。但是,这种就作品所反映的内容到底是在完全"写实"还是属于"奇幻"的争议,难免忘记任何设置历史背景的小说具有足够的自由作历史的虚构,写虚构的历史。笔者以为,可以从广告和现代景观两个视角来看这段描写的资本实质。小说中的广告环节说明建筑物作为消费品如何被宣传。叙述者细述主人公与广告商为这个建筑物所作的命名和宣传,其目的在于凸显广告在商品营销中的优先地位,它灌输给消费者的意识对产品的消费具有特殊的贡献。广告投放的对象是"中产阶级",这也正是消费社会兴起时涌现出的新的社会阶层,同时说明广告受众定位的专业性[③];小说中的广告形式多样:既有显性广告,也有新闻报道等隐性广告。从景观的营造上说,正如有些学者所指出的,19世纪中晚期出现的大型商场和游乐场所就呈现出现代社会鬼影般的存在,是制造"巨大的幻觉效应"的场所。它们"经常被转化为资本家和现代主义者一部分追求新奇的动机,成为梦幻影像的源泉。它们串联起种种联想与半数已被忘却的幻觉,即本雅明称为寓言的东西"[④]。

---

① 关于芝加哥世博会对美国文学的影响的研究参见 David Minter, *A Cultural History of American Novels: Henry James to William Faulkner* (New York:Cambridge University Press, 1994),pp. 23～26。

② 参见 James W. Cook, *The Arts of Deception: Playing with Fraud in the Age of Barnum* (Cambridge:Harvard University Press, 2001)。

③ Celia Lury, *Consumer Culture* (Cambridge:Polity, 1996),p. 94.

④ Mike Featherstone, *Consumer Culture and Postmodernism* (London: Sage Publications 1991),p. 23.

弥尔豪泽小说中塑像的复活、黑玉乳房的幽香，代表了消费者置身于变化万千的影像世界所产生的梦幻般的想象；想象催生着消费，传闻也刺激着消费，满足着受众的童话想象。

而后者才是笔者要关注的核心问题，即作者创造出如此光怪陆离的奇幻“大宇宙城”来作为主人公“美国梦”戏剧的最高潮，并详尽描述这一工程的失败历程，其实质与蕴涵的寓意究竟为何。笔者认为，弥尔豪泽用了十几页的篇幅仍然远未穷尽其中景象的“大宇宙城”，毕竟仍然是从旅馆空间，这一资本逻辑的附魂体中脱胎而成，其失败的实质正在于德赛勒跌进了资本的陷阱而梦幻破灭。正如列斐伏尔指出：在资本主义的空间生产中，“资产阶级……最终自己又落入了这个陷阱：一个病态的空间，或者一个病态的社会的空间。不管怎样，在这一假设中，空间不是一种纯洁的表现，而是传达了资本主义社会的准则和价值观，而且首先是交换和商品的价值观，也就是拜物教”[①]。这里的“拜物教”出自《资本论》第一卷中的经典论述。马克思指出，在资本主义生产关系下，乍看“很简单很平凡”的商品却具有一种很“古怪的东西”，“充满着形而上学的微妙和神学的怪诞”[②]，这种商品的神秘性质，马克思用自己去神秘化的眼光来看，其实并非来自物的使用价值，而是商品把“人本身的劳动性质反映成劳动产品本身的物的性质，反映成这些物的天然性质，从而把生产者从事劳动的社会关系反映成存在于生产者之外的物与物的社会关系”。在描述资本家对于商品的崇拜景象时，马克思借鉴了宗教中幻境体验的说法，来说明资本主义生产条件下资本家对商品的这种非理性体验。在宗教幻境中，“人脑的产物表现为赋有生命的、彼此发生关系并同人发生关系的独立存在的东西。在商品世界里，人手的产物也是如此”[③]，从而导致本来凝聚着人与人之间关系的资本主义商品，此时却表现为物与物之间的关系，并统治着人，使人为之顶礼膜拜。故而马克思将之称为“商品拜物教”。

马丁·德赛勒的悲剧，在于他跌入了拜物教这一资本逻辑的陷阱，正是

---

① 亨利·勒菲弗，第 32 页。

② 马克思：《资本论》（第一卷），第 88 页。

③ 同上书，第 89～90 页。

他长期以旅馆空间为手段进行资本的累积、生产、循环的结果，因为主人公随着自身经营的空间不断壮大，陷入了对旅馆空间的膜拜与痴迷的心性状态中。在小说的结尾部分，“大宇宙城”即将失败之际，《建筑档案》杂志对之作出这样的评价：“大宇宙城”，这个建筑集合了“旅馆、博物馆、百货商场、娱乐园、剧院”各种建筑形式，“以极端的形式表现了这个时代对于宏大壮观和兼收并蓄的热爱，在如此庞大的空间中，将如此之多的互为冲突的元素集合起来”，此举确乎诚然可敬；但建筑物的“铺张、奢华和**渴欲**却被推到极致，以至于**怪诞**”，“建筑物的细枝末节展现了建筑者对于庞大物的**心醉神迷**，而建筑结构的**庞大**也正表现了微缩景观制造者对于精雕细琢的**痴迷**”；如此，则“传达了一种对巨细无遗的渴望，这正是这个时代的隐秘的**疾病**”[①]。这里的“渴欲”“神迷”“痴迷”“渴望”和“疾病”，正说明主人公德赛勒陷入了一种对空间的病态痴迷(spatial fetishness)的心性状态中，点明主人公内心疾病的外在症候(symptoms)。用阿尔都塞所提倡的由詹明信所继承的症候式阅读法来看，这种痴迷性的症候，正类似于马克思剖析的所谓商品资本家对商品拜物教式的殷勤膜拜。同时，德赛勒制造出来的空间的“庞大”、无所不包的“怪诞”还具有一种强烈的情境反讽式的意味。作者也通过马丁·德赛勒对自己失败的反思来间接地说明失败的缘由。马丁质疑自己，是否与德赛勒和新德赛勒相比，“大宇宙城”只顾新奇和新鲜，距离“美好的旧式家庭旅馆太远了”；它只顾变幻无穷，使得人们无法获得“那种重复式的生活，那种多层次的相同所带来的虽然枯燥但是安全的感觉”[②]。这正表明失败后的他认识到自己对空间建筑的沉迷过度，以至于完全忽略了旅馆空间作为“物”，所服务的对象是人的真正需求，从而导致了他为了空间物的繁殖而繁殖的非理性行为。马丁·德赛勒接着甚至认为自己的失败是一种惩罚，因为他在建设“大宇宙城”中其实僭越了“上帝”的职权，他的受罚是因为他欲望着一种“被禁止的欲望”，要去“创造一个世界”，“是注定要失败的”[③]。这就使他深入自己的无意

① *MD*, p. 275，笔者标注黑体。

② 同上书，p. 281.

③ 同上书，p. 282.

识中，进一步剖析自己创造“大宇宙城”的潜在动机。换言之，“大宇宙城”并不仅仅是一个建筑物，它承载的是马丁·德赛勒在追求梦想的道路上对自我的塑造与认知，它发挥着自我之镜的作用。当这位资本家随着自己的旅馆空间作为资本不断地增殖，竟然要创造出这样一个无所不包的名为“大宇宙城”的空间物时，他对自我形象的认同也被资本逻辑无限膨胀，到了无可附加、近乎能够创造宇宙万物的“上帝”的地步。因而资本家对商品的拜物其实也是对自我的非理性崇拜，当其膨胀到极点时，必然导致梦想以反讽的方式破灭。马丁·德赛勒回顾自己的梦想，最终叹道，自己“唯一的错就是做了场错误的梦”①：

> 因为一座建筑恰是一个梦，是由梦搭建的石头，梦想栖息在石头里，以至于石头不仅仅是石头而是梦，与其说是石头，不如说是梦，是梦石头和梦钢铁，永不恒久。
>
> For a building was a dream, a dream made stone, the dream lurking in the stone so that the stone wasn't stone only but dream, more dream than stone, dream-stone and dream-steel, forever unlasting. ②

他如此感慨个人的成败与空间的关联，在兴叹空间带给他如梦如幻的感觉时，语气透露出苍凉和悲壮。只是主人公最终虽然有所意识但没有完全看清，自己失败的本质在于跌进了资本的陷阱中。作者描述空间生产在资本逻辑支配下导致了主人公心性的迷失并进而造成如此悲凉的结局时，他对“美国梦”中固有的资本精神的批判已潜隐其中。

综上所述，本章从“美国梦”的叙事传统出发，以主人公代表的主体命运和“美国梦”意识形态的关联为切入点，考察了小说情节、人物和时空体三个维度，说明《马丁·德赛勒》以主人公的主体命运为线索，虽然表面上部分地展现了肯定“美国梦”的内涵，实则渗透着反“美国梦”的意识形态逻辑，特别是尖锐地批判了“美国梦”的资本精神对主体的潜在禁锢和危害。

---

① *MD*, p. 286.

② 同上书，p. 288.

参考文献

[1]阿甘本.幼年与历史:经验的毁灭. 尹星,译,郑州:河南大学出版社,2011.

[2]爱默生.爱默生集:散文和演讲录. 赵一凡等,译,北京:生活·读书·新知三联书店,1993.

[3]奥尔罕·帕慕克.天真的和感伤的小说家.彭发胜,译,上海:上海人民出版社,2012.

[4]安东尼-奥罗姆,陈向明.城市的世界:对地点的比较分析和历史分析.曾茂娟,任远,译. 上海:上海人民出版社,2005.

[5]昂希·列斐伏尔.空间的文化形式与社会理论读本,王志宏,译,台北:明文书局,1977.

[6]巴赫金.小说的时间形式和时空体形式.巴赫金全集(第三卷).白春仁,晓河,译,石家庄:河北教育出版社,1998.

[7]彼得·毕尔格.主体的退隐. 陈良梅,夏清,译. 南京:南京大学出版社,2004.

[8]勃兰兑斯.十九世纪文学主流(第二分册 德国的浪漫派). 刘半九,译,北京:人民文学出版社,1981.

[9]勃兰兑斯.十九世纪文学主流(第五分册 法国的浪漫派). 李宗杰,译. 北京:人民文学出版社,1981.

[10]德莱塞. 欲望三部曲. 如月等,译,北京:光明日报出版社,1997.

[11]狄更斯. 大卫·考坡菲. 张谷若,译,上海:上海译文出版社,1998.

[12]费尔迪兰·德·索绪尔. 普通语言学教程. 高名凯,译, 北京:商务印书馆,2004.

[13]菲利普·拉库-拉巴尔特,让-吕克·南希. 文学的绝对:德国浪漫派文学理论. 张小鲁,李伯杰,李双志,译, 南京:译林出版社,2012.

[14]冯亦代. 一个美国梦. 读书,1997(3).

[15]弗吉尼亚·伍尔芙. 传记文学的艺术. 伍尔芙随笔全集. 石云龙等,译. 北京:中国社会科学出版社,2001.

[16]福柯. 福柯访谈录. 严峰,译,上海:上海人民出版社,1997.

[17]高健编译. 美国散文精选. 上海:上海译文出版社, 2010.

[18]歌德. 对自然的简单模仿、虚拟、独特风格. 范大灿等,译,歌德文集(第十卷). 北京:人民文学出版社,1999.

[19]海德格尔. 在通向语言的途中. 孙周兴,译, 北京:商务印书馆,2004.

[20]亨利·勒菲弗. 空间与政治. 李春,译, 上海:上海人民出版社,2008.

[21]J. 皮亚杰,B. 英海尔德. 儿童心理学. 吴福元,译, 北京:商务印书馆,1981.

[22]吉尔·德勒兹,菲利克斯·伽塔里. 反俄狄浦斯:资本主义与精神分裂症. 后现代性的哲学话语. 马海良,译,杭州:浙江人民出版社,2000.

[23]杰克逊·李尔斯. 丰裕的寓言. 任海龙,译, 上海:上海人民出版社,2005.

[24]卡尔·马克思. 资本论. 中央马恩列斯毛著作编译局译,北京:人民出版社,2004.

[25]卡西尔. 语言与神话. 于晓等,译, 北京:生活·读书·新知三联书店,1988.

[26]拉斯·史文德森. 无聊的哲学. 范晶晶,译, 北京:北京大学出版社,2010.

[27]梁实秋. 英国文学史(三). 北京:新星出版社,2011.

[28]柳鸣九. 未来主义 超现实主义 魔幻现实主义. 北京:中国社会科学出版社,1987.

[29]米歇尔·福柯. 福柯集. 上海:上海远东出版社,2003.

[30]莫里斯·布朗肖. 文学空间. 顾嘉琛,译, 北京:商务印书馆,2003.

[31]莫里斯·梅洛-庞蒂. 间接的语言和沉默的声音:致让-保罗·萨特. 符号. 姜智辉,译, 北京:商务印书馆,2003.

[32]莫斯. 礼物:古代社会中的交换形式和理由. 汲喆,译, 上海:上海人民出版社,2002.

[33]皮埃尔·布尔迪厄. 艺术的法则. 刘晖,译, 北京:中央编译出版社,2011.

[34]尚·布希亚. 物体系. 林志明,译,上海:上海人民出版社,2001.

[35]申丹. 叙述学与小说文体学研究. 北京:北京大学出版社,2001.

[36]斯蒂芬·米勒豪泽. 猫和老鼠. 陈广兴,译, 外国文艺,2007(1).

[37]斯蒂芬·米尔豪瑟. 外星入侵. 匡咏梅,译,小说山庄:外国最新短篇小说选,2008～2009. 周晓苹选编. 北京:人民文学出版社,2010.

[38]Steven Millhauser. 短篇小说的野心. 林庆新,译,英语文摘,2009(1).

[39]斯拉沃热·齐泽克. 意识形态的崇高客体. 季广茂,译,北京:中央编译出版社,2002.

[40]钱钟书. 钱钟书论学文选(第三卷). 广州:花城出版社,1990.

[41]济慈. 夜莺与古瓮:济慈诗歌精粹. 屠岸,译,北京:人民文学出版社,2008.

[42]托·斯·艾略特. 艾略特文学论文集. 李赋宁,译,天津:百花洲文艺出版社,1994.

[43]瓦尔特·本雅明. 巴黎,十九世纪的首都. 刘北成,译, 上海:上海人民出版社,2006.

[44]吴琼. 雅克·拉康. 北京:中国人民大学出版社,2011.

[45]西奥多·德莱塞. 美国的悲剧. 许汝祉,译, 北京:人民文学出版

社,1999.

[46]席勒. 论天真的诗和感伤的诗. 张佳珏,译,席勒文集 VI(理论集). 北京:人民文学出版社,2005.

[47]杨小滨. 否定的美学:法兰克福学派的文艺理论和文化批评. 上海:上海三联书店,1999。

[48]叶维廉. 叶维廉文集(第三卷). 合肥:安徽教育出版社,2002.

[49]余光中. 余光中散文选集(第二辑). 长春:时代文艺出版社,1997.

[50]约翰·多斯·帕索斯. 赚大钱. 姚永彩,左宜,译,上海:上海译文出版社,1991.

[51]詹明信. 现实主义、现代主义、后现代主义. 晚期资本主义的文化逻辑. 张旭东等,译,北京:三联书店,1997.

[52]詹姆斯·特威切尔. 美国的广告. 屈晓丽,译,南京:江苏人民出版社,2006.

[53] Abrams, M. H. *Natural Supernaturalism: Tradition and Revolution in Romantic Literature*. New York: W. W. Norton, 1971.

[54]Adams, Timothy Dow. The Mock-Biography of Edwin Mullhouse. *Biography*,1982(3).

[55] Alexander, Danielle. Cohabitation: On "Revenge" by Steven Millhauser. *The Review of Contemporary Fiction*, 2006(1).

[56]Alexander, Danielle, Pedro Ponce, and Alicita Rodriguez. Steven Millhauser. *The Review of Contemporary Fiction*, 2006(1).

[57] Agamben, Giorgio. *Infancy and History: Essays on the Destruction of Experience*. Trans. Liz Heron. London and New York: Verso, 1993.

[58]Aries, Philippe. *Centuries of Childhood: A Social History of Family Life*. Trans. Robert Baldick. New York: Knopf, 1962.

[59] Bamberg, Michael. Identity and Narration. In *Handbook of Narratology*, Peter Hühn, et al. eds. Berlin: Walter de Gruyter, 2009.

[60]Bal, Mieke. Descriptology. In *The Novel, Vol. Ⅱ: Forms and*

Themes, Franco Moretti. Princeton: Princeton University Press, 2006.

[61]Barrineau, Nancy Warner. Theodore Dreiser and Martin Dressler: Tales of American Dreamers. *Dreiser Studies*, 1999(30.1).

[62] Barthes, Roland. *Mythologies.* Trans. Annette Lavers. New York: Noonday Press, 1972.

[63]Baudrillard, Jean. *The Consumer Society: Myths and Structures.* Trans. George Ritzer. London: Sage, 1998.

[64]Baudrillard, Jean. Simulacra and Simulations. In *Selected Writing*. Mark Poster, ed. Cambridge: Polity, 1988.

[65] Beer, John. *Romantic Consciousness: Blake to Mary Shelley.* Houndmills and New York: Palgrave Macmillan, 2003.

[66]Belk, Russel W. *Collecting in a Consumer Society.* London and New York: Routledge, 1995.

[67] Benjamin, Walter. *The Work of Art in the Age of Its Technological Reproductivity* (3rd Edition). In *Walter Benjamin: Selected Writing Vol* 4, 1938～1940, Trans. Edmund Jephcott, et al., Howard Eiland and Michale W. Jennings, eds. Cambridge and London: The Belknap Press of Harvard University Press, 2003.

[68]Benton, Michael. *Literary Biography: An Introduction.* Malden: Wiley-Blackwell, 2009.

[69]Bloom, Harold. *The Anxiety of Influence: A Theory of Poetry.* New York: Oxford University Press, 1997.

[70]Bloom, Harold. *Poetry and Repression: Revisionism from Blake to Stevens.* New Haven: Yale University Press, 1976.

[71] Bourdieu, Pierre. *Photography: An Middle-browed Art.* Stanford: Stanford University Press, 1990.

[72] Bowers, James Mackey. *The Malevolent Imagination and Murderous Art: The Fiction of Charles Baxter, Steven Millhauser and Cormac McCarthy.* Diss. of Florida State University, 1999.

[73]Boyd, John D. The Double Vision of Edwin Mullhouse. *Biography*, 1988(11.1).

[74]Boym, Svetlana. *The Future of Nostalgia*. New York: Basic Books, 2002.

[75]Bremer, Sidney H. Fiction's Many Cities. In *A Companion to American Fiction*: 1865～1914, Robert Paul Lamb and G. R. Thompson, eds. Malden: Blackwell, 2005.

[76]Buell, Lawrence. *Emerson*. Cambridge: The Belknap Press of Harvard University Press, 2003.

[77]Butler, Judith. *Gender Trouble*: *Feminism and the Subversion of Identity*. New York: Routledge, 1990.

[78]Burke, Edmund. On Taste:On Sublime and Beautiful; Reflections on the French Revolution; A Letter to a Noble Lord. In *The Harvard Classics*, Charles W. Eliot, ed. New York: PF Collier& Son,1909.

[79]Cassuto, Leonard and Clare Virginia Eby, eds. *The Cambridge Companion to Theodore Dreiser*. Cambridge: Cambridge University Press, 2004.

[80]Chaitin, Gilbert D. *Rhetoric and Culture in Lacan*. Cambridge: Cambridge University Press, 1996.

[81]Chénetier, Marc. *Steven Millhauser*:*la preécision de l'impossible*. Paris: Belin, 2003.

[82]Chiesa, Lorenzo. *Subjectivity and Otherness*: *A Philosophical Reading of Lacan*. Cambridge: MIT Press, 2007.

[83]Clemwell, Temmy. Subjectivity. In *Encyclopedia of Postmodernism*, Victor E. Taylor, ed. London and New York: Routledge,2000.

[84]Clontz, Ted. *Wilderness City*: *The Post World War* Ⅱ *American Urban Novel from Nelson Algren to John Edger Wideman*. New York and London: Routledge, 2005.

[85]Conboy, Sheila. *Body*. In *Encyclopedia of Feminist Literary Theory*, Elizabeth Wallace, ed. New York: Routledge, 2009.

[86] Conor, Steven. *Postmodernist Culture: An Introduction to Theories of the Contemporary*. Malden: Blackwell, 1997.

[87]Cook, James W. *The Arts of Deception: Playing with Fraud in the Age of Barnum*. Cambridge and London: Harvard University Press, 2001.

[88] Cohn, Dorrit. *The Distinction of Fiction*. Baltimore: John Hopkins University Press, 1999.

[89]Coveney, Peter. *The Image of Childhood: The Individual and Society, a Study of the Theme in English Literature*. London: Penguin, 1967.

[90]Dallmayr, Fred Reinhard. *Twilight of Subjectivity: Contributions to Post-Individualistic Theory of Politics*. Amherst: University of Massachusetts Press, 1981.

[91]De Certeau, Michel & Rendall, S. F. From *The Practice of Everyday Life*. *The City Cultures Reader*, 2004(3).

[92]Dickens, Charles. *David Copperfield*. London: Penguin, 1966.

[93]Emerson, Ralph Waldo. *The Complete Writings of Ralph Waldo Emerson: Containing All of His Inspiring Essays, Lectures, Poems, Addresses, Studies, Biographical Sketches and Miscellaneous Works*. New York: Wm. H. Wise & Co, 1929.

[94] Featherstone, Mike. *Consumer Culture and Postmodernism*. London: Sage Publications, 1991.

[95] Fehn, Ann. *Neverending Stories: Toward a Critical Narratology*. Princeton: Princeton University Press, 1992.

[96] Fink, Bruce. *The Lacanian Subject: Between Language and Jouissance*. Princeton: Princeton University Press, 1996.

[97]Fowler, Douglas. Steven Millhauser, miniaturist. *Critique*, 1996

(37.2).

[98] Fowler, Douglas. Millhauser, Süskind and the Postmodern Promise. *Journal of the Fantastic in the Arts*, 1988(1.4).

[99] Franklin, Benjamin. *The Autobiography of Benjamin Franklin*. New York: Manor Books, 2008.

[100] Furst, Lilian R. Lighting up Night. In *A Companion to European Romanticism*, Michael Ferber, ed.. Malden: Blackwell, 2005.

[101] Garner, Shirley Nelson, Claire Kahane, and Madelon Sprengnether, eds. *The Mother Tongue: Essays in Feminist Psychoanalytic Interpretation*. Ithaca: Cornell University Press, 1985.

[102] Geertz, Clifford. *Interpretation of Cultures*. New York: Basic Books, 1973.

[103] Gelfant, Blanche Housman. *The American City Novel*. Norman: University of Oklahoma Press, 1954.

[104] Gilbert, Sandra M. and Susan Gubar. *The Madwoman in the Attic: The Woman Writer and the Nineteenth-Century Literary Imagination*. New Haven: Yale University Press, 2000.

[105] Goodstein, Elizabeth S. *Experience Without Qualities: Boredom and Modernity*. Stanford: Stanford University Press, 2005.

[106] Gregory, C. A. *Gifts and Commodities*. London: Academic Press, 1982.

[107] Grosz, Elizabeth. *Jacques Lacan: A Feminist Introduction*. New York: Routledge, 1996.

[108] Hall, Donald E. *Subjectivity*. London and New York: Routledge, 2004.

[109] Hartman, Geoffrey H. Romanticism and Anti-self-consciousness. In *Romanticism: Critical Concepts in Literary and Cultural Studies*, Michael O'Neill and Mark Sandy, eds. New York: Routledge, 2006.

[110] Hebel, Udo J. Performing the Spectacle of Technology at the

Beginning of the American Century: Steven Millhauser's Martin Dressler. In *The Holodeck in the Garden: Science and Technology in Contemporary American Fiction*. Peter Freese and Charles B. Harris, eds. Normal, IL: Dalkey Archive Press, 2004.

[111]Holquist, Michael. *Dialogism: Bakhin and His World*. London: Routledge, 2002.

[112] Homer, Sean. *Jacques Lacan*. London and New York: Routledge, 2005.

[113] Hough, Graham Goulden. *The Last Romantics*. London: Methuen, 1961.

[114] Howe, Irving. Afterword to "Catalogue of the Exhibition". *Salmagundi*, 1991(92).

[115] Hume, Katheryn. *American Dream, American Nightmare: Fiction since* 1960. Beijing: Foreign Language and Teaching Press, 2006.

[116] Hutcheon, Linda. *A Poetics of Postmodernism: History, Theory, Fiction*. London and New York: Routledge, 2009.

[117] James, Henry. *The American Scene*. New York: Charles Scribner's Sons, 1946.

[118]Jameson, Fredric. *Late Marxism: Adono, or, the Persistence of the Dialectic*. London: Verso, 1990.

[119]Jannidis, Fotis. Character. *Handbook of Narratology*. Berlin: Walter de Gruyter, 2009.

[120] Joyce, James. *A Portrait of The Artist as a Young Man*. London: Penguin, 2002.

[121]Kahane, Claire. The Gothic Mirror. *The Mother Tongue: Essays in Feminist Psychoanalytic Interpretation*, 1985.

[122]Kamio, Mitsuo. *The Twilight Realms of Consciousness: From Romantic to Postmodern*. Tokyo: Eihosha, 2010.

[123]Keats, John. To John Hamilton Reynolds (May 3rd, 1818). In

Selected Letters of John Keats. Grant F. Scott, ed. Cambridge: Harvard University Press, 2002.

[124]Kristeva, Julia. *The Power of Horror: An Essay on Abjection*. Trans. Leon S. Roudiez. New York: Columbia University Press, 1982.

[125]Kuhn, Reinhard. *The Demon of Noontide: Ennui in Western Literature*. Princeton: Princeton University Press, 1976.

[126]LaFarge, Paul. Rev. of Dangerous Laughter. *Chicago Tribune*, Mar. 14th, 2008.

[127]Lefebvre, Henri. *Writings on Cities*. Trans. and ed. E. Kofman and E. Lebas. Oxford: Blackwell, 1996.

[128]Levi-Strauss, Claude. *Introduction to the Work of Marcel Mauss*. Trans. Felicity Baker. London: Routledge and Kegan Paul, 1987.

[129]Levi-Strauss, Claude. *Structural Anthropology*. Trans. Claire Jacobson and Brooke Grundfest Schoepf. New York: Basic Books, 1963.

[130]Luft, J. and Harry Ingham. The Johari Window, a Graphic Model of Interpersonal Awareness. *Proceedings of the Western Training Laboratory in Group Development*, Los Angeles: University of California, Los Angeles, 1955.

[131]Lury, Celia. *Consumer Culture*. Cambridge: Polity, 1996.

[132]De Man, Paul. Autobiography as Defacement. *Rhetoric of Romanticism*. New York: Columbia University Press, 1984.

[133]Maurois, André. *Aspects of Biography*. Trans. Sydney Castle Roberts. New York: Appleton & Company, 1929.

[134]McAfee, Noëlle. *Julia Kristeva*. New York: Routledge, 2004.

[135]McCarthy, Joan. *Dennett and Ricoeur on Narrative Self*. New York: Humanities, 2007.

[136]McKusick, James C. Nature. In *A Companion to European Romanticism*. Michael Ferber, ed. Malden: Blackwell Publishing, 2005.

[137]Miles, Kathryn E. Romancing the Subject: Neo-Romantic

Theories of Cognitive Development in James, Lawrence and Woolf. *Dissert. of University of Delaware*, 2001.

[138]Miller, Christopher R. *The Invention of Evening: Perception and Time in Romantic Poetry*. Cambridge: Cambridge University Press, 2006.

[139]Miller, J. Hillis. *Fiction and Repetition: Seven English Novels*. Cambridge: Harvard University Press, 1985.

[140]Millet, Kate. *Sexual Politics*. Chicago: University of Illinois Press, 2000.

[141]Millhauser, Steven. The Fascination of Miniature. *Grand Street*, 1983(4).

[142]Millhauser, Steven. *From the Realm of Morpheus*. New York: William Morrow and Company, 1986.

[143]Millhauser, Steven. *Portrait of a Romantic*. New York: Washington Square Press, 1987.

[144]Millhauser, Steven. Replicas. *The Yale Review*, 1995(3).

[145]Millhauser, Steven. *Edwin Mullhouse: The Life and Death of an American Writer*, 1943～1954, *by Jeffrey Cartwright*. New York: Vintage, 1996.

[146]Millhauser, Steven. *Martin Dressler: The Tale of an American Dreamer*. New York: Crown, 1996.

[147]Millhauser, Steven. August Eschenburg. *In the Penny Arcade*. Normal, IL: Dalkey Archive Press, 1998.

[148]Millhauser, Steven. Revenge. *The King in the Tree*. New York: Knopf, 2003.

[149]Millhauser, Steven. The Ambition of Short Story. *New York Times Review*, Oct. 3rd, 2008.

[150]Millhauser, Steven. In the Reign of Harold IV. *The Dangerous Laughter: Thirteen Stories*. New York: Vintage, 2008.

[151]Minter, David. *A Cultural History of American Novels: Henry James to William Faulkner*. Cambridge: Cambridge University Press, 1994.

[152]Monika, Fludernik. Identity/Alterity. In *Cambridge Companion to Narrative*, David Herman, ed. Cambridge: Cambridge University Press, 2007.

[153]Neumann, Birgit and Ansgar Nuenning. Metanarration and Metafiction. *Handbook of Narratology*, Berlin: Walter de Gruyter, 2009.

[154]Orlov, Paul A. *An American Tragedy: Perils of Self Seeking "Success"*. Lewisburg: Bucknell University Press, 1998.

[155]Palmer, Alan. *Fictional Minds*. Lincoln: University of Nebraska Press, 2008.

[156]Passos, John Dos. *1919*. New York: Harcourt, Brace and Company, 1932.

[157]Passos, John Dos. *The 42nd Parallel*. New York and London: Harper & Brothers Press, 1930.

[158]Patterson, Troy. Edwin Mullhouse: Re-flexing American Themes. *Critique*, 1986(27.3).

[159]Peckham, Morse. The Dilemma of a Century: The Four Stages of Romanticism. *The Triumph of Romanticism: Collected Essays*. Columbia: University of South Carolina Press, 1970.

[160]Perry, Seamus. Romanticism: The Brief History of a Concept. In *A Companion to Romanticism*, Duncan Wu, ed. Malden: Blackwell, 1999.

[161]Phelan, James. *Experiencing Fiction: Judgments, Progressions, and the Rhetoric of Narrative*. Columbus: Ohio University Press, 2007.

[162]Pifer, Ellen. *Demon or Doll: Images of the Child in Contemporary Writing and Culture*. Charlottesville and London: University Press of Virginia, 2000.

[163]Plotz, Judith. *Romanticism and the Vocation of Childhood*. New York: Palgrave, 2001.

[164]Ponce, Pedro. "A Game We No Longer Understood": Theatrical Audiences in the Fiction of Steven Millhauser. *The Review of Contemporary Fiction*, 2006(1).

[165]Postman, Neil. *The Disappearance of Childhood*. New York: Delacorte Press, 1982.

[166]Quay, Sara E. Insanity. *Encyclopedia of Feminist Literary Theory*, Elizabeth Kowaleski-Wallace, ed. New York: Routledge, 2009.

[167]Rabinowitz, Peter. *Before Reading*. Ithaca: Cornell University Press, 1987.

[168]Reynolds, Bryan. *Transversal Subjects: From Montaigne to Deleuze After Derrida*. New York: Palgrave MacMillan, 2009.

[169]Reynolds, Bryan and Donovan Sherman. Fugitive Rehearsals: The Ferality of Kaspar Hauser, Playground Performances, and the Transversality of Children. *Transversal Subjects: From Montaigne to Deleuze After Derrida*. Basingstoke: Palgrave Macmillan, 2009.

[170]Ricouer, Paul. *Lectures on Ideology and Utopia*. New York: Columbian University Press, 1996.

[171]Rieckmann, Jens. Mocking a Mock-Biography: Steven Millhauser's Edwin Mullhouse and Thomas Mann's Doctor Faustu. In *Neverending Stories: Toward a Critical Narratology* (62～69). Princeton University Press, 2014.

[172]Rimmon-Kenan, Slomith. *A Glance Beyond Doubt: Narration, Representation, Subjectivity*. Columbus: Ohio University Press, 1996.

[173]Rimmon-Kenan, Slomith. *Narrative Fiction*. New York: Routledge, 2002.

[174]Roberts, Heather. The Problem of the City. In *A Companion to American Fiction, 1780～1865*, Shirley Samuels, ed. Malden:

Blackwell, 2004.

[175] Robins, R. H. *A Short History of Linguistics* (*4th ed.*). Beijing: Foreign Language Teaching and Research Press, 2001.

[176] Rodriguez, Alicita. Architecture and Structure in Steven Millhauser's Martin Dressler: The Tale of an American Dreamer. *The Review of Contemporary Fiction*, 2006(1).

[177] Ryan, Judith. Fictionality, Historicity, and Textual Authority: Pater, Woolf, Hilderseimer. *Neverending Stories: Towards a Critical Narratology*, 1992.

[178] Ryan, Judith. *The Novel After Theory*. New York: Columbia University Press, 2011.

[179] Saltzman, Arthur. A Wilderness of Size: Steven Millhauser's Martin Dressler. *Contemporary Literature*, 2001(42.3).

[180] Ryan, Judith. In the Millhauser Archives. *Critique*, 1996(36.2).

[181] Sandoval-Strausz, A. K. *Hotel: An American History*. New Haven and London: Yale University Press, 2007.

[182] Shaw, Philip. *The Sublime*. New York: Routledge, 2006.

[183] Sheehan, Paul. Postmodernism and Philosophy. In *Cambridge Companion to Postmodernism*, Steven Connor, ed. Cambridge: Cambridge University Press, 2004.

[184] Shen, Dan. Mind Style. In *Routledge Encyclopedia of Narrative Theory*, David Herman, et al., ed. London: Routledge, 2005.

[185] Shen, Dan. What is the Implied Author. *Style*, 2011(45.1).

[186] Shen, Dan and Dejin Xu. Intratextuality, Extratextuality, Intertextuality: Unreliability in Autobiography versus Fiction. *Poetics Today*, 2007(28.1).

[187] Sheridan, David. The End of the World: Closure in the Fantasies of Borges, Calvino, and Millhauser. In *Postmodern Approaches to the Short*

Story, Farhat Iftekharrudin, et al., ed. Santa Barbara, California: Praeger, 2003.

[188]Showalter, Elaine. *The Female Malady: Women, Madness, and English Culture*. New York: Patheon, 1985.

[189]Smith, Dinitia. Shy Author Likes to Live and Work in Obscurity. *New York Times Book Review*, Apr. 9th, 1997.

[190]Smith, Paul. *Discerning the Subject*. Minneapolis: University of Minnesota Press, 1988.

[191]Sontag, Susan. The Aesthetics of Silence. *Styles of Radical Will*. London: Vintage, 1987.

[192]Spacks, Patricia Meyer. *Gossips*. New York: Knopf, 1985.

[193]Spacks, Patricia Meyer. *Boredom: The Literary History of a State of Mind*. Chicago and London: University of Chicago Press, 1995.

[194]Stelzig, Eugene L. *The Romantic Subject in Autobiography: Rousseau and Goethe*. Charlottesville: University Press of Virginia, 2000.

[195]Stevenson, Robert Louis. *The Suicide Club*. Mineola: Dover, 2000.

[196]Taylor, Charles. *Sources of the Self: The Making of the Modern Identity*. Cambridge: Harvard University Press, 1989.

[197]Teichert, Dieter. Narrative, Identity and the Self. *Journal of Consciousness Studies*, 2004(10. 11).

[198]Tom, Jennifer Lynne. *Magical realism, freedom, and control in Garcia Marquez, Millhauser, and Winterson*. M. A. Diss. of San Jose State University Press, 1999.

[199]Toohey, Peter. *Boredom: A Lively History*. New Haven: Yale University Press, 2011.

[200]Tyson, Lois. *Psychological Politics of the American Dream: The Commodification of Subjectivity in Twentieth Century American Literature*. Columbus: Ohio State University Press, 1994.

[201] Ullmo, Anne, ed. *Steven Millhauser, une ecriture sur le fil*. Villeneuve d'Ascq: Presses Universitaires du Septentrion, 2004.

[202] Wallace, Elizabeth, ed. *Encyclopedia of Feminist Literary Theory*. New York: Routledge, 2009.

[203] Weiss, Richard. *The American Myth of Success: From Horatio Alger to Vincent Peale*. New York: Basic Books, 1969.

[204] White, Hayden. *Metahistory: The Historical Imagination in Nineteenth Century Europe*. Baltimore: The John Hopkins University Press, 1973.

[205] Woolf, Virginia. The New Biography. In *Biograph in Theory*, Wilhelm Hemecker and Edward Sannders, eds. Berlin: De Gruyter, 2017.

[206] Zamora, Lois Parkinson and Wendy B. Faris, eds., *Magical Realism: Theory, History, Community*. Durham: Duke University Press, 1995.

[207] *Alger Horatio*. Britannica Online Encyclopedia. http://www.britannica.com/EBchecked/topic/14993/Horatio-Alger.